小説 東のエデン 劇場版

EDEN OF THE EAST

The King of Eden
Paradise Lost

神山健治
Kenji Kamiyama

MEDIA FACTORY

小説　東のエデン　劇場版

The King of Eden
Paradise Lost

ここまでの物語

百億円でこの国を救え――。救世主《セレソン》に課せられた、持てる者の義務《ノブレス・オブリージュ》。選ばれし十二人のセレソンには、百億円の電子マネーと、その金と引き換えに何でも願いが叶うノブレス携帯が与えられている。

二〇一一年二月。セレソンの一人である滝沢朗は、記憶を失い、ホワイトハウスの前に立っていた。滝沢は、卒業旅行に来ていた大学生・森美咲との出会いを通じて、現代の若者が常日ごろ感じているという、自分たちではどうにもならない〝重たい空気〟に直面する。

咲と帰国した滝沢は、彼女のサークルの仲間たちと共に、若者にとっての楽園《東のエデン》を夢見るのであった……。

だがそのころ、別のセレソンによるミサイル攻撃が刻一刻と迫っていた。彼は日本を戦後からやり直すことで、この国を救おうと考えたのだ。

日本中に降り注ぐ巡航ミサイル。滝沢はニートの若者たちと協力して全てのミサイルを迎撃したが、誤解からミサイル事件の重要参考人と報道されてしまう。滝沢は、「この国の王様になる」という言葉を残して、忽然と姿を消した。

それから半年の月日が流れ、ふたたび滝沢のノブレス携帯が動きはじめた――。

東のエデン―主な登場人物

滝沢 朗　22歳。SELECAO《セレソン》 No.9　記憶を失い、全裸で目覚めた謎の男。

森美 咲　22歳。東のエデン株式会社のデザイナー。

大杉 智　22歳。大手スポーツメーカー「カミカゼスポーツ」第三営業所属。

平澤一臣　22歳。東のエデン株式会社代表取締役。

みっちょん　21歳。東のエデン株式会社システム担当。平澤のいとこ。

おネエ　東のエデン株式会社法務担当。性別・年齢不明。

春日晴男　東のエデン株式会社取り締まられ役。平澤たちの後輩。

板津 豊　22歳。東のエデン株式会社契約社員。通称・パンツ。

Mr.OUTSIDE　セレソンを独善的に選抜。ノブレス携帯を与えた、ゲームの黒幕。

物部大樹　SELECAO No.1　元財務官僚。

辻仁太郎　SELECAO No.2　AIR PLANNER（プロデューサー）。

結城 亮　SELECAO No.10　日本をミサイル攻撃した真犯人。

白鳥・ダイアナ・黒羽　SELECAO No.11　連続殺人鬼。

直元大志　SELECAO No.6　映画制作マン。

ジュイス　セレソンの依頼を現実のものとすべく手配するコンシェルジュ。

第I部　The King of Eden

1

二〇一一年八月十二日午前八時。

鈍色《にびいろ》だった。そこにはタイムズスクエアのイルミネーションも、セントラル・パークの自然も、チャイナタウンの猥雑《わいざつ》さも何もない。ただ、薄い雲に覆われた空と、広大な駐車場、それに高速道路があるだけだ。

森美咲《もりみさき》は、付箋だらけのガイドブックを抱えてJFK《ジェーエフケー》国際空港を出た。赤毛の髪をアップにして、オリーブグリーンのM65を羽織っている。滝沢《たきざわ》が着ていたのと同じタイプのミリタリージャケットだ。顔には、戦闘服に見合うだけの決意の重さが窺《うかが》えた。

「Please, go to the Sheraton Hotel」

タクシー乗り場で配車係《ディスパッチャー》に行先を伝える。すぐにイエローキャブが手配され、屈強な白人運転手が咲のキャリーバッグを軽々とトランクに積み込んだ。筋肉質な彼の腕は、咲のウエストよりも太い。

咲が後部座席に乗り込むと、配車係に呼び止められた。荷物が間違っているという。別の職員が、咲のキャリーバッグとまったく同じバッグを引きずってくる。やけに重そうだ。一瞬、違和感を覚える。自分は三泊四日分の着替えしか用意してこなかったはずだ。

急かされるままに荷物札の番号を確認する。空港職員の持ってきたバッグこそが、咲のものに間違いない。職員はトランクの荷物を入れ替えると、確認書にサインを求めてきた。運転手が急かすようにクラクションを鳴らす。咲には何を告げる暇もない。

「Have a nice trip!」

サインの済んだ確認書を手に、空港職員はにこにこタクシーを見送っている。走り出した車内で、咲は大きく息をついた。

イエローキャブはロングアイランド・エクスプレスウェイを経由して、クイーンズ・ミッドタウン・トンネルの料金所へ入っていく。窓外には、白く濁った青空の下、遠く蜃気楼のようにマンハッタンが見えてきた。

そのとき、目の端を滝沢のシルエットが横切った。はっとして、背もたれから身を起こす。指鉄砲を空に向けた滝沢の巨大な広告看板。〈AiR KING®〉のロゴマークと共に、ウォーホールのリトグラフ調に描かれた彼は、もはや日本のみならず、世界中に知られるカルチャー・アイコンになってしまった。

咲は、後方に流れ去る看板が小さな点になるまで見送った。静かにショルダーバッグを開く。パスポート、ガイドブック、財布、使い慣れた携帯。その奥から、おもむろにもうひとつの携帯を取り出した。自分だけの、彼の記憶。その携帯には、〈noblesse oblige〉の文字と〈IX〉のエンブレムが刻印されていた。

滝沢のノブレス携帯を操作して、留守電を再生する。咲は携帯をそっと耳に当てた。滝沢の声が聞こえてくる。

〈咲、信じてくれてありがとう。俺はずっと、君と旅した場所にいます〉

短すぎる伝言を聞き終えると、咲は胸が締めつけられるように苦しくなった。メッセージはもう何度も聞いている。その先に言葉が続かないことは、自分自身が一番よくわかっている。それでも、彼の言葉に期待を抱いて、聞き直さずにはいられないのだ。

携帯を耳から離すと、今度は写真フォルダを開いた。この半年間、咲は同じことを繰り返している。

滝沢の携帯に残された、たった一枚の写真。ディスプレイに浮かぶのは、滝沢と咲のツーショットだ。ライトアップされた東京湾の夜景がロマンチックな雰囲気を醸している――そのライトアップが、多数の犠牲者を出したテロの現場であることを除けば。


二〇一〇年、日本中に十発のミサイルが落ちた。〝迂闊な月曜日〟と呼ばれるこのミサイル事件で各地に大きな穴が開《あ》いた。けれど奇妙なことに、ミサイル事件は一人の犠牲者も出さず、犯人もわからないままだ。日本にはどことなく〝重たい空気〟が漂っていた。

二〇一一年二月。咲はその〝重たい空気〟の正体を求めて、かつて同じようなテロの被害にあったニューヨークへ卒業旅行に出掛けた。ところが、テロの爆心地からは事件の痕跡が消し去られ、区画整備された後だった。

「あの事件を、忘れてはいけないような気がする」

咲が卒業旅行から帰国したのは、日本が新たなミサイル攻撃を受けた直後だ。十一発目のミサイル攻撃で、初の犠牲者も出た。事件現場となった東京臨海副都心を通過する船上で、滝沢は咲の肩を抱き寄せ、携帯カメラのシャッターを切った。

9・11追悼セレモニーのライトアップのように、二本のサーチライトが天まで伸び、幻のツインタワーを模《かたど》っている。彼は携帯画面の中で、消されてしまった9・11の記憶——爆心地を再現してみせた。それがこの写真だ。

ノブレス携帯に配信される情報を更新しようと、咲はメニュー画面に戻った。ちょうどイエローキャブはパーク・アベニューへ出たところだ。通りには星条旗を掲げた鏡面のようなオフィスビルがそびえ建ち、朝日を遮っている。ようやくニューヨークらしい風景が現れた。咲はノブレス携帯をバッグにしまった。

通りにひしめく人の波が、まるで巨大な生き物のように見える。多くの女性は肩を露出させ、お腹のせり出した白人男性は短パン・半袖姿だ。道路の隙間を埋めるように、車がどんどん割り込んでくる。ニューヨークは間もなく朝のラッシュを迎えようとしていた。タクシーの運転手は名物の渋滞に苛立《いらだ》っている。

オフィス街をさらに進むと、近代ヨーロッパ美術を思わせる建物が視界に入った。咲の記憶が確かなら、目的地のシェラトン・ホテルはすぐそこだ。

「Please, Is that Grand Central Station?」

半年前とは違って、英会話を勉強し、少しは話せるようになっている。自信もあった。咲は後部座席から流暢《りゅうちょう》な英語で、通りの先に見えるのがグランド・セントラル駅なのか確かめた。

同時に後方の車がクラクションを鳴らした。運転手が英語で悪態をつく。彼は拳をハンドルに叩きつけてから肩越しに振り返った。

「Huh? You wanna get off here instead of Sheraton?」

「……え?」

早口な英語が聞き取れない。咲は思わず日本語で聞き返す。

運転手はちらりと後方を確認し、手際よくウインカーを出した。必死に誤解を解こうと、咲は首と手を振る。自分はここで停めて欲しいのではなく、ただ場所を確認しただけだ、と。

「That's the famous Grand Central Station, right?」

前のめりになりながら、大きな声で繰り返し訊ねる。愛想笑いで頬が引きつっているのが自分でもわかった。

「Yes, ma'am, that's the terminal.」

運転手も大きな声で答えた。彼はハンドルを切り、クライスラー・ビルのある大通りの路肩にイエローキャブを寄せた。

「All right, 55 dollars, please.」

レシートをむしり取り、運転手が手短《てみじか》に料金を告げた。差し出されたレシートをしかたなく受け取る。ジャケットのポケットにしまうと、言い訳をするように、

「あの、わたし、ここがグランド・セントラル駅かって聞いただけで……」

とつぶやいた。運転手は咲を無視してタクシーから降りた。

「だから……何で車降りるわけ？」

トランクを開ける音とともに、車体が上下に揺れる。起きてしまった事態はもはや元には戻らない。咲はショルダーバッグの中から財布を取り出し、ドル紙幣を数えた。

「いち、に、さん、し……」

不意にトランクから、金属のかたまりをぶちまけたような大きな音がした。咲が弾《はじ》かれたように腰を浮かせる。後ろに首を回しても、外で一体何が起きているのかはさっぱりわからない。

「Shit……？ What the fuck is this!」続いて運転手の怒声。

「えっ、何？」

運転手はものすごい形相でドアを開くと、動揺する咲の腕を摑んで引っ張りあげた。彼女はまるで人形のようにひょいと放り出されてしまう。

「Young lady, you shouldn't have brought this in my car!」

咲を見おろす運転手が語気荒くわめいた。顔は真っ赤になっている。彼自身も動揺しているのがありありと伝わってきた。一体自分が何をしたというのか？　咲は運転手のあまりの剣幕にたじろいだ。手足はこわばり、小刻みに震えはじめている。

鼻息も荒く、運転手が右手を振りあげた。殴られるのではないかと身を固くして、目をぎゅっとつぶる。咲が左手に握りしめていた紙幣をひったくると、彼は代わりに何かを押しつけてきた。ずっしりとした金属の重みと、質感。恐る恐る薄目を開ける。手のひらには、拳銃が一挺。目が点になった。

（なぜこのようなものがわたしの手の中に？　ハッ、これはおもちゃに違いない。誰がこんな手の込んだドッキリを——）

銃を手に立ち尽くしていた咲は、車のドアが閉まる音で我に返った。厄介払いを急ぐイエローキャブが、走り去ろうとしている。反射的に自分の左肩に手をやり、咲はショルダーバッグを車内に置いたままであることに気づいた。

「あ、待って……」

手を挙げて叫ぶ。イエローキャブはエンジンを唸らせ、ユーターンして走り去っていった。追いかけようとしたが、数歩であきらめた。ただ見送るしかない。

「It's a gun. Somebody, call the police!」

背後で誰かが叫び声をあげる。「ポリス」という単語がはっきり聞きとれた。自分とは関係ない、自分とは関係ない——咲は祈るように振り返る。道路に転がった自分のキャリーバッグに、人だかりができている。だが開いた蓋からこぼれ出ているのは三泊四日分の着替えではない。大口径の拳銃数挺に怪しげな銃火器、弾帯に手榴弾《しゆりゆうだん》、そして米粒のように散乱するピストルの弾。目の錯覚と思いたかったが、残念ながらこれで運転手が怒っていた説明がつく。

一人の英国風の婦人が、咲に目を留めた。婦人の顔色がみるみる変わっていく。声もなく大きく口を開け、震える手で咲を指差す。ｉｐｏｄ《アイポッド》で音楽を聴いていた青年も短い神への祈りとともに身構えた。

「何……何？」

きょろきょろと周囲を見回してから、自分の手元を見おろす。全身を悪寒が駆け抜けた。咲は人垣に銃口を向けていたのだ！

恰幅のいい黒人が命乞いをしながら両手をあげた。

「ち、違うんです、これは……」

誤解を解こうと歩み寄る。するとまた別の悲鳴があがった。人々は驚き、一斉にその場から逃げはじめた。誰かが歩道を飛び出したのだろう、車の急ブレーキが響く。

拳銃を握りしめたまま、思わず咲も駆け出した。周囲の人々は咲を恐れ、口々に声を張りあげて道を開けていく。こんな大騒ぎになってしまって、警察に捕まったらどうなる？　咲は左右を見回しながら、自分がこれからどこに向かおうとしているのかもわからないまま走り続けた。

（とにかくどこかに隠れよう。どこか人気《ひとけ》のないところに……）しかし、ニューヨークの中心街で、人目に触れない場所を見つけ出すことは不可能に近い。

四十二番地の交差点を曲がると、二人組の警官が立っていた。逃げ惑う人々を見送っていた彼らが、咲に目を留める。咲はすばやく拳銃を背中に隠した。（ゆっくりと、自然に。ゆっくりと、自然に……）繰り返し自分に言い聞かせ、何事もなかったかのように交差点を渡る。一瞬、高層ビルを見あげる振りをして、ちらりと警官の様子を確認した。二人組はうなずきあうと、腰のベルトに手を当てて、咲の方に向かってくる。

心臓が早鐘を打つ。つい早足になる。自然に歩くつもりが、リズムが狂って右手と右足を同時に出してしまう。挙動不審状態だ。

その瞬間、背後で衝突音が弾けた。ガラスが砕け散る音と悲鳴が続く。目をやると、乗用車が消火栓に突っ込んでいた。ひしゃげた消火栓からは大量の水が噴きあがり、新たな騒ぎを呼んでいる。

警官二人はあわてて方向転換し、そちらに向かっていった。目の前の事故と無線連絡に気を取られている。咲はその隙に、ダッシュで路地裏に隠れた。背中をぴったり壁に押しつけ、呼吸を整える。

用心深く柱越しに様子を窺った。目の前を二、三台のパトカーが走り抜けていく。サイレンの音に脅え、あわてて通りに背を向ける。何分経ったのかもわからない。身を縮めているうちにサイレンの音は低くなり、消えていった。

誰も追ってこないことを確認し、咲はやっと息をついた。ジャケットのポケットに手を突っ込んだ。中にはタクシーのレシートが一枚と、小銭が少々。パスポートも財布も、そして何より滝沢のノブレス携帯も、タクシーに置いてきてしまった。

目の前を、絶望的な数のイエローキャブが過ぎ去っていく。咲はニューヨークの喧騒にめまいを覚えた。

この街で、たった一台の携帯電話を一体どうやって見つけ出したらいい？　たちまち暗い気持ちになった。

太陽が高く昇り、日陰になっていたビルの谷間もみるみる明るくなっていく。すがるようにして空を見あげた。強い陽射しに目を細める。今日は暑くなりそうだ。

「滝沢くん……」

俺はずっと、君と旅した場所にいます——。

滝沢のメッセージを思い出した。そう、彼はきっとここにいる。この街のどこかで自分を待ってくれている。

打ちのめされ、弱気になりつつある自分を奮い立たせようと、咲はM65の袖をまくりあげた。もう一度じっと朝日を見据えて、咲は心に誓う。

今度こそわたし、滝沢くんを見つけ出すから——。

2

二〇一一年二月十九日。

森美咲と滝沢の二人は、ショッピングモールの屋上に設けられたメリーゴーランドの木馬に跨《またが》っていた。二人の目の前には、一部倒壊したショッピングモールが広がっている。

日本全国に降り注いだ六十発のミサイルをすべて迎撃した直後。ミサイルの残骸が降り注ぎ爆発炎上した立体駐車場の北棟は、今も崩落が続いている。黒い煙が青空にたなびき、鉄骨の軋《きし》む音やコンクリートの倒壊音が、二人の腹に低く響き渡った。

「ちぇっ、このメリーゴーランド、ゴールデンリングがついてねえや」

滝沢がそう言った直後、彼が耳に当てたノブレス携帯から、ファックスを送信したときのような甲高い電子音が聞こえてきた。

ピーガラガラプー

朝日を背にした滝沢の顔を、咲が不安げに見あげる。彼はじっと動かないまま、穏やかな笑顔を浮かべている。滝沢は生まれてはじめて海を目にした子供のように、東京湾の方を眺めていた。海からの凄風《せいふう》が唸りをあげて、二人の頬をかすめていく。屋上一帯には燃えかすの匂いがかすかに漂っている。

「滝沢くん……?」

朝日がまぶしくて思わず目を細める。滝沢は陽の光に包まれながらにっこり微笑んで、また目を戻した。咲は彼の視線の先を追った。

二人がいる屋上遊園地のとなりの棟は、駐車場になっている。ミサイル攻撃の影響で駐車場北棟は崩落したが、南棟の屋上では、二万人の若者が寒さに震えていた。彼らは全裸のままだ。

だが二万人は、寒さも忘れて魅入られたように、後光射すメリーゴーランドを、滝沢を見あげている。まるで荘厳な宗教画のようだった。

約三ヵ月前の〝迂闊な月曜日〟は、10番目のセレソンによって申請されたものだった。どこにミサイルが落とされるのか？　それはセレソンに配信される活動履歴により、ノブレス携帯を持つ者なら誰でも知っていたが、ミサイル攻撃からこの国を救おうとしたのは、９番目のセレソン、滝沢だけだった。

他のセレソンに知られずに、ミサイル攻撃からこの日本を救おうとした彼は、ニートの若者たちに協力を呼びかけた。結果、滝沢の召集に応じた有志の若者たちにより、ミサイル攻撃の目標地点から住民を避難させることに成功。事件は一人の犠牲者も出さなかった。

ただのニートに過ぎない若者たちの避難誘導を、どうして住民たちは信用したのか？　二万人の若者たちは、警察官や自衛官になりすまし、偽装した地震警報や不発弾発見に伴う避難誘導によって、住民を避難させたのだ。

ところが、ミサイル攻撃で住む家を失った住民たちのやり場のない怒りは、（結果的ではあるにせよ）自分たちを騙して避難させたニートに向けられてしまう。ミサイル攻撃から住民の命を救ったにもかかわらず、若者たちは「どうして事前にミサイル攻撃されることを知っていたのか」と疑われはじめたのだ。

疑惑の矛先《ほこさき》を若者たちから逸らすため、滝沢は一人悪役を引き受ける。住民と若者たちの前で、自分こそがミサイル攻撃のテロリストであると名乗り出たのだ。

滝沢の真意も知らず、「騙された」と勘違いした若者たちは、彼に反感を抱いた。実際に避難誘導を行ったニートは二百人前後だったが、滝沢を罵る若者は二万人にも膨れあがっていた。

不確かな情報や自分にとって都合のいい情報で、簡単に自分の意見を変えてしまう無責任な大多数――滝沢は、上から目線で匿名批判を繰り返す、当事者意識の希薄な二万人の性根《しょうね》を叩き直そうとしたのかもしれない。事件のほとぼりが冷めるまで、彼らを海外逃亡させるべく、ドバイ首長国に送り込んだのだ。携帯と洋服を取りあげ、全裸の二万人（仕事ができるように眼鏡は取りあげなかった）をコンテナ輸送するという、大胆な方法によって――。

滝沢の手配により、二万人は約一ヵ月の海外労働を終え、二月十三日――ミサイル事件で初の犠牲者を出した、十一発目のミサイル攻撃の当日に帰国するはずだった。

だが、ドバイ最大の交易港であるジュベル・アリ港は、アラブ諸国のさまざまな積荷が集中するため、混雑することで知られている。出航許可がおりるまでに何日も待機することも多々あった。結局、二万人の帰国は約一週間遅れ、この日――二月十九日に帰国することになったのだ。

そして、ふたたび日本中に降り注ぐ六十発のミサイルを迎撃するため、滝沢は二万人のニートに呼びかけて、ミサイルを迎撃するための具体的なアイディアを募《つの》った。こうして彼は、二万人の目の前で見事すべてのミサイルを撃ち落としてみせたのだ。

ポリカーボネイトの大盾を装備した数千人の機動隊員がショッピングモールの屋上に突入を

開始した。彼らは不法入国したとみられる全裸の若者たちを、続けざまに取り押さえていった。大抵の若者は大人しく拘束された。足元にはうっすらと雪が積もっている。整然と並ぶ裸足の若者たちは、両肘を抱え、足踏みしながら寒さに震えていた。

《東のエデン》のメンバーは無事なのか。咲はメリーゴーランドから、対岸の様子を見守った。だが、数万人がひしめく中から友人たちを見つけ出すことは、たとえ彼らが服を着ていようとも難しい。

そう思ったのもつかの間、二人のいる屋上にも激流のように機動隊が押し寄せてきた。彼らはただちにメリーゴーランドを取り囲み、咲と滝沢を引き離そうとする。

「滝沢くん!」

必死に声をかける。しかしその声が届かないのか、滝沢はこちらを見ようともしない。すぐに咲は機動隊に取り押さえられた。二人はどんどん引き離されていく。

「この野郎、滝沢ああああああああ!」

そのとき冬空に、遠雷のような男たちの雄叫びがあがった。「滝沢」「滝沢」という声が、こだまのように群衆に伝わっていく。

「我らが王を奪還せよ!」

全裸男の群れから、喉が割れんばかりの声がした。その一声《ひとこえ》を受け、全裸のニートたちがとなりの棟から通路を渡って攻め寄せてきた。その数、約一万。主人を守るべく果敢に戦いを挑む忠犬がごとく、彼らは滝沢を巡って機動隊と衝突しはじめた。

全裸の寄手《よせて》の勢い盛んなことに戸惑いながらも、機動隊は盾を使って若者たちを押し戻す。全裸の人間を警棒で殴りつけるのを、躊躇《ためら》っている様子だ。若者たちは盾を強行突破しようとタックルを繰り返し、たちまち全裸の若者と機動隊が入り乱れることになった。咲を拘束していた警察官も、押し寄せる暴徒の制圧に回る。

人波の中で、咲は滝沢の姿を探す。すると彼は、人々の頭上で、胴あげされたように宙を舞っていた。諸手《もろて》をあげて滝沢を摑もうとする若者たちと機動隊の上を、彼は興奮真っ只中の客席にダイブしたアーティストのように、どこへともなく運ばれていく。咲は滝沢を追いかけようとしたが、人垣でまったく前に進めなかった。

事態が終息に向かったのは、遊撃放水車による高圧放水がはじまってからだ。寒さをしのぐ服を持たない若者たちは、なす術《すべ》もなく憔悴《しょうすい》し、とうとう音《ね》をあげた。寒い寒いと震えながら、機動隊に身柄を拘束されていったのだった。

水浸しになった屋上で、咲は途方に暮れた。

二万人の若者たちは黙々と警察の指示に従い、ショッピングモール前に用意された数百台のマイクロバスに乗り込んでいく。あたりは全裸の行列を取り囲む報道陣で騒然となった。若者たちの姿はブルーシートに遮られていたが、その下からのぞく無数の裸足の映像は、何度も何度もテレビで流された。

ニュースは他にも、全国各地で六十発のミサイルが迎撃される様子や、その残骸が都市部に降り注いでもたらした被害状況を報じた。朝のラッシュがはじまっていたにもかかわらず損害は最小限に留まり、犠牲者は一人も出なかった。

それから人々の関心は、全裸の二万人の正体に移る。そもそもショッピングモールに機動隊が突入したのは、「コンテナ船が豊洲に突っ込んだ」という近隣住民の通報を受けてのことだった。その時点では、二万人がなぜ豊洲に集まったのか、誰にもわからなかったのだ。

だが調べが進むうち、二万人の若者の唯一の所持品である携帯電話から、ある男性の画像が発見される。メリーゴーランドの屋根にのぼり、ミサイルを撃ち落としているように見える姿。それもひとつやふたつではなく、二万人の携帯すべてに迎撃の瞬間が収められていたのだ。

警察はそこでようやく事態を理解した。二万人の若者は失踪していたニートたちであり、彼らの携帯カメラに写っている男は、ミサイル事件の重要参考人なのだ、と。

その日から若者たちに対する取り調べは厳しさを増したが、二万人は誰一人として事件について語らず、画像の男についての証言も拒んだ。

ミステリアスな展開にメディアが食らいついた。黙秘を貫く二万人の存在は、連日テレビやネットを賑わせることになる。彼らが拘置所で何を食べ、何に興味を持ち、どんな様子で取り調べに応じているのか。ニートに過ぎなかった彼らは、今や一挙手一投足を注目される有名人となったのだ。

そしてもうひとつ話題になったのは、滝沢の行方だ。機動隊はショッピングモールにいた全員を拘束したはずだったが、滝沢朗《あきら》が拘束された記録は、どこにも残されていない。メディアもこぞって彼の行方を捜し回ったが、手掛かりはたったひとつ――《東のエデン》の携帯サイトにアップロードされている画像だけだ。

メリーゴーランドの屋根に立ち、指鉄砲を上空に構える滝沢の画像によって、《東のエデン》はミサイル事件における唯一の情報発信源となり、一躍注目を集めた。さまざまなサイトからリンクが貼られ、世界中からアクセスが殺到、滝沢の姿には次々に書き込みが貼りつけられていった。《東のエデン》サイトは、「レイヤー」と呼ばれる書き込みを画像に貼りつけられるのだ。例えば彼の画像には、こんなレイヤーが貼りつけられている。

〈BANG! XD〉
〈AiR KINGww〉
〈先達の喉元にミサイルを突きつけたヒーロー〉
〈一切の破壊なしに革命をやり遂げた志士〉

あの日以来、ショッピングモールの屋上にいた若者たちの心の中に、滝沢はミサイルからこの国を救った救世主として確実に存在している。

滝沢は自らミサイル犯を名乗ったが、二万人の若者たちのアイディアを元にミサイルを撃ち落としたヒーローでもある。いつの間にか滝沢は、〝撃墜王〟を意味する〝AiR KING〟の俗称と共に、若者たちにとっての革命のシンボルとされていた。

警察の事情聴取に対し、咲だけは事件のすべてを告白した。ワシントンの出会いからミサイル迎撃に至るまで、セレソンのこと、ノブレス携帯のこと、ミサイル攻撃のこと——滝沢と過ごした八日間を振り返り、彼への疑いを解こうと躍起になったのだ。悪役を引き受けた滝沢の覚悟を無駄にしかねなかったが、咲は納得できなかった。どうして彼だけが、損な役回りを演じなければならないのか？

だが警察は咲の話を一切信じなかった。当然だ。魔法のような携帯を持った日本代表がミサイル攻撃を誘発した、などという話は、あまりにも荒唐無稽だ。

取り調べから三日後。咲は証言をすべて撤回し、拘置所を出た。もう誰も信じてくれないのかと、暗い気持ちになった。

地階から表に出ると、陽射しのまぶしさに思わず目を細めた。朝日の中で微笑んでいた滝沢の顔がふいに脳裏を過《よ》ぎる。もう二度と会えないのかと、肩を落として歩き出した咲を、一足先に取り調べを済ませた《東のエデン》のメンバーと姉夫婦が出迎えてくれた。おネエが豆柴を抱いている。みっちょんのダウンジャケットは、ところどころほつれてしまっていた。全裸だった大杉、平澤、春日はお揃いの灰色のツナギを着ていた。警察で支給されたのだろう。

《東のエデン》のメンバーもまた、二万人のニートたちと同様に、滝沢に関する証言を拒んだ。「特に大杉が口を割る可能性が一番高かったわけだが……」平澤が大杉の肩を叩く。大杉は三日前まで滝沢を敵視していたのだ。「厳しい取り調べに対し、一番屈しなかったのは大杉であったことを付け足しておこう」

内心、忸怩《じくじ》たる思いの大杉はうつむいた。

咲がメンバーに向かって力なく微笑む。

親代わりの姉夫婦とは、もう一週間近く連絡を取っていなかった。それなのに、何も咎《とが》めず姉の朝子が優しく笑うのを見て、咲はこらえていた涙があふれそうになった。ここには、自分を信じてくれる人たちがいる。仲間や家族がいる心強さに気持ちが温かくなった。


咲は姉夫婦と共に自宅へと帰った。滝沢が飼っていた豆柴も一緒だ。豆柴は咲の部屋に入るなりあちこちを嗅ぎ回り、やがて落ち着ける場所を見つけると、前足に顎を置いて丸くなった。つられて咲もベッドに寝ころがる。この一週間、まともに眠った記憶がない。重い瞼を閉じると、すぐに眠りに落ちた。

聞きなれない着信音で目が覚めた。傍らのテーブルに掛けた上着のポケットで、携帯が鳴っている。自分の携帯は、四日前に電池が切れたきりだ。考える間ももどかしく、咲はポケットの奥へ手を伸ばす。

鳴っていたのは、滝沢のノブレス携帯だった。彼はメリーゴーランドで、咲に携帯を託したに違いない。

ノブレス携帯を開く。着信画面には、〈伝言メッセージ〉と表示されていた。咲は即座に通話ボタンを押し、耳に当てた。

〈ジュイスです。一件のメッセージがございます〉

オペレーターのような女性の声に続いて、滝沢の伝言がはじまった。

〈咲、信じてくれてありがとう。俺はずっと、君と旅した場所にいます〉

短いメッセージだ。君と旅した場所——咲は滝沢と過ごした八日間を思い返して、愛おしげにノブレス携帯を指でなぞった。

さらに携帯を操作してみると、セレソンの活動履歴が表示された。その中から、彼のセレソン番号、9番の活動履歴を開く。そこにはこう記されていた。


記憶を消去後「ダンボをはじめて観た映画館に行け」と自分にメッセージを出す

記憶を消去——メリーゴーランドで彼の様子がおかしかったのは、記憶を消していたからだったのか?
続いてノブレス携帯に表示されている活動履歴を見て、咲はさらにやりきれない思いがした。

この国の王様になる

「〝この国の王様になる〟って何……?」

この活動履歴の詳細ログは、早速動きはじめている。詳細ログとは、セレソンの申請を実現すべくジュイスが取り計らった手続きを記載したデータログのことだ。

〝滝沢朗〟のパスポートを〝飯沼《いいぬま》朗〟名義に書き換える

彼はもう別人になってしまっているということか？　ジュイスが新たなパスポートを用意したということは、彼は海外へ逃亡したということか？

すぐにでも彼を追いかけたい。もう一度、滝沢くんに会いたい――。けれど〝君と旅した場所〟だけでは、あまりにも手掛かりが少なすぎる。

今度は携帯の画像ファイルを開く。ミサイルの爆心地を背景に、二人で写した船上の写真があった。たった一週間前のことなのに、もう随分昔のできごとのように感じる。滝沢が肩を抱き寄せた感触を思い出すように、咲は自分の肩をぎゅっと握りしめた。

我慢していた涙が、とめどなくあふれ出てくる。豆柴が不思議そうに見あげていたが、咲は声もなく泣き続けた。

帰宅後間もなくして、《東のエデン》サイトにあがっている滝沢の画像から、彼の側にいた咲の存在も取り沙汰されるようになった。一連のミサイル事件の女性指導者か？　ミサイル犯との関係は？　テロ事件に関係はないのか？

「ミサイル犯をどこかに匿《かくま》っているんじゃないんですか⁉」

パン屋を営む咲の実家を、昼夜を問わず報道陣が取り囲んだ。姉夫婦は必死に追い返そうとしてくれたが、咲は騒ぎが沈静化するまで隠れるように暮らす他なかった。自室にこもりきりの咲は、いっそノブレス携帯やセレソンの存在をマスコミに暴露してしまおうかとも考えた。警察が取りあってくれなかった事実を、白日の下にさらすのだ。

だが彼らにその存在を明かしたところで、事態が好転するとはとても思えなかった。セレソンの存在を知れば、メディアは格好の標的として吊るしあげるだけだろう。そうなれば、滝沢は二度と元の生活には戻れなくなってしまう。今でさえ連日メディアに取りあげられ、取り返しのつかないほど消費されているというのに……。

咲は、ひたすら口をつぐむことを選んだ。


日本中にミサイルが降り注いだあの日から、この国は大きな転機を迎えつつあった。ミサイルの迎撃によって奇跡的に死傷者は出なかったものの、国内の情勢は不安定になり、株価は暴落した。国内企業は次々と海外資本に買収され、適正化の名の下に敢行された大量のリストラにより、地方の工場は軒並み閉鎖。退職金や終身雇用制度は完全に崩壊し、日本企業固有の専門技術がどんどん海外に流出していった。

電化製品、車、食品、美容、保険、テレビ番組、宗教……。企業はお金を持っていない若者を切り捨て、資産を持っている熟年層向けにシフトしていった。今では熟年層の海外旅行が、ちょっとしたブームになっている。あがりを決めこんだ大人たちが逃げきり態勢に入っている

――若者からすれば、そうとしか見えなかった。

〝迂闊な月曜日〟の再来を防げなかった内閣の支持率は低迷を続け、事件後一週間で総辞職となった。ネット上ではそれを首相の迷言になぞらえ、〝ギャフン解散〟と名づけておもしろがっていた。ミサイル事件の影響は少なからず世界経済にも悪影響を及ぼしたが、それでもアメリカや諸外国は直接的な干渉を避け、事態を傍観し続けた。

結局、海外からは〝自殺を試みた国家〟と揶揄《やゆ》され、日本の国際的地位は失墜した。ミサイルは落ちなかったが、実際にはミサイルが落ちた以上のダメージをこの国は受けたのだ。世界に誇る技術力、資本、国際的信用――国としての価値が失われていく中で、二〇一一年二月の終わりには解散総選挙が行われた。

誰が総理になっても地獄――それはこの選挙でささやかれた皮肉のひとつだ。政権交代を声高に叫んでいた政党でさえ、具体的な政策を何も打ち出すことができず、明言を避けていた。この国を背負う覚悟のある政治家など、もう誰もいないかのように思われた。

だが、なり手がいなくなった総理大臣には、〝平成の吉田茂〟の異名を持ち、総理経験もあった飯沼誠次朗《いいぬませいじろう》が火中の栗を拾うべく立ちあがった。

第二次飯沼内閣の所信表明演説では、無責任な議員たちから心ない野次《やじ》が飛んだ。演説中、言葉を詰まらせ、噴き出す汗を何度も拭い、体調がすぐれない様子の飯沼総理の映像ばかりがメディアを駆け抜けた。「病みあがりの総理にこの国を任せられるのか」連日、飯沼首相は批判の矢面《やおもて》に立たされることになる。

国会は立て続けに持ちあがる諸問題に対応しきれず、紛糾《ふんきゅう》。閣僚の失言やスキャンダルも後を絶たない。この国を救おうと孤軍奮闘する飯沼首相に対し、大人たちはくだらない足の引っ張りあいを繰り広げていた。

二〇一一年三月。

未曾有の危機に直面する世相の中、咲と大杉が相慈院大学を卒業した。

留年した平澤、在学中のみっちょん、おネエ、春日は大学に籍を置いたまま、果敢にも《東のエデン》の起業に踏みきった。世界中からの膨大なアクセス数に対応しながらサーバー設備を増設するため、起業準備は多忙を極めた。

《東のエデン》の主要メンバーを役員として採用していく中で、平澤は板津《いたづ》だけを切り捨ててしまった。滝沢の過去を解き明かす糸口を摑んだ板津を、どうして見限ってしまうのか？　咲は何度も抗議した。

平澤は一言「もうこれは部活動ではないんだ」と言うだけだった。一応、板津は業務委託契約を交わした契約社員という立場でシステムのアドバイザーを担当することになったが、オフィスに彼のデスクが置かれることはなかった。

起業後、スタッフは朝から朝まで働いた。その忙しさの中で、一瞬でも滝沢のことを忘れられればと、咲も微力ながら《東のエデン》を手伝うことにした。けれど結局、想いは募るばかりだ。

　ネットに接続さえすれば誰でも利用できる《東のエデン》のサービスは、国内だけでも会員数百万人を突破。ウェブ上での《東のエデン》の存在感と注目度は弥《いや》が上《うえ》にも高まっていく。人が集まるところにはお金が集まる——大手証券会社から多額の投資を受けると、平澤は直ちにプレリリースを出した。ネット上にて無料で配布したこのリリースには、有力投資先や大手金融機関が名を連ね、《東のエデン》の企業としての信頼度の高さを知らしめるものとなった。また、《東のエデン》最大の目玉は何といっても、ミサイルを迎撃する瞬間の画像を見ることができるという点だった。これがさらなる追い風となり、《東のエデン》は短期間のうちに、より多くの資金を集めることができた。

　集めた資金はすべて画像検索エンジンとサーバーの増設に充《あ》てた。広告・宣伝には一切お金を使わない。ミサイル事件以後、宣伝などしなくても、メディアが勝手に《東のエデン》を取りあげてくれていたからだ。

　増設ですぐに相慈院大学の部室は手狭《てぜま》になった。すでに滝沢が《東のエデン》に名義変更していた豊洲のショッピングモールへの移転も検討したが、会社の運営に必要以上に広大な空間は不要だ。そこでショッピングモールにはサーバー施設のみを移し、二万人のニートたちに無料開放。その対価として、彼らには《東のエデン》を支えるコンピュータとサーバー設備のメンテナンスや新サービスのベータテスト、コーディング作業を依頼した。《東のエデン》本体は都内の超高層ビルに仕事場を移した。

都内の一等地に建つおしゃれなビルには、大手企業がたくさん入っていた。中でも《東のエデン》のオフィスはシンプルかつ機能的で、そこで働くスタッフにくつろぎを与える空間だった。フローリング材をふんだんに敷いた床と、木目調のデスク、ゆったりした座り心地のいい椅子。頭上の控えめなピンスポットとレンガ壁面の間接照明も相まって、洗練された大人の雰囲気を演出していた。

そんなオフィスを眺めて平澤は苦笑いを浮かべた。「不本意だな」とつぶやく。

「俺にはゴミ溜めのような大学の部室が性《しょう》にあっている」

そう言いながらも、入り口に《東のエデン》の看板を掲げたとき、平澤はどこか誇らしげだった。

二〇一一年五月。

資本金を逐次増やして規模を拡大してきた《東のエデン》は《東のエデン株式会社》と社名を変更した。咲と同年代の新卒者や中途採用のエンジニアなどが新たに正社員として《東のエデン株式会社》に入社。従業員は三十人となった。まだ気を抜けなかったが、会社の運営はなんとか軌道に乗った。

ミサイル事件後、二万人のニートが所持していた携帯の画像から、滝沢はミサイル事件の重要参考人となった。その影響で彼の画像があがっている《東のエデン》のウェブサイトは爆発的にアクセス数を伸ばし、遂には平澤念願の起業にまで至った。事件の動向は世界中から注目を集め、現在彼は日本を代表するカルチャー・アイコンだ。情報を求め、メディアは黙秘を続ける二万人に殺到し、咲にも報道陣が押し寄せた。

あれから三ヵ月。事件に関する新しい情報は、未だに提供されていない。滝沢朗は、忽然《こつぜん》と日本から姿を消してしまったのだ。あれほど咲と〈AiR KING®〉の関係を疑った過熱報道は、いつの間にか落ち着いていた。

咲は週末になると、滝沢と旅した場所を巡る小旅行に出かけるようになった。まず向かったのは、ワシントンD.C.。彼女は滝沢との出会いから、すべて辿《たど》り直そうとしたのだ。

ダレス国際空港に降り立つと、タクシーに乗って官庁街を目指し一路東へ――ホワイトハウスへ向かった。午前八時三十分。あのときと同じように咲はエリプス広場の南側に位置する通りでタクシーを降り、そこから徒歩でホワイトハウスの柵の前に立った。

三ヵ月前と違って、エリプス広場には心地よい風が吹き抜けていた。強い陽射しの下、新緑の芝生と、柵の向こうにある真っ白なホワイトハウスがまぶしかった。

後ろから呼びかけられるのを期待して、しばらくじっとホワイトハウスを見つめた。当然いつまで経っても声はかからない。それでも、全裸の滝沢がひょっこり顔を出すのではないかと、ゆっくり肩越しに振り向いてみた。

だがそこには道路を挟んでワシントン記念塔が屹立《きつりつ》しているだけだ。自分と同じ日本人旅行者だろうか？　ビデオカメラを持った全身黒ずくめの男性が、ホワイトハウスを撮影している。間もなくその挙動不審な旅行者の元に二人組の警官が駆けつけ、尋問をはじめた。咲は警官から逃げるように次の場所へ急いだ。

ワシントンで滝沢が住んでいたアパートは、簡単に見つかった。

彼のノブレス携帯に〈HOME〉と記されたデータマップが残されていたからだ。きっと自分だけにアパートの場所がわかるように、ノブレス携帯を託したのに違いない。〝飯沼朗〟という新たな経歴と共にパスポートを手配したのも、海外に潜伏するためだ。彼はきっとワシントンにいる――アパートへ向かう咲は駆け足になっていた。

ところが辿り着いた滝沢の部屋は、火災で焼失していた。

ノブレス携帯を分析し、滝沢が消去した過去の活動履歴にすべて目を通した板津によれば、ワシントンのアパートには、ホワイトハウスの警備状況を調べた地図や、改造拳銃、重機関銃、偽造パスポート、さらに〝迂闊な月曜日〟のテロリストとして逮捕されるのに十分な証拠――巡航ミサイルを買いつけた書類などが用意されていたらしい。

もし咲と出会わなければ、全裸で拳銃を所持していた彼はホワイトハウスの前で逮捕され、原因不明の〝迂闊な月曜日〟を企てたテロリストとして逮捕される段取りになっていたのだ。

『兄貴風《あにきかぜ》吹かしてるアメリカに、少しは何とかしてくれよって一言《ひとこと》もの申してくるわ』

ドバイにコンテナ輸送される直前、避難誘導に参加した二百人の能動的な若者の一人に、滝沢はそう洩らしていたらしい。

では、なぜ彼は記憶を消さなければならなかったのか？

滝沢は二万人の若者たちに失望して記憶を消したのではなく、余計な証言をしないように敢えて記憶を消したようにも思える。

とすると今回も、何かを背負うために記憶を消したのだろうか？

真っ黒にこげた窓辺を見やり、三ヵ月前にここから飛び出していった彼が残した言葉がふと頭を過《よ》ぎった。

『運が悪けりゃトイレまで全焼ってことさ』

「……本当にヤケクソだよ」

踵《きびす》を返してひとりごちる。その後、警察署、日本大使館、ダレス国際空港を巡ったが、ワシントンのどこにも滝沢の姿はなかった。


日本に帰国した咲は、成田空港からわざわざ羽田空港に移動して、そこから日の出埠頭へ向かった。最終便の定期船に乗り、夕闇迫る豊洲を訪れる。

コンクリートの桟橋を降りると、ミサイル難民たちのダンボールハウスは撤去されていた。仮設住宅の建設もストップし、難民に対する生活保護は飯沼内閣以降打ちきられている。難民は自己責任の名の下に、政府から完全に見放されてしまったのだ。

しかし彼らは新たな自活の道を見出しはじめていた。駅のゴミ箱から拾ってきた漫画雑誌などをショッピングモールで暮らす若者たちに提供することで、彼らは生計を立てている。若者たちは彼らを〝業者〟と呼び、豊洲で独特の経済圏を形成しはじめた。

本来、ショッピングモールは《東のエデン》の所有するものだったが、現在は能動的なニートたちによって管理運営されるようになっている。ショッピングモール内は無線ＬＡＮが自由に利用できて、映画・演劇・漫画・アニメ・ゲームが無料で楽しめた。がらんとしていたショッピングモールには、同人誌やフィギュア、自作ＤＶＤの即売会のブースが軒を連ね、熱気にあふれている。

何かを表現したい若者たちが、どんどん豊洲に集まり出している。海外からわざわざやってくる人もいて、コスプレのイベントなどが開かれるようになり、能動的なニートたちによって新たに運営委員会が編成された。

今や豊洲は、既存の商業ルートを介さない、若者独自の消費行動の発信地として、世界中のニートから注目を集めつつある。ここに集まったニートたちは、あくせく働かなくても〝毎日が楽しいお祭り騒ぎ〟という生活を享受《きょうじゅ》していた。

けれど、その陰で一人生贄《いけにえ》になった滝沢のことを想うと、咲は同じようにはしゃいだ気分にはとてもなれなかった。

ミサイル事件から約三ヵ月。日本が目に見えて衰退していくのに対して、若者たちだけは何か熱量を帯びていた。不安はあったが、高度経済成長もバブル期も知らない若者にとって、明日この国がどうなるかわからないという気分そのものが新鮮だった。誰も直接口にはしなかったが、あの日以来、ぼんやりとした閉塞感が、ある種の期待感に変わったのだ。

その後も咲は、毎週のように六本木や京都や播磨まで足を伸ばした。だが依然として、滝沢を見つけられなかった。

二〇一一年六月。

豊洲の二万人ニートがインディーズレーベルからデビューを果たした。豊洲の運営を彼らに任せていた平澤たちにとっても、それは寝耳に水だった。

〈AKX20000®〉というグループ名でデビューした彼らは、身柄を拘束された際に警察から支給された灰色の作業ツナギを着て、テレビで引っ張りだこになった。

すでに被害者として登場したニュース番組以外の、あらゆる番組に彼らは出演した。歌番組はもちろん、クイズ番組、ドラマ、バラエティ、グルメ番組。有名キー局のお昼のトーク番組に出演した際には、ステージから客席までニートが埋め尽くし、サングラスをかけたお馴染みの司会者を胴あげ。二万人のゲストはスタジオに入り切らず、さらに冷静沈着で知られる司会者を混乱に陥れ、番組をなし崩しに終わらせるという前代未聞のハプニングを起こした。

彼らの歌は一般人のカラオケレベルだったが、二万人のニートが全裸で歌うというある種大規模なパフォーマンスと、何より彼らの体験してきたドバイでの生活そのものが、ただのニートに過ぎない彼らを一種特別な人間に見せかけていた。

彼らの歌う歌詞は、次のようなものだ。

被害者になりたい
被害者になりたい
俺たちは被害を受けたじゃないか!

だから俺たちは被害者だ！
被害者最強！　※

※Repeat

全裸にされて強制労働させられた若者たちの境遇と、ミサイル攻撃を受けた現代日本の姿はどこか重なる部分もあった。彼らの歌詞は、偶然にしろ、どこか時代と並走していたのかもしれない。

彼らを真似て、小学生までが「被害者最強！」と口ずさんでいるのを見かけたとき、咲は何だか薄ら寒かった。理由はわからない。ただ、自分の知らないところで日本が破滅に向かって突き進んでいるように思えたのだ。

そんな彼らの人気は、所詮、一時的なブームに過ぎず、自然とメディアへの露出も少なくなっていった。

二〇一一年八月十日午後十一時。

《東のエデン株式会社》に於ける咲の仕事は、デザイン面のサポートだ。学生時代、ＰＯＰ職人と言われた彼女は、ウェブサイトのデザインなどを手掛けていた。

クライアントとのやり取りは深夜にまで及ぶこともあったが、咲はまったく苦に感じなかった。自分が興味を持っていたことを仕事にしているという誇りがあったし、それが他人によろこぼれると、充実感があった。

ただ、日々、プレッシャーはある。気ままにPOPを描いているのと、クライアントの要望に沿ったデザインに仕あげるのとはまったく次元が違う。

締め切りの迫っているデザインに煮詰まって、咲は作業の手を止めた。洋書の写真集をめくりながら、大きくため息をつく。

「お先失礼しまーす」

顔をあげると、新人スタッフが終電で帰るところだった。

「お疲れさま」

遅くまで作業している咲に遠慮しているのだろう、新人スタッフはこそこそとオフィスを出ていった。咲も平澤も、彼らに残業を強要したことは一度もない。むしろきっちり仕事を終えて、早々に帰ってもらってかまわなかった。咲もその方がデザインに集中できる。だが彼らはなぜか終電までオフィスに残り、そして、かならず終電には帰宅するのだった。

彼らが遅くまで何をしているのかと思ってデスクトップを覗いたら、何もウインドウが開いていなかった。つまり、ただ終電の時間まで、さも仕事をしているかのようにパソコンの前に座っているのだ。咲にはまったく理解できなかった。

たった七日間の差なのに、昭和生まれの咲や平澤と、平成に生まれた彼らとのあいだには、理解し合えない断絶があるように思えてならなかった。かといって、彼らと同じ平成生まれのみっちょんや春日にそれを感じたことはない。そもそも昭和も平成も関係なく、単なる気質の差とも言うべきものに咲は違和感を感じているのだろうか？

入れ違いで、社長室から平澤が出てきた。咲と同じように彼もまた、何やら複雑な表情で新人社員を見送っている。

「どうしたの？」咲が声をかける。

平澤は眼鏡を押しあげて、渋い顔で口を開いた。

「五月に一度足を伸ばしたというのに、またワシントン行きのチケットを取ったそうじゃないか」

「えっ……」

咲は、平澤がなぜ知っているのかと驚いた。先週末、格安チケットを予約したことは、誰にも話していない。

咲の机に手を伸ばすと、平澤は洋書の写真集をひっくり返した。そこには〈格安〉と銘打たれたワシントン旅行のパンフレットが置いてあった。

「夏休みを何に使おうが自由だが、ヤツの濡れ衣《ぎぬ》を晴らしたいと言いながら、本当は自分の居場所を探しているだけなんじゃないのか？」

平澤の言葉に咲はうつむいた。滝沢を探して旅を続ければ続けるほど、自分は現実に違和感を覚えている。それは事実だった。

「ここは、咲の居場所にはならないのか？」

「……そんなこと、ないよ」

答えながらも、咲は依然として目を合わせようとしない。

「それこそ野暮ってもんよ」

深刻な空気を和らげるように明るい声があがった。咲と平澤が顔を向ける。丁度、おネエと春日が夜食を買って戻ってきたところだった。

「平澤も、あの子のことは心配してんのよ。ね？」

含みのあるおネエのもの言いに、咲は平澤を見た。彼は何も答えず、咳払いをして腕を組んでいた。

しかたなくおネエが続ける。

「咲には黙ってたけど、板津《パンツ》に頼んで滝沢《タックん》の携帯に送られてくる活動履歴をそっくりエデンのサーバーに転送できるようにしてもらったの。タックん以外のセレソンも未だにゲームを続けてるわけだし、またミサイル事件とかあったら今度こそ本当にこの国ヤバいでしょ？」

「おネエ、まだそのことは……」低い声で平澤が抗議する。

パンツこと板津豊《ゆたか》が滝沢の過去を分析したことは咲も知っていた。だが、セレソンの調査を続けていることは初耳だった。平澤は板津を切り捨てたはずではなかったのか？

「そろそろ教えてあげてもいいんじゃない？　エデンの立ちあげも、本当はタックんの救出が目的なんだってこと」

咲は大きく目を見開いた。

「……滝沢には大きな借りがあるわけだしな」

首をかきながら照れくさそうに、だが真面目くさった顔を崩さずに平澤が言った。

「だから今度は俺たちニートが滝沢を救い出し、この国を変えていかねばならん、と思ってね」

「平澤くん……」

「もうニートではなくなっちゃったけどねえ」

おネエが人気《ひとけ》のなくなったオフィスを見回した。オフィスには、創業メンバーしか残っていない。

一人で滝沢を探しているつもりだったが、あれから半年、平澤たちもまたニートから社会人になっていく中で、この日本に違和感を持っていたのだ。咲は背中を押された気分だった。ずっと一人では、挫《くじ》けそうになっていただろう。滝沢のように一人で抱え込むことなど、とてもできそうにない。

「ねえ！　新しい総理大臣がもう倒れたって？」

そんな中、みっちょんがオフィスに駆け込んできた。自分のデスクに座り、キーボードを操作する。

咲と平澤たちは、みっちょんのパソコンに集まった。彼女のディスプレイにネットニュースが映し出され、トップページには大きな見出しが躍《おど》っている。

飯沼総理、過労で倒れ危篤に！

「うそぉ！」おネエの声がうわずる。

速報によれば、飯沼首相はひどい頭痛とめまいを訴え都内の病院に搬送されたらしい。ストレスと過労が原因とみられ、現在は危篤状態にあるという。

「みっちょん、ヤツの履歴を出せるか？」素早く平澤が指示を出す。

「でも……」

みっちょんが咲に気を遣う。

平澤はみっちょんに、セレソン調査の継続を咲に説明したことを伝えた。

みっちょんは力強くうなずいてアクセスコードを入力する。パソコンがセレソンの活動履歴を読み込んだ。間もなくして、ディスプレイに全セレソンの活動履歴が表示された。

百億円で日本を救え——Mr.OUTSIDEと呼ばれる謎の人物によって選ばれた十二人の日本代表、セレソンには、百億円の電子マネーが入ったノブレス携帯が与えられる。

セレソンには各自専属のコンシェルジュ——ジュイスがついて、彼女に自分の願いを伝えれば、電子マネーの残高と引き換えに、セレソンの願いが叶うのだ。

セレソンがジュイスに申請した内容と、その際に引き落とされた金額は、たった今みっちょんが表示させたように、活動履歴としてすべてのセレソンに配信される。

〈I〉から〈XII〉まで十二個のエンブレムが二列に並ぶ中から〈IX〉のアイコンをクリックし、滝沢の活動履歴を表示させた。

この国の王様になる
【詳細ログ】
〝飯沼朗〟名義のパスポートを作成

「以前、ヤツのパスポートの名字が〝滝沢〟から〝飯沼〟に書き換えられていただろう？　これはひょっとして、ジュイスがヤツを総理大臣にしようとしているってことだったんじゃないのか？」

平澤が推理を組み立てる。

息つく暇なくみっちょんが「あっ」と声をあげて、ディスプレイを指差した。そこには〈IX〉の新しい詳細ログが更新されている。

《飯沼誠次朗後援会》に私生児・朗の存在をリーク

「私生児の存在をリークって……タッくん、飯沼総理の子供だったたってこと？」

「違うよ、タッくんを新総理の跡継ぎにしようってこと。パスポート改ざんは、その前振りだったんだよ！」

みっちょんが平澤を見あげる。

平澤は自分の推理に確信を深めている様子だ。呆れた顔でかぶりを振る。

「バカげている。ふたたび記憶を消し、この国の王になると言って消えた滝沢の融通無碍《ゆうずうむげ》な申請もどうかと思ったが、それを総理大臣と解釈するジュイスもジュイスだ」

「そうよねぇ……」思案顔でおネエが言った。「でも待って？　パスポートはタッくんの取り調べ直後には書き換えられていたわけだから、飯沼誠次朗が総理になることも過労で倒れることも、半年前から折り込み済みだったってこと？」

おネエとみっちょんが顔を見合わせた。がらんとしたオフィスが静寂に包まれる。

総理大臣を危篤状態に追い込んだのは、ジュイスだったのか？　あるいは健康診断のデータなどを基に、半年後に危篤状態になるであろう飯沼議員を敢えて総理大臣にしたということか？　いずれにしろ、総理大臣に「ギャフン」と言わせることのできるジュイスだ。それくらいのことはやりかねない。

「やはりジュイスの力は国家の中枢にまで……」

春日が平澤を見やる。彼は大きなため息をついた。

「亜東才蔵恐るべし、ということか。わかってはいたことだが、ヤツの救出は簡単ではなさそうだな」

すると、咲たちの目の前で、ふたたび詳細ログが更新された。

《飯沼誠次朗後援会》に飯沼朗の滞在場所はニューヨークとリーク

「ニューヨーク?」

読みあげて、咲が心の中で反芻《はんすう》する。〝この国の王様〟にしようと、ジュイスは彼を飯沼首相の私生児として経歴を書き換えた。そして、《飯沼後援会》を遣わして彼をニューヨークから連れ戻そうとしている——そう、彼はニューヨークにいるのだ。

確かに咲たちは半年前、卒業旅行でニューヨークを旅した。だが、滝沢とはニューヨークなど行っていない。

「〝君と旅した場所〟ってメッセージからすれば海外の線はワシントンに絞られちゃうけど」

考え込んでいる咲の顔を、みっちょんが不思議そうに見あげている。

「もしかして——」言葉を切って、咲は思案した。

「どうした、心当たりがあるのか?」

結論は出ていた。

咲はワシントン行きのチケットをキャンセルして、ニューヨーク行きのチケットを取った。

翌日には荷物をまとめ、夜のうちに成田空港へ出発していた。もうじっとなどしていられない。

咲は〝一緒に旅した場所〟という言葉の意味が、自分だけにわかるメッセージなのだと信じて、一人ニューヨークへ旅立った。

3

十日午後十一時半。滝沢の活動履歴がふたたび動き出した夜。平澤一臣《かずおみ》と《東のエデン株式会社》の主要幹部は、社長室で滝沢の救出作戦《サルベージ》を協議した。

彼らのいる部屋は会議室と応接室を兼ねていて、広めに設計されている。代表取締役の平澤のデスクと、取締役のおネエ、取り締まられ役の春日、システム担当のみっちょんのデスクが社長室内にあった。部屋の隅には応接セットが備えつけてある。従業員が働くワークスペースとの仕切りはガラス張りになっており、用途に応じてロールスクリーンを上げ下げできた。

ワイシャツにカーディガンだった学生時代とは違い、平澤はきちんとジャケットを着ている。彼はホワイトボードを使ってこれまでの経緯をひとつひとつ整理していった。

「この国の王様になるという申請を現実のものとすべく、ジュイスは滝沢を総理大臣にしようとしている。ニューヨークにいるヤツを見つけ出したとしても、日本に帰国させてしまえば、《飯沼後援会》を遣わして日本に連れ戻そうとしているジュイスの思惑通りになってしまう」

つまり、平澤たちの勝利条件は、ジュイスよりも先に滝沢を見つけ出し、ノブレス携帯の効力の及ばないところまで逃亡させることだ。

「だが、これだけでは不十分だ」平澤が慎重に言葉を選ぶ。「思い出して欲しい。任務を途中放棄し、逃亡を図ったセレソンは、サポーターによって殺されてしまう」

みんなに緊張が走った。百億円でこの国を救え——でなければ死。そう、滝沢は命がけのゲームに強制的に参加させられているのだ。探し出すだけでなく、彼が巻き込まれているゲームからも解放しなければ、助け出したことにはならない。

「でもどうやって……」咲が不安げに言う。

平澤がホワイトボードに〈Mr. OUTSIDE〉と走り書きして丸で囲む。マーカーがキュキュキュと音をたてた。

「Mr. OUTSIDEを見つけ出し、この馬鹿げたゲームを終わらせるんだ。彼の正体については、板津が調査を進めている。セレソンがいつどうやって選抜されたのか。そこから真相に迫っている」

「で、成果は?」とみっちょん。

無言で平澤が首を振る。

セレソンと敵対しながら滝沢を捕捉、王様申請を止め、同時に国家権力を操ることすらできるノブレス携帯の黒幕と対峙《たいじ》する——しかも頼れるのは《東のエデン》のメンバーだけなのだ。

「強制はしない。覚悟のある者だけがここに残ってくれ」

誰も席を立たなかった。

「……本当に、いいんだな?」

みんなの顔を見渡す。みな平澤の言葉に静かにうなずいている。

平澤は社長室内に《東の防衛団　サルベージ対策本部》を設置。役員並びに創業メンバー以外の立ち入りを禁止した。

「どうして防衛団なんですか？」春日が平澤のデスクを覗き込む。

早速、平澤は自ら《東の防衛団　サルベージ対策本部》と筆を揮《ふる》っていた。思えば学生サークル時代《東方革命学生連盟》と揮毫《きごう》された楡《にれ》の木の看板に《東のエデン》と上書きしたのも平澤の筆だった。

「半年前も、滝沢と咲との運命的な出会いが、結果として日本中に降り注いだミサイルをくい止めたわけだからな。いわばヤツを救い出すことは、日本を守ることでもある」

平澤から掲示を任された春日は、ただちに社長室前にその短冊を貼りつけた。

十一日は情報収集に力を注いだ。全国を飛びまわり、セレソン調査を続ける板津も東京に呼び戻した。みっちょんは引き続き一人で膨大な量の活動履歴を精査し、おネエと春日はニューヨークの日本人コーディネーターを探して、探偵を雇うことも検討した。

平澤と咲はニューヨーク行きのチケットを確保しようとしたが、ちょうど夏休みシーズンでキャンセル待ちの状態だった。日本経済が逼迫《ひっぱく》しているというのに、近ごろでは熟年層の海外旅行が急増しているのだ。

飯沼内閣は税法の新たな改正に着手していた。これは、ミサイル事件以降、急激に増え続けるニート対策だ。先週もこんな新聞記事があった。

相続税一〇〇%法案　党内からは批判の声も

社会問題となっている若年未就労者に「働く」ことを促すための、相続税法の特例に関する法案が今、議論を呼んでいる。

内閣府の定義によるニートの総人口は、二〇一一年八月で約九十万人にまで達した。この発表を受け、政府・与党は法的にニートの自立を促すための検討会を開き、両親の遺産をあてにしているニートに就業を促そうという趣旨の下、当法案を今年三月、衆議院税務委員会で可決した。

井上幹事長は八日夕の自主党役員会で、所謂《いわゆる》相続税一〇〇%法案制度への批判が強いことを踏まえ、「若者を見放した法案という印象を与えている。雰囲気を和らげるように、竹内政調会長を中心に政策（作り）に着手してほしいと話している」と述べ、総合的な若年未就業者（ニート）対策をまとめるよう指示した。これを受け、与党は貯蓄に動く熟年層に消費を促す目的もあると述べ、一概に若者を見放しているとも言えないのではないかと記者にこぼした。

相続税一〇〇%法案――「外資から日本固有の財産を守るのと同時に、消費を増やして景気を回復させる」と謳《うた》ってはいたが、最終的には既得権を抱えるオジサンたちと、それを食いつぶそうとする若者両方を締めあげようという恐ろしい法案だ。

だが、熟年層は見事にこの法案に踊らされていた。まだ可決すらしていないのにもかかわらず「金はあの世まで持っていけない」とばかりに貯蓄を崩し、刹那《せつな》的な楽観主義が蔓延していた。定年退職を迎えた平澤の父親も、夫婦で世界一周旅行に出かけたばかりだ。

そんな中、ようやく取れたニューヨーク行きのチケットはたったの一枚——咲の執念の賜物《たまもの》だった。

「わたしだけで大丈夫」

咲の言葉は決意に満ちていた。

「いや、それは危険だ。ここは誰か同行すべきだろう」

そう言ったものの、さて、スタッフ一同手一杯なのに、一体誰が同行するのか？　滝沢の行方を探し出し、逃亡先の手配を進めるのと同時に、セレソンの履歴を監視、Mr. OUTSIDEに迫る——ニューヨーク行きの人員は咲以外に割《さ》けないのが実情だった。

だが、もし国家権力をも自在に操るジュイスが、強硬手段に打って出たら——？　指紋認証によってジュイスを呼び出すノブレス携帯は、咲が持っていてもただの携帯電話に成り下がる。そんな状態で持ち歩いていたら、セレソンに襲われるかもしれない。現に滝沢は4番目のセレソンにノブレス携帯を狙われたという経緯がある。

それに活動履歴によって滝沢がニューヨークにいることが全セレソンに通知された以上、もはや彼がノブレス携帯を持っていないことは自明であった——ノブレス携帯は有効圏外を出ると、背番号の点灯が一段階暗くなるのだ。ところが、今、滝沢の背番号〈IX〉は点灯したままだ。やはり咲を一人で向かわせるのは危険だ。

一瞬、頭に大杉の顔が浮かぶ。だが、かつての恋敵を一緒に探させるのは、大杉に対してあまりにも酷な気がする。猫の手でも借りたい状況ではあったが、普通のサラリーマンとして日常を送る彼を巻き込むべきではない。

「この半年間、ノブレス携帯はわたしの手にあった。ジュイスも滝沢くんに連絡を取っていないはずだし、セレソンたちも居場所を知らない。わたししか、手掛かりは持ってないんだよ」

〝君と旅した場所〟という手掛かり——その一点のみにおいて、咲は有利な状況にある。

「一人で行かせてやんなさいよ」

半年間、滝沢を探し続けた彼女の気持ちを察して、おネエが後押しした。

咲は《東の防衛団》のメンバーにすら〝君と旅した場所〟がどこなのかを明かしていなかった。だから咲にしか見つけられないという状態だ。

「……空港へは見送りに行けんぞ」

根負けした平澤が口を曲げながらいった。

おネエとみっちょんに背を押され、咲は十二日午前八時、成田空港を飛び立った。

その直後だった。咲のニューヨーク行きに呼応するように、6番がニューヨーク行きのチケットをジュイスに申請した。6番の活動履歴にはこうあった。

ニューヨーク行き航空券手配

【詳細ログ】

ファーストクラス

咲は6番に監視されていたのだ。申請された時間から見て、6番は咲と同じ飛行機に搭乗する可能性が高かった。

即刻、咲に連絡を入れたが、すでに飛行機に乗ってしまったのか、電源が切られている。飛行機を降りるまで約十二時間、連絡が一切つかない。

「6番は、何で咲のことわかったのかしら?」おネエが首を傾げる。

「マスコミが一時、森美先輩を追いかけたりしたからだと思います」と春日。

「なるほど。にしても6番、行動が意味不明なだけに不気味ね」

滝沢がニューヨークにいるとわかってから、6番の活動履歴には、繰り返し同じ履歴が並んでいる。

飯沼朗の居場所を探す
【詳細ログ】
却下

却下——『この国の王様になる』という申請以後、たとえセレソンであろうとも滝沢の行方をノブレス携帯で突き止めることはできないらしい。

半年前、大杉が〝ジョニー狩り〟の被害にあったと騒ぎになったとき、平澤たちは大杉らしき男が拘束された写真から《東のエデン》の画像検索エンジンを使って手掛かりを摑んだ。

滝沢はそこから、監禁されていると思われるホテルを特定し、さらにその部屋を借りている人物のクレジットカードから、11番目のセレソンの現在位置を突き止めた。つまり、名前さえわかっていればノブレス携帯によるセレソンの捕捉は可能なのだ。

それが、今はどうして却下されているのか？

考えられる理由は、『この国の王様になる』という滝沢の申請に抵触するため、6番の申請は却下されているのかもしれない、ということだ。

6番はどういう目的で滝沢を追っているのか？　平澤たちは6番の活動履歴を遡《さかのぼ》った。最新のＨＤカメラやレンズ、編集機材の手配など、とてもこの国を救う活動とは思えない。

6番の目的が咲ではなく、滝沢にあることは明白に思える。咲を尾行している理由も、ノブレス携帯では滝沢の居場所がわからないからだろう。少なくとも咲が彼を見つけ出すまでは、手出しはしてこないはずだ。一刻も早く咲と連絡を取り、危険が迫っていることを伝えなければならない。

そのとき、みんなの目の前で6番の活動履歴が新たに更新された。

森美咲のキャリーバッグに拳銃混入

《東の防衛団》に、緊迫した空気が流れた。

額に手を当て、息をつく。出発早々、懸案事項でいっぱいだった。情報を整理するためのホワイトボードは、すでに書き込みで真っ黒になっている。

6番の意図はどこにあるのか？　滝沢にノブレス携帯を渡したくないからか？　だとしたら、どうしてわざわざニューヨークまで追いかけたのか？　空港で足止めすれば十分だったはずだ。彼を見つけ出すことが目的ではないのか。どうして滝沢を探す咲の妨害をしたのか？

平澤たちは6番の活動履歴を辿ってその真意を摑もうとしたが、何も手掛かりがつめないままに時間だけが過ぎていった。

また室内に活動履歴の着信音が鳴り響いた。平澤たちがみっちょんのパソコンに集まる。今度は11番目のセレソンがニューヨーク行きのチケットを手配していた。

ニューヨーク行き航空チケット用意
【詳細ログ】
ビジネスクラス

〝ジョニー狩り〟と呼ばれる連続殺人鬼である11番は女性のセレソンで、ノブレス携帯を使い殺人の証拠隠滅を繰り返していた。活動履歴を見る限り、この半年間は、彼女はジョニーを狩っていない。

不審なストーカーと連続殺人鬼が咲を追っている――咲と平澤がどんなに手を尽くしても一

枚しかチケットを手に入れることができなかったのに、ノブレス携帯を持つセレソンたちは、いともたやすくニューヨーク行きの手配をしてしまった。自分たちの無力さを思い知らされる。否——平澤は心の中で弱音を打ち消した。「出端《ではな》からこんな調子では、咲はおろか滝沢を助け出すことはできない」そう自らを奮い立たせた。

事態が悪化したのはむしろその後だった。2番目のセレソンが、ノブレス携帯を使って〝飯沼誠次朗首相に私生児がいた〟とメディアに暴露したのだ。2番の履歴にはこう記されていた。


飯沼首相の私生児の正体と題してマスコミ各社にファックス送信

これだけに留まらず、2番は〝飯沼の私生児の正体〟と称し、マスコミ各社に〝飯沼朗〟名義のパスポートを公開してしまった。

ミサイルを迎撃する滝沢の画像と、飯沼誠次朗首相の私生児として公表されたパスポートの写真はすぐに比較された。今ではテレビもネットも大騒ぎだ。

十日夜に脳溢血《のういっけつ》で倒れた飯沼誠次朗首相は、十二日未明に帰らぬ人となり、メディアは一斉に飯沼誠次朗の通夜に押しかけた。報道陣を前にした飯沼誠次朗の妻・飯沼千草《ちぐさ》は、喪服姿で会見に臨んだ。彼女は毅然とした態度で私生児の存在を否定し、ミサイル犯に対しコメントを求められると、質問した記者を睨《にら》みつけ「何も申しあげることはございません」と締めくくった。

首相の私生児がテロリストという、まともな人間なら一笑に付すような三面記事にもかかわらず、日本はそのニュースで持ちきりになった。日本中が、いや世界中がこの半年、ミサイル犯の情報に飢えていたのだ。

〈AiR KING®〉の帰国を待ち構えるように、成田空港の到着ロビーにはツナギを着た二万人のニートが詰めかけた。今や落ち目の彼らは、王の帰還を待ちわびる従順な民のように、空港に集結した。空港内で〈AiR KING®〉Tシャツを販売する業者や、報道陣も集まった。ニートと報道陣は空港職員ともみ合いになり、けが人も多数出た。

成田空港は十二日昼の会見で、集まった若者たちが暴徒と化す恐れがあるとして、千葉県警の協力を要請した旨を発表した。空港警察は熊手まで持ち出して警備に当たった。警察はその熊の手を模した鉄製の鉤爪でニートを威嚇。空港は一時騒然とした空気に包まれた。

どうやら滝沢の履歴が動き出したことで、セレソンゲームも完全に再開されてしまったようだ。

このままミサイル事件における諸問題を一身に背負わされている状態で、さらに総理の私生児としてメディアにその姿をさらされれば、滝沢は元の人生を取り戻すことができなくなってしまう。それに咲がニューヨークへ向かったということがメディアに知られれば、大きなニュースになるだろう。このままでは咲の人生も無茶苦茶になってしまう。

だが、彼女の携帯電話は依然繋がらないままだ。

十二日午後八時ごろには、両手にドーナッツの箱を提げた大杉が息を弾ませて乗り込んできた。

「どういうことだよ、平澤！」

声を張りあげながら、大杉が平澤に詰め寄る。身長百九十センチもある大杉を、平澤が見あげる形になった。

学生時代《東のエデン》のメンバーだった大杉は、大手スポーツ用品メーカーに就職して、営業マンをやっている。中学校や高校に営業をかけて、上履きや体操着、ジャージ、運動用具などを買ってもらうのだ。

仕事を終えたその足で合流した大杉は、地味なスーツにネクタイをしている。真面目に営業しているのだろう、彼の革靴はくたくたにくたびれている。

背を丸めた春日が大杉に続いて戻ってきた。ビル内には通行証がないと入れないはずだった。春日が大杉を手引きしたのか。

「春日！」

平澤は強い視線を春日に向ける。《東の防衛団》が直面する一連の問題に関われば、一般人としての大杉の生活はめちゃくちゃになってしまうかもしれない。だから大杉を巻き込まないようにしたはずだ。それなのに春日が余計なことを大杉に吹き込んだのではないか？

「いや、ぼ、ぼくじゃありませんよ」春日が顔を歪める。

「テレビで見たんだ！」庇《かば》うように大杉が言う。「アイツが、飯沼首相の私生児だって？　咲ちゃんに電話しても繋がらないし、お姉さんに訊いたらニューヨークに行ってるっていうじゃないか！　しかもみんなで《東のエデン》に集まってるって」

　平澤は感情を抑え、大杉をなだめるようにここまでの経緯を説明した。大杉は神妙な顔つきで聞いていた。

「どうして黙ってたんだよ」

　応接セットに差し入れのドーナッツを並べながら大杉が口を尖らせた。紙ナプキンの上に几帳面《きちょうめん》にドーナッツを置いて、それを机に延々並べている。

「確かに俺は特殊技能もないから何もできないかもしれないけどさ、声ぐらいかけてくれたって」

「……覚悟はあるんだな？」平澤が念を押す。「ミサイル犯として滝沢の存在が大々的にメディアに公開されてしまった以上、この件に首を突っ込めば、会社もクビになるかもしれんのだぞ？」

　大杉は少し間を置いて答えた。

「でなきゃ差し入れ持ってここまでくるかよ」

　前向きな大杉の存在は、今の平澤にとっては救いだった。


　十二日午後九時半。平澤たちは焦れるような時間を過ごしていた。事態が悪化していくのを目の前にしながら、咲と連絡が取れるまで何も手が打てないことが不甲斐無く思えてくる。途方に暮れるとはまさにこのことだ。

ニューヨークは十二日午前八時三十分。咲を乗せた飛行機はそろそろ到着しているころだろう。空港からシェラトン・ホテルまではタクシーで四十分。渋滞で道が混んでいたとしても、現地時間午前十時にはチェックインを済ませているはずだ。

おネエと春日は咲の行動を確認するためにコーディネーターを手配しようと、連絡をとっていた。だが最終的には《東の防衛団》以外の人間に滝沢の存在を知らせるのは得策ではないという結論に至り、コーディネーターは断ることになった。

すべてが暗礁に乗りあげていた。みんなの集中力も限界に近づきつつある。丸二日を《東の防衛団》で過ごし、活動履歴をチェックし、今後の対策を協議し、方々に電話をかけたが、問題ばかりが噴出し、まったく進展は見られなかった。

そんな中、11番の活動履歴が更新された。

グランド・セントラル駅で警官の注意を引きつける

咲と同時刻に出発した11番がニューヨークに到着しているということは、咲もニューヨークに到着しているはずだ。彼女は何らかの事件に巻きこまれたのか?

しかしまだ携帯は繋がらない。唯一の望みである咲の行方がわからないのが一番恐ろしい。何としてでも彼女の安全を、最優先で確保しなければならない。

平澤はニューヨークの日本総領事館に電話をしようとしたが、受話器に手を伸ばして一瞬、躊躇《ためら》った。せっかくニューヨークにまで行って、滝沢に会えないまま帰国することになる咲の心境を思うと、胸が張り裂けそうだった。

そのとき、平澤のデスクにある電話が鳴り響いた。室内に緊張が走る。表示された番号は咲の携帯のものではないが、国外からなのは間違いない。携帯はどうしたのか？　彼女の携帯は国際ローミングのはずだ。すかさず平澤が電話に出る。

「咲か？」

思わず声を荒《あら》げた。すぐにスピーカーに切り替え、《東の防衛団》に詰めているみんなが聞こえるようにする。

「なぜすぐに連絡をしない。みんな心配していたんだぞ」

〈ごめん、こっちもいろいろあって……〉

咲の声は弱りきっている。だがひとまず咲の安全を確認して、平澤はほっと息を吐いた。みんな同じ気持ちだった。

「咲が飛行機に乗っているあいだに事態が急変した。飯沼総理が死去し、滝沢の履歴に呼応するように6番と11番のセレソンがニューヨークに向かった。しかも6番は咲の荷物に仕掛けをするという申請を出している。まずは荷物を調べろ！」

〈えっ、じゃあ、さっきのは……〉

「すでに何かあったのか？」咲の声に陰りがあるので、すかさず聞き返す。

〈キャリーバッグに拳銃が入れられてたの。そのせいで、パスポートもお財布もノブレス携帯

もなくしちゃって……〉

「何だと？」

平澤は聞くなり顔をしかめ、思わずデスクを叩いた。驚きのあまり、声がひっくり返る。

「なぜノブレス携帯をすぐにチェックしなかった！」

〈ごめん〉咲が繰り返し謝る。〈ちょっと考えごとしてて……〉

小銭を投下する音が聞こえた。公衆電話からのようだ。咲は財布を失くしたと言っていた。

時間は限られている。いくらか冷静さを取り戻した平澤は、咲が置かれた状況をかいつまんで話した。

「追い討ちをかけるようでなんだが、2番のセレソンに至っては、滝沢のパスポートのコピーを〝飯沼の私生児の正体〟と称し、マスコミ各社に送信したのだ。おかげでこっちは、飯沼の私生児＝《イコール》ミサイル事件の重要参考人というニュースで持ちきりだ。空港にはすでに滝沢の帰国を待ちわびた二万人のニートが押し寄せている」

〈たった十二時間でそんなことに……〉

「とにかく、ここは不測の事態を鑑《かんが》み、今すぐ総領事館に避難するんだ」

〈え、でも……〉電話の声が消え入りそうになる。

背後では大杉が、何度もうなずいて賛意を示す。

「《飯沼後援会》がヤツを捜すためニューヨーク入りするという情報もある。残念だが今は諦《あきら》めろ」

断腸の思いで告げた。滝沢が本当に〝君と旅した場所〟にいるかどうかはわからないのだ。

〈ダメだよ！〉

食い下がる咲の声がスピーカーを通して室内に響き渡る。

〈今捜し出さなかったら、滝沢くんは記憶がないまま、マスコミのさらし者にされちゃう。それでなくても、滝沢くんは多くの問題を背負い込んでくれているのに……〉

「だが、咲をこれ以上危険な目にあわせるわけにはいかん。パスポートがなければ、ホテルにすら泊まれんのだぞ？　すぐに総領事館に行くんだ。自分で行けないなら、こちらから保護を要請する」

〈平澤くん、わたしどうしてもひとつだけ確かめたいことがあるの。もしあのメッセージの場所がわたしの考えてる場所だったら、まだギリギリ他のセレソンより先に滝沢くんを見つけられるかもしれない〉

「しかしだな……」平澤が言葉を濁す。

「総領事館が閉まるのは午後四時」とみっちょん。

〈お願い、平澤くん〉

咲の切実な声にみんなの胸が締めつけられた。パスポートも財布も携帯電話も失くして、脅えながらたった一人で公衆電話にしがみついている咲の姿が頭に浮かぶ。滝沢と会わせてやりたいという思いももちろんある。

平澤が唸った。みんな固唾《かたず》を飲んで彼の決断を待っている。

今は咲に賭けるしかない。そんな自分が不甲斐ない。

「……わかった。だが午後四時までには、必ず総領事館に行くんだ。いいな」平澤の口調もいつの間にか和らいでいる。

〈うん、ありが――〉

そこで小銭が切れたのか、通話が途絶えた。平澤は嘆息を洩らして受話器をおろす。

「やはり、われわれも一緒に行くべきだった」

「今さら後悔したってしょうがないよ。それに咲はどの道一人で行ったと思うし」

みっちょんがパソコンに向き直った。

「そうね。むしろ咲のガンバリに期待しましょう。半年前も咲の密かな企みが、二人を巡り逢わせたんだから」おネエが励ますように言う。

「……確かにな」

心配ばかりもしていられない。こちらはこちらで滝沢を見つけた後の対応と、逃走経路、さらに各セレソンの動向やMr.OUTSIDEについても引き続き調べなければならない。

「春日くーん」

呑気で間延びした男の声が平澤の想念を断ち切った。新人スタッフの若い男が立ち入り禁止の扉を開けたので、春日があわてて彼を押し戻そうとする。

「今日もう帰るけど、いいよね」

「えっ」思いもよらない問いに眉根を寄せ、春日はささやき声で訊き返す。「システム管理を交代制にしようって決めたばかりじゃないですか」

「世間はお盆休みだし、春日くんたちもいるから、大丈夫かなって」

調子のいい若い男の言い訳に我が耳を疑い、春日もさすがに目を吊りあげる。

「な、何言ってるんですか」

「いいんだ、春日」諭すように平澤が遮った。「お疲れさん。ゆっくり休んできてくれ」

室内を覗き見た若い男の目つきが、ドーナッツの差し入れを見て変わった。彼の目には、平澤たちが仕事を放擲《ほうてき》して遊んでいるようにしか見えないだろう。

「ウィース」

我が物顔の新人スタッフがフローリングの床を足音をたてて歩き去る。足音だけは大物の貫禄だ。その上、去り際に小さく言い捨てる。

「春日くんはいいよね。たまたま平澤さんの後輩だからって幹部扱いでさ」

返す言葉に詰まった春日は、平澤たちに猫背の背中を向けたままだ。

「春日……」

うなだれる春日の背中に大杉が声をかけた。

「年上ですし、ぼくを〝春日くん〟と呼ぶのは構いません。でも、遅刻はする、夜勤はいやだ、給料はあげて欲しい……。彼らは社会人としての自覚がたりませんよ」

「そうだな。ここをただの楽園だと思ってるのかもしれん」平澤が皮肉交じりの笑いを浮かべる。「よし、彼らを大学にリコールするか!」

「えっ」

虚勢を張る平澤に春日がはっと振り返った。

大学とは本来、社会にとって有益な人間の育成を目指しているはずだ。ところが〝不良品〟とも言うべき人材を輩出したことに対する社会的責任を大学が負わないのは、考えてみればおかしな話だ。企業は、常に社会的責任を負わされ、ことあらば直ちに対応が求められるというのに。

すぐに平澤の真意を察して、春日は申し訳なさそうに背中を丸める。

「……すみません。一番我慢しているのは平澤さんでした」

「われわれがもっとも憎むべき、あがりを決め込んだオッサンたちの気持ちが、わかるようになってしまった……」自嘲気味に平澤が笑う。

自分たちの常識が通用しない――同じ世界に住んでいるはずなのに、同じ世代のはずなのに、彼らはどこかレイヤーの違う世界に住んでいるようにしか思えない。思わずついたため息が大きかった。年寄りにでもなった気がする。

「平澤も立派な社会人になったんだよ」大杉がここぞとばかりにうなずいた。

平澤は無言で椅子を回転させ、五十四階からのすばらしい夜景を眺めた。ミサイル事件以後、《東のエデン株式会社》は、ここまで破竹の快進撃を重ね、一流企業と肩を並べるまでに急成長した。

だが、起業を夢見ていた平澤がイメージしていた姿と、《東のエデン》は次第に乖離《かいり》していった。平澤は、町工場のような小規模だが少数精鋭の会社を想像していたのだ。社会的に見れば平澤は成功者、勝ち組の部類に入るだろう。ところがすべての夢を実現しながら、どこか冷めた自分がいることにおかしくなった。

「そぎゃぁなドーナツを並べて、お前らは何がしたいんじゃ」

突然、背後で声があがった。向き直ると、トレードマークである広島カープのTシャツに赤いワイシャツを羽織り、短パンを――ズボンをはいた板津がのけぞるように仁王立ちしている。

「起業と同時にニート的精神も失のうてしもうたら、あっという間に世間のボンクラらあと変わらんようになってしまうど」

「パンツ師匠っ」春日の声が弾む。

「おう、春日か。元気にしとったか?」

三ヵ月ぶりに《東のエデン株式会社》に顔を出した板津は、空いてる椅子にでんと座るなり、シャツの胸ポケットから招き猫型のメモリースティックを取り出した。

「みっちょん!」

メモリースティックをみっちょんに投げると、今度は身近なパソコンを立ちあげ、キーを猛スピードで叩きはじめる。

「何これ?」渋々受け取りながらみっちょんが板津に聞いた。

「エデンの検索エンジン強化したったんじゃ。今まではよう見つからんかった公共施設や一般企業の端末に転がっとるであろう〝滝沢朗〟以前の画像データをものう、引っかけるっちゅうスグレモンよ！」

みっちょんがメモリースティックをパソコンに差し込み、板津のプログラムを《東のエデン》のサーバー上にアップロードした。

「まずは滝沢の過去《ビンテージ》を見つけ出すんじゃ。それがわかりゃあ〝総理の私生児〟いう報道もひっくり返すことができる！」快活に板津が言う。

「はいっ」

勢いを取り戻した春日がデスクに戻り、板津のサポートに回る。

誰に言われるでもなく、板津はてきぱき指示を出していった。

平澤は、セレソンの活動履歴が更新されるたびに右往左往していた自分が指揮官として力不足だったと思い知らされた。張り詰めた緊張感から少し解放された気分だ。

作業は深夜まで及んだ。気がつくと日が替わっている。大杉が大きめのマグカップに人数分のカフェオレを用意した。ドーナッツを食べながら、メンバーは朝まで作業を続けた。

平澤は学生時代、守衛から隠れながら深夜まで部室でパソコンと向き合っていたときのことをしみじみと思い出して、一瞬、学生時代に戻ったような感覚に襲われた。いつの間にか平澤の口元は緩《ゆる》んでいた。

4

八月十三日の午前二時ごろ。バーカウンターから反響するテクノポップを遠くに聞きながら、辻仁太郎《つじじんたろう》は、からだが沈み込みそうなソファにゆっくり腰をおろした。来客にもかかわらず、Tシャツにボクサーパンツ、ガウンを羽織っただけのだらしない格好でくつろいでいる。

辻の真向かいに立つ物部大樹《もののべだいじゅ》が苦笑いを浮かべる。ダークスーツに紺のネクタイを身につけた彼は、辻とは対照的に地味な印象だ。物部は髪をオールバックにしていて、その指にはカレッジリングが光っている。

この日、物部が訪れたのは、横浜に係留している三階建ての大型クルーザーだった。辻はこのクルーザーを拠点に活動している。辻のアトリエにはこの半年間〈AIR PLANNER 2G®〉として、彼が手掛けてきたプロデュース作品が展示されていた。

まず目を引くのは壁一面に掲示されたリトグラフだ。〈AiR KING®〉のロゴマークと共にミサイルを迎撃する瞬間の9番が、アンディ・ウォーホールスタイルにデザインされている。ガラスケースにはフィギュア、時計、スニーカー、表紙を飾った雑誌、限定グッズが端から端まで並んでいる。別の壁面にはレコードやCDジャケットと一緒に二万人の全裸男たちのポスターが飾られており、そこには〈AKX20000®〉と刷り込まれていた。サングラスをかけた大物司会者の昼のトーク番組に出演した際のネームプレートまで置いてある。

ノリではじめた裏原のTシャツショップ〈2G®〉がたまたまサブカルブームに乗り、辻がデザインした（ことに世間ではなっていたが、実際には別のデザイナーがいた）オリジナルのTシャツは若者たちの絶大な支持を集めた。

メジャーになって仲間が夜飲み歩いたりしているあいだも、辻は休みなく働いた。一人店に残り、伝票を書いたり銀行の引き落としを計算したりネット注文のパッキン詰めをしたり……。毎日が楽しくてしかたがなかった。

しかし、辻は満足していなかった。裏原はいわば〝流行り〟ものだ。いつかは必ず廃《すた》れてしまう。その前に、ネクストレベルに〝跳ね〟なければならないと直感していた。

〈2G®〉は青山、銀座、六本木に店舗を拡大して、そこから全国区へ。業界内の人脈を広げ、アパレル、音楽、映画、雑誌、オフィスデザインまで、多種多様なポップカルチャーとコラボレーションを展開、プロデュースを手掛けた。要はおもしろいことをやりたいだけだ。金は後から自然とついてくる。〈2G®〉のタグがあれば、擦りきれたTシャツだってプレミアがついた。

傲岸《ごうがん》な発言と、セレブリティなライフスタイル。女性アイドルとのスキャンダルや彼の住む六本木の高級マンションが雑誌やワイドショーを騒がせた。近ごろでは彼の発言力と影響力は次第に高まっている。辻は業界のみならず、広く一般に知られる、名うてのスーパープロデューサーだ。

同時に、多くのアンチも生んだ。インターネットで〈2GⓇ〉を検索すれば、彼を批判する多くのウェブサイトに行き当たるはずだ。

それもすべて辻のプロデュースの一環だった。アンチが辻を批判すればするほど、彼のプロデュースした商品がメディアに取りあげられる。この商売は飽きられたらおしまいなのだ。常に観客に刺激を提供し続けなければならない。

辻は、一時期、悩んでいたことがあった。行き着くところまで行き着いてしまったような感覚があった。先が何も見えなくなってしまったのだ。

自信を喪失したのとは違う。精神的に不安定になり、呼吸が突然苦しくなったりした。人と会ったり仕事の話をするのが厭になって、何を食べても味がしなくなった。

医者に診てもらったところ、軽度のパニック障害であると診断された。辻は人と会わなくなり、外を出歩かなくなった。

そんなときだった。辻に2番目のノブレス携帯が届けられたのだ。

ノブレス携帯をもらったとき、辻は馬鹿馬鹿しいと思った。百億なんて金はとっくに持っているし、〈AIR PLANNER 2GⓇ〉を名乗る自分こそが、今の日本の空気を醸成しているという自負があった。救う必要などない。今の日本は自分が演出しているのだから。

だが、セレソンとして活動しない者は、サポーターに殺されるというルールがあった。辻がおもしろ半分で最初にジュイスに出したのは、以下のような申請だ。

モナコ王妃と食事

自分がたとえ百億持っていてもできそうにないことを、辻は試しに申請した。結局、モナコ王妃と直接食事はできなかったが、ノブレス携帯の実力はわかったし、当時官僚だった1番目のセレソンと接触できたのだ。それが物部だった。

このゲームがくだらないということで、辻と物部は意気投合した。

義務を果たさぬ者に死が与えられるというウザいゲームから、物部は「あがれるようにしてやる」と言った。Mr.OUTSIDE――ゲームの主催者に成り代わることで、ゲームの勝者になろうとしたのだ。辻は彼と10番目のセレソン、結城亮《ゆうきりよう》の計画に乗った。彼らは日本全土をミサイル攻撃して、この国を戦後からやり直そうとしていた。だが、結局彼らの計画は実現しなかった。

辻にしてみれば、彼らは戦争のやり方を間違えていたとしか思えない。ミサイルでこの国をやり直すなんてダサ過ぎる。自分ならもっとクールな方法でこの国を救えると思った。

要は〝加害者〟になるのではなく、〝被害者〟になればいいのだ。〝加害国〟と〝被害国〟。それこそ、戦後六十五年、日本を苦しめてきた歴史問題に対する解決策ではないか？

ミサイル事件後の日本には、そのための材料が十分揃っている。後はその材料に自分が付加価値を上乗せすればいい。

辻は見失いかけていたものを発見したような気がした。矢継ぎ早にプロデュースのアイディアが湧いてきた。久し振りの感覚だった。

ついに辻は、ノブレス携帯を使ってゲームに参戦しはじめた。殺されてしまうからだとか、この国を支配したいとかではなく、おもしろいことをやるために。

またたくさんの人と会うようになった。「おもしろいことしようよ」辻が声をかければ、たちまち賛同者が集まった。

辻はすぐさま〈Careless Monday Production®〉という会社を立ちあげると、〝加害者×被害者〟をコンセプトに、戦略的なプロデュースをはじめた。若者の間で浸透しつつあった〈AiR KING〉を勝手に商標登録し、手はじめにTシャツの商品展開をはじめたのだ。

中でも〈AiR KING®〉のリトグラフをプリントしたTシャツは爆発的ヒット商品となった。国内に留まらずアジア、アメリカ、ヨーロッパなど世界中で受け入れられ、日本を代表するカルチャー・アイコンとなった。

9番を英雄に仕立てあげる——第一幕の終わりだ。

第二幕は、ドバイから帰国した二万人のニートを使ったプロデュースだ。辻は彼らのインディーズデビューをプロデュースして、〈AKX20000®〉として芸能活動をさせた。

〈AKX20000®〉には〝加害者＝AiR KING（AK）×（バーサス）被害者＝20000〟という意味が込められている。〈AKX20000®〉は〈えーけーえっくすにまん〉と読ませた。

テレビのコメンテーターは「滝沢朗なら〈AK〉ではなく、〈TA〉ではないのか」と指摘していた。若者たちだけが、「撃墜王」〈AiR KING®〉だから〈AK〉であることを知っていた。

わかるヤツだけがわかる——辻曰く、そういう構造を、情報の差を作ってやらないと商品は〝跳ね〟ないのだ。

〈AKX20000Ⓡ〉が出したCDは連日のミサイル事件報道と相まって、ミリオンセールスを記録し、社会現象にまでなった。

ノブレス携帯の金でプロデュースしたこの利益は、すべて自分に回ってくる。（だから言ったろ）辻は心の中でつぶやいた。（金は後から自然についてくるんだよ）

全裸で身柄を拘束された彼らは警察の取り調べを受け、灰色の作業ツナギを支給されていた。普段彼らは豊洲でそのツナギを着て生活していたが、ライブのときには全裸で出演した。

彼らはとにかく日本人の被害者精神に訴求する広告塔の役割を担っていた。例えば、辻が手掛けた〈AKX20000Ⓡ〉のポスターには、こう記されている。

COMPLAIN! VICTIM MIND

（訳・訴えろ！　被害者精神）

バブル以降「こんな日本にしたのはお前たちの責任だ」と後ろ指さされるオジサンも、自分たちばかりが損をすることになっていると嘆く若者も、被害者になればいい。被害者面《づら》して、逆ギレしてしまえばいい！

辻のプロデュースの影響かどうかはともかく、ミサイル事件後の経済不安は、刹那的な楽観主義がとってかわった。退職金をしこたま貯めこんだオジサンたちは、海外旅行に散財し、ゴルフ三昧の日々を送り、自宅に自分専用のオーディオ機器を買いそろえ、愛人のマンションを購入し、高級フレンチを食い、高価なワインを飲んだ。「だったら自分たちも働かなくていいじゃないか」と戯言《ざれごと》を宣《のたま》うニートは九十万人に達し、日本全土が欲の皮を突っ張らかしている。

被害者意識が蔓延し、そんな時代の寵児《ちょうじ》となった〈AKX20000®〉はメディアを席捲《せっけん》した。第二幕の終わりだ。

気になるのは公安の動きだった。ミサイル犯との関係を疑ってか〈AKX20000®〉への監視を継続している。(ま、ヤツらが捕まっても、グッズが売れるだけだけど) そのときの辻はそのぐらいにしか考えていなかった。

六月のデビューから二ヵ月。〈AKX20000®〉の芸能活動は徐々に縮小していた。辻が意図する〝被害者〟に、二万人がなりきらなかったのが一因だ。彼らにとって〈AIR KING®〉とは、反発すべき対象であると同時に、豊洲で〝毎日がコミケ〟の生活を送る準備をしてくれた、楽園の救世主でもある。無意識にせよ、二万人は辻のプロデュースに矛盾を感じていたのだ。

そんな折、ニューヨークに9番がいるとわかった段階で、辻は彼こそが〝飯沼誠次朗の私生児〟であるとメディアに公表した。

辻は〝飯沼朗〟のパスポート写真と、ミサイル事件の重要参考人とされる〝滝沢朗〟の画像をメディアに流しただけで、その両方が意味するところはあえて匂わすに留めた。後は辻の思惑通り、メディアが勝手に〝飯沼朗〟＝〝滝沢朗〟という話題を広めてくれる。

第三幕がはじまった。「空港に行って、お前らの救世主を迎え入れろ」辻は〈AKX20000Ⓡ〉を焚《た》きつけた。

「どうしてもっと早く帰ってこなかったんだよ！」

こうして〈AKX20000Ⓡ〉が大挙して空港に押し寄せることになった。

二万人が報道陣や空港職員と乱闘騒ぎまで起こしてくれたので、メディアは彼らが着ている〈AiR KINGⓇ〉Tシャツを取りあげた。ネット注文も、改めて殺到している。ちゃんと直前に値あげしておいたので、儲けは倍増する算段だ。

押しかけた二万人も、報道陣も、空港職員も、警察も、みんな苛立っていた。それでいい。イラつけばイラつくほど、みんなが〈AiR KINGⓇ〉に怒りをぶつける。〈AiR KINGⓇ〉を消費する。

スポーツの王子現象と原理は同じだ。過剰に期待を背負わせて、時がくれば徹底的に叩きのめす――9番には名実共に〝王子〟になってもらう。残念ながら〝王様〟にはさせない。

第三幕は、クライマックスに差しかかっていた。今夜物部が現れた理由がその第三幕に起因することは間違いなかった。

「単なるニートの群れが、たった一晩で時の人だってさ。どーお、オレのプロデュース？」辻が探りを入れてみる。

「楽しそうな仕事だね」物部が言う。「で、どういう仕組みで君に金が転がりこむの」

「金なんかどーだっていいんだよ。それより最近あいつら、公安に目ェつけられてるらしいんだけどさ」

　辻は〈AKX20000Ⓡ〉のポスターを眺めて言った。

「物部さん何か心当たりない？」

「さあ。ないね」

　物部の表情を推し量るように、辻はしばらく彼の顔を見つめた。

　彼の顔は微動だにしない。

「あっそ。にしても、あいかわらずズッこく立ちまわってるみたいじゃない。ゲームには参加しないくせに」

「君の方こそ、なぜ急にゲームに参戦しはじめたんだい？　以前はまったく興味なかったはずだが」

「9番に感化されちゃってさあ。それに――」言葉を切って、意味深な視線を物部に向ける。

「グズグズしてたらサポーターに消されちゃうんでしょ？」

　察したのか、物部が苦笑した。

「言っとくけど、サポーターは私じゃないよ。もしサポーターが存在するとしたらそれは12番の方だろう」

　半年前、Mr.OUTSIDEに成り代わろうとした物部たちは、ノブレス携帯を魔法の携帯ならしめているジュイスそのものを奪おうとした。百億円の制限がなく、無尽蔵にジュイスの力を利用できれば、Mr.OUTSIDEの権力をその手に収めることができる――。

ところが、12番目のセレソンは、物部たちの知らぬ間にジュイスを他の場所に移送してしまったのだ。

以来、ジュイスの場所は未だにわからないままだ。

「イマイチ信用できないんだよなあ」

辻は粘着質な視線を物部に向けていた。

ノブレス携帯を使ってこの国をミサイル攻撃しようとした10番を利用し、さらに9番をも操ってミサイルを迎撃させる――二人のセレソンを相克《そうこく》させることで、ノブレス携帯の残高を減らし、ライバルを排除している――辻は物部の行動をそう読んでいた。物部は何か企んでいる。

9番の詳細ログが更新され、ニューヨークにいることが判明した直後から、6番と11番が、彼を追うようにニューヨークへ向かった。もしかしたら、前回のミサイル事件と同じように、今回もセレソンを操っているのではないか。

「実は6番も物部さんが操ってんじゃないの？」

「今回は何もしてないよ。大体あの男に9番を狙わせるメリットが、私にはないからね」

「ま、今となっちゃ、どっちでもいいんだけど。アンタが政治家とツルんで法律コネコネしてるあいだに、オレはゲームをアガる方法見つけちゃったから」

「ほお」物部が大仰に感心してみせた。「それは興味深いな。総理の私生児の正体をマスコミにリークしたことと、関係があるのかな？」

持って回ったような言い方だ。いよいよ本題を切り出してきたか。辻は挑発的な目で物部を見つめ返す。

「ヒ・ミ・ツ」

「これ以上話すことはない、という訳だ」

おどけるように肩をすくめると、物部は呆れ顔で辻を見おろした。ソファにふんぞり返った辻は、あらぬ方を向いている。物部は踵《きびす》を返して、辻のアトリエを後にした。

物部が出ていくと、辻は第三幕の仕あげに取りかかった。

5

ニューヨーク現地時間八月十二日午後一時。シェラトン・ホテルの公衆電話で平澤と話してから四時間が経過した。森美咲はマンハッタンからイーストリバーを越え、ダウンタウンを目指した。セレソンの尾行に警戒しつつ、足早にブルックリンブリッジを渡る。ガイドブックは失くしたが、半年前に卒業旅行で訪れていたので、大体の道順は頭に入っている。

橋を降りて、緑がまぶしい公園を進んだ。赤レンガの閑静な住宅街を通り抜けると、視界が開けてマンハッタン島が向こう岸に見えてきた。目的地はもうすぐそこだ。目印となる真っ白な寄棟《よせむね》造の建物の先に、デッキ調の広場が広がっている。

気温はぐんぐん上昇していた。喉もカラカラだったが、そんな弱音を吐いている暇はない。

咲はM65を脱いで小脇に抱えると、気合を入れ直して前傾姿勢で駆け出した。駆けていくうちに気持ちは否応《いやおう》なく昂ぶっていく。滝沢くんに会える――そう思うと、荷物を失くしたのも忘れて武者震いした。

イーストリバーからの風が心地よい。太陽は高く中天に差しかかり、対岸の摩天楼は午後の陽射しを浴びて輝いている。咲は欄干《らんかん》まで辿り着くと、指をカメラのフレームのように四角く組み合わせ、マンハッタンにかざしてみた。川の向こう、かつて世界貿易センタービルがあった場所には、フリーダム・タワーが建っている。

だが、毎年9・11追悼セレモニーが行われるときには、そこに光のツインタワーが現れる。そう、半年前に定期船から見た十一個目の爆心地のように。

〝君と旅した場所〟――それはここに間違いない。

子供の楽しそうな笑い声が聞こえた。アイスを手にした子供たちが、元気にはしゃぎまわっている。観光シーズンということも手伝ってか、周囲は旅行客で賑わっていた。手をつないだカップルや、ビデオカメラでマンハッタンの風景を撮影しているアジア系の旅行者もいる。

ここにくるまでに何度も打ち消した不安が、また津波のように襲ってきた。

滝沢くんには会えないのではないか――？

〝君と旅した場所〟はここ以外に考えられない。ところが、たとえどんなに急いで〝君と旅した場所〟に辿り着いたとしても、四六時中滝沢がその場所にいるわけではないのではないか。だから彼が現れるまで、咲はこの場所で待っていたかった。

腕時計を確認する。総領事館が閉まるまで三時間しかない。すぐにでもマンハッタンにとって返さなければならなかった。

疲れがどっと全身にのしかかる。もうここから一歩も動けないと思った。朝から咲は歩き通しだ。

平澤たちに「滝沢くんを助けなければならない」と言っておきながら、自分はただ滝沢に会いたかっただけではないか。咲は自問した。彼が自分の生活を変えてくれるのではないか――そんな幻想を抱いていたのではないか？

汽笛が鳴った。イーストリバーを一隻の遊覧船が通過していく。プロムナードにいた旅行客は乗船するため、続々と立ち去っていった。滝沢と撮った写真のように、船上からあの景色を見なければいけないかもしれない。

「あれに乗らなきゃダメかな」

咲は悄然《しょうぜん》とつぶやく。

そのとき、抱えていた上着のポケットから〝ごとり〟と何かが滑り落ちた。足もとでステンレス製のリボルバーが鈍い光を放っている。戦慄が全身を走った。錆びたブリキのロボットのように、ぎくしゃくと周囲を窺う。誰にも見られていない。屈み込み、上着に包んでそっと回収する。もう一度人気《ひとけ》がないか確認する。誰もいなかった。咲は安堵のため息を洩らした。

（誰にも見られていないなら、ここで拳銃を処分してしまえばいいのではないか？）ふとそんな考えが首をもたげた。

左右に目を走らせる。チャンスだ。今なら誰にもバレない――。欄干から身を乗り出して、川底を覗き込んだ。イーストリバーの川面がきらきら揺れている。

心臓の鼓動を抑えつつ、拳銃を上着で隠したまま、そっとイーストリバーへ落とそうとする。

「何してんの？」

思いがけない日本語に、咲はワッと大声をあげてしまった。警察に通報されて、逮捕――頭の中で最悪のシナリオが浮かぶ。そういえば今朝の騒動はどうなったのだろうか？　監視カメラに自分の姿が映っていたら完全にアウトだ。あわてふためき、足ががくがく震える。

「ご、ご、ごめんなさ――」

伏し目がちに振り返る。ウッドデッキを、ぎいぎい軋ませて歩く足音がしたかと思うと、細身のスーツを見事に着こなした若い男が、咲の目に飛び込んできた。

イタリア製だろうか、男が着ている上等なスーツも純白のワイシャツも赤いネクタイも皺《しわ》ひとつなく、革靴もきれいに磨かれている。ジーンズにミリタリージャケットを着ていたときとは、別人のようだ。

滝沢はその場で立ち尽くす咲に首を傾げている。ゆっくり微笑むと、白い歯がこぼれた。

「その拳銃、君の？」

「え……あ……」

半年間、滝沢に会うことだけをただひたすら願ってきたはずなのに、咲は何も言葉が出てこなかった。声の発し方を忘れてしまったようだ。

「わかった。誰かに持たされたんでしょう？　たまにいるんだよ、旅行者に銃とか運ばせる悪いのが」

訳知り顔で咲に近寄ると、滝沢はやさしく手を差し伸べてきた。

「貸して」

緊張して微動だにすることもできない。にっこり笑うと、滝沢は咲の手から拳銃を取りあげた。胸ポケットから白いチーフを出して指紋を拭う。角度を変えてまた拭き取った。

滝沢はやれやれとひとつため息をつくと、何を思ったか、拳銃をイーストリバーに放り投げてしまった。

「あっ」と咲が声をあげたのと、滝沢が咲の手を握りしめたのがほぼ同時だった。咲の手を引き、滝沢が駆け出した。

「逃げろ！」まるで駆けっこの合図のような軽い口調だ。

「え――」

咲は滝沢の大きな背中を追って走り出していた。それまで思い出の中にしかいなかった彼が、自分の手を引いて走っている――とても信じられなかった。咲はいつの間にか彼の手を強く握り返していた。

プロムナードから一ブロック曲がった建物の陰で、滝沢は咲の手を離した。通りの様子を窺い、追っ手がこないことを確認する。

「よし。見られてなかった」

ポケットに手を突っ込んで、滝沢は悪戯っぽい笑みを浮かべる。前屈みになって息を切らしている咲に、彼は軽快に手を振って踵《きびす》を返した。

「それじゃ！」

追いかけたいのに、からだがいうことをきかない。「待って、滝沢くん！」声だけはかろうじて発した。あまりに必死な咲の声に、帰りかけた滝沢は立ち止まった。

「たきざわ？　俺、飯沼だけど」

飯沼——その名がずしりと心に重く響く。活動履歴の通りだ。彼は記憶を消し、ジュイスの用意した〝飯沼朗〟を名乗っている。目の前の彼が滝沢ではなくなってしまっていることに衝撃を受けつつも、咲は小さく脇を締めた。

「あ、あの、飯沼さん……実はわたし、人を捜してて——」

「はぐれちゃったの？」

「えっ」咲は何と説明すればいいか一瞬戸惑った。

要領を得ない咲に、滝沢は首を傾げる。どうやって話したらいい？　記憶を失っているかもしれないことは重々承知していたし、飛行機の中で何度もシミュレーションもした。だが、ノブレス携帯がなければ、うまく説明できそうにない。まさかなくすとは思ってもみなかったのだ。

本人を前に、自分がこの半年間滝沢を捜し続けていたことも、彼が置かれた状況も説明できないもどかしさで、咲は哀しくなった。とにかく、ひとまず話を合わせるしかない。

「あー、でもその人は今見つかって……でも、その人の大切な携帯や荷物全部失くしちゃったんです」

「それは大変だね」咲の様子を心配し、滝沢が眉を寄せる。「じゃあ一緒に探してあげようか？　どこでなくしたの」

「……イエローキャブに置いてきちゃったんです」

「なるほど。でも、キャブに置き忘れたんなら、返ってくるかもしれないよ。君、レシート取ってある？」

「えっ、あ、はい……」

上着のポケットを検《あらた》める。くしゃくしゃになったレシートが一枚出てきた。それを見ると、滝沢は咲を励ますように明るく笑った。〝ぱちん〟と鋭く指を鳴らす。

「ラッキー」

滝沢はゆっくり歩き出した。あわてて咲が彼の数歩後をゆく。彼はときどき立ち止まっては、ちゃんと咲がついてきているか確認した。そのときになって咲は、歩き疲れた自分に彼が歩調を合わせてくれていたことに気づいた。

6

午後三時。女の子の名前は森美咲と言った。彼女が受け取ったレシートには、イエローキャブの事務所が記載されていた。

飯沼朗と咲を乗せたタクシーはブルックリンからマンハッタンを進んでいく。目的地はチェルシー地区の十番街。そこに咲の〝大切な〟荷物が預けられているはずだ。

飯沼はタクシーの後部座席に背を預け、ネクタイをゆるめた。咲は今、飯沼と微妙に距離を置いて座っている。最初は話も噛み合わず、ぎくしゃくしていたが、彼女が自己紹介をしてからは、多少は会話がスムーズになった。

飯沼が視線を感じて咲を見やると、またじっと飯沼の顔を窺っていた。飯沼は顔に何かついているのかと不思議になった。

「あの……仕事中だったんですか？　ビジネスマンとか……」

咲が恐る恐る話題を切り出す。

飯沼は自分の格好を見返した。確かにこんな仕立てのいいスーツを着ていたら、ビジネスマンに見られてもしかたがない。

「同僚の結婚パーティーに行く途中だったんだ」

「……同僚?」

ニューヨークで最初の友人が結婚するというので、飯沼はとなりに住むフランス人の男性スタイリストにスーツを一着借りられないかと相談を持ちかけた。フランス人はそのまま飯沼を五番街のブティックに連れ出して、スーツから靴まで、すべて手配してくれたのだ。

代金を払おうとすると、スキンヘッドのフランス人は〝チッチッチッ〟と舌を鳴らして唇の前で人差し指を振った。飯沼の手をそっと握ると、胸に手を当てながら「これは私からの気持ちよ」と言ってくれたのだ。

ネクタイを緩めてシャツの第一ボタンを外す。咲を見やると、みるみる元気をなくしている。何か傷つけるようなことを言っただろうか?

「大丈夫、荷物は見つかるよ」

飯沼がそう声をかけると、咲は何か答えようとして、しかしすぐに口をつぐんでうつむいてしまう。さっきからこの繰り返しだ。思い詰めた表情の咲に、飯沼はゆっくりと言葉を重ねる。

「捜してた人は見つかったんでしょ。〝たきざわ〟って人」

咲は無言のまま、淋しそうな目をして顔を伏せる。彼女にとって〝たきざわ〟という男は、かけがえのない存在のようだ。咲の横顔を見ているうち、飯沼は自分まで切なくなってきた。

「その人ひょっとして元カレ?」気詰まりから脱しようと、冗談めかして笑う。

「ち、違います!」

咲は突然強い声を出し、激しく首を横に振る。あまりの狼狽《ろうばい》ぶりに驚いた飯沼が彼女を見つめる。一瞬、視線がかち合った。だが彼女はすぐに目を逸らし、また下を向いてしまう。

「彼氏とか、そんなんじゃなくて……」声を荒げたことを恥じるように、咲は小さく掠れた声で言う。「半年前、突然いなくなっちゃって。でも、ようやくニューヨークにいるってわかって。でもその人、わたしのことなんて全然覚えてなくって――」

「そりゃあひどいな」

（こんなチャーミングな女の子を忘れるとは、なんて薄情なやつだ）と飯沼は何度もうなずいた。

「ですよね、ホント」

咲は口を尖らせ、飯沼を正視した。彼女の真意を測るように見つめ返すと、咲は目を潤ませながら視線を手もとに戻した。

彼女の言葉はまるで飯沼に向けられたようだった。〈とんだとばっちりだな〉と思いつつ肩をすくめて、窓外の景色を見やった。摩天楼に降り注ぐ日差しが午後になって和らいでいた。


午後三時半。飯沼と咲はチェルシー地区の十番街までやってきた。緑あふれる住宅街を抜けると、駐車場と低い建物が点在する、開けた地区に滑り込んだ。イエローキャブやトラックの操車場もブロック毎にある。壁には落書きが目立ち、路上にはヒスパニックやプエルトリカンがたむろして座り込んでいた。ワークシャツを着た中東系の男性や、荷車を押す黒人女性が鋭い目線を送ってくる。

飯沼は咲と二人で〈TAXI CLUB MANAGEMENT〉というトタン看板を掲げた事務所まで

やってきた。看板は凸凹になっていて、赤錆も目立つ。

建て付けの悪いドアを開け、飯沼は一人で事務所に入っていった。息が詰まるほど煙草の煙が充満している。飯沼は中にいた初老の白人男性に、咲が持っていたレシートを見せた。男性は小さく記載された車体認識番号を確認すると、顎をしゃくって目的のイエローキャブがガレージに戻っていることを教えてくれた。

飯沼は礼を言って事務所を出た。となりの薄暗いガレージには、何台もイエローキャブが停まっている。電動ドリルや金槌をふるう整備音に戦々恐々としつつ、咲が入り口から様子を窺う。覚えのある顔があった。

「あの人です」

ささやくように咲が言う。

飯沼も目を凝らした。いかにも人相の悪い男が、その太い腕で車体を磨きあげている。ちょうど洗車を終えたところのようだ。運転手は着ているポロシャツの上からも、格闘家並みのからだをしているのがわかった。

「やべえ、怖そうなオッサン」

一瞬、どうやって咲のショルダーバッグを取り返そうか思案する。ふと咲を見ると、脱いだミリタリージャケットを右腕にかけていた。いい考えが浮かんだ。

「君、ここでこうしててくれる?」

飯沼は咲の両手を前に組ませて、その手を隠すようにジャケットをかけた。一歩離れて、彼女の格好を確認する。「よし」と言って胸を反らし、飯沼は運転手に向かって歩いていく。

「ハーイ！」明るい声がガレージに響き渡った。「今日、車に忘れ物の携帯とかありませんでした？　ユー・ノー？」

不意に声をかけられると、運転手は怪訝そうに飯沼を一瞥した。「Not that I know of.」と言い捨てるや、また車体を拭きはじめる。とりつく島もない。

神妙な顔つきで飯沼は内ポケットから黒い手帳を取り出した。表紙には漢字で〈手帳〉と箔《はく》捺《お》しの文字が躍っている。

「実は俺、コップなんですけど。日本の」

「……A Cop?」

運転手が険しい表情で睨みつけてくる。

「あの女の子に見覚えありません？」

飯沼がガレージの入り口に立っている咲に向かって注意を促す。目をやると、とたんに運転手は表情を曇らせた。手錠をかけられた両手をジャケットで隠しているように見えたのだろう、すぐに今朝の騒ぎを思い出したらしく、わずかに身構えた。

「あの子、ああ見えて凄腕のテロリストなんです」

「――She is a terrorist?」

運転手が声を裏返して聞き返す。確かに思い当たる節があるというように目を泳がせている。

「イエース！　ようやく逮捕したんっすけど、隠し持ってた爆弾だけが見つからなくって……

わかります？　Ｂ・Ｏ・Ｍ・Ｂ——ボム！」

飯沼がいきなり声を張りあげたので、運転手は思わず後ずさった。

「Bomb……?」

「どうやら携帯電話型の爆弾らしいんですけど、それがないと大変なことになるんです」飯沼は携帯電話のジェスチャーをしながら言った。「本当に心当たりないですか？」

すっと息を吸い込むと、飯沼は充分な間をとって大声をあげた。

「ドッカーン！　ユー・ノウ？」

「Well, uh——」

運転手は思案顔で口ごもった。驚きと焦りで、去就《きょしゅう》に迷っている。

「ここじゃなかったのかな、他当たってみます。んじゃ、グッド・ラック！」

賭けだった。飯沼は踵《きびす》を返して歩き出す。背中に声がかかるのを待った。

「Hey, wait up!」

狙い通り。飯沼は心の中でガッツポーズを決める。重々しく振り返ると、運転手は助手席のドアを開けて顎をしゃくった。中には赤いショルダーバッグが無造作に置かれている。飯沼は人さし指を口に当てつつ運転手を目で制し、爆弾を扱うときの慎重さでバッグに手を伸ばす。なるべく揺らさないように取り出し、そっとボンネットに置いた。

運転手が息を呑んで見守る中、大仰に額の汗を拭う振りをしてから中身を調べる。携帯電話、財布、ガイドブック、そしてパスポート。飯沼はページを開いて、咲のものかどうか確認した。

森美咲。一九八九年生まれ。東京都在住。

突然、飯沼は以前にも同じように彼女のパスポートをチェックしたようなデジャヴに襲われた。

「Hey」

急かすように運転手が声をかけるので、飯沼は我に返った。

「あっりゃあ、危ないところでしたね」気を取り直し、飯沼が運転手の分厚い肩を叩く。

「It was a close call.」

「協力、感謝します！」

敬礼すると、飯沼はショルダーバッグを抱えてガレージの外に出て、咲のもとに小走りに戻っていった。

「おまたせ！」

飯沼は咲の肩に手を回し、向きを変え、足早に歩き出す。

「こ、怖そうな人だったけど……」咲が後ろを振り返りながら言う。

「そうでもないよ。案外いいヤツだった」

しらっと答えながら、ガレージの角を曲がると、飯沼は咲の手首に被せていたM65を解いて、ショルダーバッグを手渡した。

バッグを受け取ると、彼女はほっとして肩の力が抜けたようだった。

「帰りにイエローキャブに乗るのは止めといた方がいいと思うよ、念のため」

そう言ってから、飯沼は周囲を見回した。辺りはまだ明るいが、女の子がイエローキャブにも乗らず一人で移動するのは危ないかもしれないと考えたのだ。

でも、彼女には〝たきざわ〟というボーイフレンドがいるらしいし、彼は見つかったと言っていた。携帯電話を取り戻したから、連絡も取れるはず。大丈夫だろうと思い直し、咲に背を向ける。

「じゃ！」

飯沼が走り出すと、「あっ、待って！」と咲が呼び止めた。

「……まだ、何か？」

「あの、さっきわたし、捜してる人が見つかったって言いましたよね」そこで言葉を切り、咲は言い淀んだ。だがすぐに何か決意した表情で顔をあげ、「それって、あなたのことなんです！」と切り出した。

飯沼は思わず笑い声をあげた。

「何それ？　新手のナンパ？　いや、参ったなあ」

茶化すように言う。だが咲のあまりに真剣な顔を見て、飯沼は身を正した。

彼女はショルダーバッグから携帯電話を取り出して操作すると、飯沼に差し出した。画面には、男の子と女の子のツーショット写真が映し出されている。女の子は、目の前にいる赤毛の子。もう一人は、飯沼とそっくりな男――いや、おそらく自分自身だろう。

「私、この半年間ずっとあなたを捜してたんです」

写真を見つめ、今度は飯沼が黙り込む番だった。驚きを隠せない。だが、咲は怯《ひる》まずにまっすぐ飯沼を見据えている。

ここ半年間のさまざまな想いが、飯沼の脳裏に去来する。なかなか像を結ばない記憶。飯沼はずっともどかしい思いを抱いていた。

そんな飯沼を、彼女はニューヨークにまで捜しにきてくれたのだ。たぶん、彼女も自分と同じ気持ちで過ごしていたに違いない。

まだ記憶が蘇ったわけではなかったが、不安げな女の子を前にして、飯沼はにっこり笑うことに決めた。

「とりあえず、ウチくる?」

「へ……?」

あまりにあっけらかんとした飯沼の言葉に、咲は拍子抜けしていた。

7

日本時間十三日午前二時四十五分。

ニューヨークは午後四時を迎えようとしていた。日本総領事館が閉館する十五分前だ。咲からは未だに連絡がこない。さすがに《東の防衛団》のメンバー全員がそわそわしはじめた。

とそこへ、メールの着信音が響き渡る。トライアングルを鳴らしたような小さな音だったが、その鋭い電子音は室内の空気を一変させるのに充分だった。

セレソンの活動履歴が更新されたのかと、メンバー全員がみっちょんのパソコンに駆け寄った。そこにはメールの着信画面が表示されている。咲からのメールだ。


滝沢くんを見つけました。パスポートと携帯も滝沢くんのお陰で戻りました。とりあえず今から滝沢くんのアパートに行きます。


みんな肩の力が抜けて、口々に安堵のため息が洩れた。

「どっちが助けにいったのかわからんのう」板津は「ふん」と鼻で笑ってかぶりを振った。

「しかし、どうやって見つけたんだ……」平澤が言った。

おネエがうれしそうに身悶えている。

「決まってるじゃない、愛が繋がってたのよう、あはは」

板津が何気なく大杉を見やる。彼は口をあわあわと震わせながら、顔を強張らせている。

そこでまたおネエの黄色い歓声があがった。

「タッくんのアパート行くってことは――」おネエはその場で足をじたばたさせる。「いやあ。ドッキドキじゃない。ねえ」

男性陣に同意を求めておネエが振り返ると、平澤がわざとらしく咳き込んだ。

「誰か……咲に電話して……分別《ふんべつ》ある行動をとるよう伝えなさいっ」

娘の外泊を知らされた父親さながらに、平澤は新聞紙で赤面した顔を隠しながら、あらぬ方に想像がいくのを必死にこらえている。

板津が大杉に目を戻すと、彼は頭の中に渦巻く妄想と必死に戦っていた。

「うう」絞り出すように大杉が声を発する。次の瞬間、彼は頭を抱え、釣りあげられた魚がごとく、くにくにと悶絶しながら絶叫に近い嗚咽《おえつ》を洩らした。

「そ、そんなのダメだあああああ！　咲ちゃああああああああん！」

「大杉さん、邪念を払ってください。所詮、われわれとは無縁のできごとです！」春日が鼻腔を広げて宣《のたま》った。

「春日よ」板津が得意げに言い放つ。「邪念の中でもんどり打つことこそ、ニートなる者の青春のデフォルト。生暖かく見守ってやるんも後輩の務めじゃ。のう、みっちょん！」

「違うと思う」

すかさずみっちょんに否定された板津は、春日の前で格好がつかず、引きつった笑いを浮かべた。

メンバーたちは、一息入れることにした。難問は山積だが、疲れきった彼らには休息が必要だ。

オフィスにはいつの間にか朝日が射し込んでいる。

大杉がコーヒーメーカーをセットした。ほどなくオフィスにコーヒーの香りが広がる。

メンバーは太陽に向かって伸びをして、それぞれに緊張を解《ほぐ》した。室内に束の間、穏やかな空気が流れ、交代で仮眠をとった。

咲にはメールで、今後の対策や逃走資金、逃走経路などを追って連絡する旨伝えてある。

午前十一時ごろ、板津と春日がコンビニで食料を買い込んできた。待っていましたとばかりにおネエがコンビニ袋を漁る。袋からはカップラーメンやカップ焼きそばばかりが出てきた。あまりのことにおネエが春日を小突く。

「ちょっとお。何もカップラーメンなんか食べなくったって」

春日は背中を丸めて「すみません」と頭を掻いた。

「お前ら、油断しとったらすぐにニート精神を忘れてしまうけぇのう」

誰よりも早く板津は、とんこつラーメンにお湯を注いでいる。

彼の言葉の中に、都内の一等地にオフィスを構える《東のエデン》への批判めいたものを感じた平澤が反論した。

「よく言う。お前は実家から仕送りをもらってたから、二年間も引きこもっていられたんだろう」

平澤のその言葉を待っていたかのように、板津は傲然とからだを反り返らせた。

「それが本来のニートいうもんじゃろうが」

詭弁でこの男に敵うわけがない。平澤は首を振った。シーフードヌードルにお湯を入れ、できあがるのを待っているあいだに、現状報告を促がす。

「で、その引きこもりのお前が、セレソンを探して全国飛び回ることになった」

「ほうじゃのう」板津は三分待たずに固めの麺を啜りはじめた。「時間ももったいないことじゃあ、ここでセレソンの総括でもしておくかのう」


二年前、板津豊は世間コンピュータという未来予想シミュレーションプログラムを開発。その発明に自信を持っていたが、プログラムによって「天才と自負する板津の将来がニート以外の何者でもない」という可能性を突きつけられてしまった。

以来、大学にも行かず引きこもり生活を送っていたのだが、同胞だと同情する二万人ニートの失踪を機に、京都の下宿先の四畳半から〝二万人ニート失踪事件〟を解き明かそうと一念発起。情報をかき集め、分析していく中で、板津は日本を騒がす事件にひとつの共通項を見出していく。

〝二万人ニート失踪事件〟〝ミサイル事件〟〝ジョニー狩り〟――それらに共通するのは、現代日本に蔓延する若者たちの不安のイメージと、セレソンという都市伝説。

セレソンと呼ばれるテロリストが日本各地でテロを起こしている――。

板津はさらに独自の調査を進め、9番目のセレソン・滝沢朗との出会いをきっかけに、事件の全容に行きつく。

その後も滝沢に協力し、ネットを通じて二万人に電話をかければ、通話料もかからないことなどをアドバイスし、実質、板津は史上最大のミサイル攻撃からこの国を防衛することに大きく貢献したのだ。

ただのニートでしかなかった自分を、何者かにはしてくれた——ミサイル事件後、板津は滝沢への想いから、ある決意を固める。

テロリストを演じることで、日本を救うための人柱となった滝沢を救い出す——そのためには、まず彼が巻き込まれたゲームと敵を知る必要がある。

咲に託された9番のノブレス携帯から、板津は活動履歴を配信しているメールサーバーを突き止め、セレソンに配信される活動履歴の〝盗聴〟を試みた。

平澤が《東のエデン株式会社》を起業した際、板津を役員からは外し、あえて業務委託契約としたのもこのためだった。株式会社の役員に、ハッキングや〝盗聴〟をさせるわけにはいかない——そういった汚れ役を、板津は一手に引き受けたのだ。

これは平澤にとっても苦渋の選択だった。だが、板津は意気揚々とその仕事を買って出た。

「ビンテージに言われたんじゃ。『ニートはワシらが自発的にはじめたテロ行為』なんじゃとのう……。だからワシは、ニートに誇りをもっとる。会社の役員なんぞになって、ニートをやめるわけにはいかんのよ」

板津はノブレス携帯の〝脱獄〟——ハッキングも試みた。活動履歴を配信するメールサーバーの認証を解くことができたので、指紋認証をも解除しようとしたのだ。

指紋認証が解除できれば、9番のジュイスに電話をかけて、滝沢の王様申請を中断できるかもしれなかった。

一方で、滝沢は王様申請によって超法規的に守られているとも言えた。6番の滝沢捜索依頼が却下されているのも、ノブレス携帯の「百億を現金に換えることはできない」というルールを曲げてまで逃亡先の潜伏費として現金支給がなされているのも、王様申請があったからだろう。

「それにのう？　ビンテージがこの国を救うためにあえて背負い込んだ申請を、ワシらの一存で変えることはどうかと思うてのう。それを決めるのはヤツじゃ」

結局、板津はノブレス携帯の指紋認証だけは解除しなかった。

その後、板津はさらなる情報を求めて、セレソン探訪の旅に出たのだ。

板津が社長室のスクリーンをリモコンで操作した。そこにはこの半年間、板津が調べあげたセレソンの情報が簡潔にまとめられていた。

★1番　物部大樹　元官僚　残高九十八億
〈活動履歴〉には〈通信費〉の項目多数。他セレソンに行動を察知されないためか。一件〈外務省青年海外協力隊帰国延期〉の申請を確認。二万人ニートの帰国を遅らせた可能性あり。

★2番　辻仁太郎？　八十九億
ノブレス携帯を使って〈AKX20000®〉のプロデュースを手掛けている。〈AiR KING®〉の著作権管理会社〈Careless Monday Production®〉はペーパーカンパニーであることが判明。

それ以上の調査不可能。メディアを賑わす有名人、スーパープロデューサーの辻仁太郎である可能性が高い。

□3番　北林とし子　老婦人　四十九億円
一日一善をモットーにノブレス携帯を使用。七十八歳。現在は福岡の病院に入院中。痴呆初期症状あり。追加の調査要ありと認む。

■4番　近藤勇誠　刑事　七円
百億円をギャンブルと女遊びに浪費。滝沢が死亡を確認。サポーターによるものか？

■5番　火浦元　元医師　零円
ノブレス携帯の残高を使い切り、理想的な地方病院設立。サポーターによる介入があったのか、反応消失。

★6番　正体不明　演出助手？　九十五億円
日本を救うため、普遍的英雄譚の物語を映画化する機材を揃える。緊急の買出しや弁当注文、交通整理にノブレス携帯の残高を消費。テレビ・映画ロケ撮影の現場にて人よけや弁当手配に使用か？　9番のセレソンの追跡申請を却下され、森美咲を尾行していると推測される。彼女のキャリーバッグに拳銃混入。目的不明。

□7番　正体不明　九十一億円
食品に異物混入、並びに製品の故障を誘発。株価操作なども確認。グリコ森永模倣犯か?

二〇一一年二月十四日に活動を停止。逮捕された可能性も?

□8番　立原憲男　元サッカー日本代表監督　二十五億円
元サッカー日本代表監督。サッカー戦術論文の評価を捏造。純血日本人チームでオリンピック金メダル目指すが惨敗。バッシングを受ける。五輪金メダルをジュイスに申請した直後、ジュイスは8番の監督解任を手配。

□9番　滝沢朗　十六億円
〈この国の王様になる〉の申請以後、ニューヨークに潜伏。ジュイスは口座開設し9番に現金支給している模様。ハッキングによる口座及び引き出し場所の特定不可能(ジュイスによる妨害か?)。現在の経歴は飯沼朗。

■10番　結城亮　派遣切りホームレス　千四百万円
一連のミサイル事件実行犯。ミサイル攻撃の失敗後、9番の暗殺を繰り返しジュイスに申請。

いずれも却下されている。八月十日より反応消失。

★11番　白鳥《しらとり》・ダイアナ・黒羽《くろは》　元外国人モデル事務所経営者／連続殺人鬼　六十七億円
〝ジョニー狩り〟の連続殺人鬼。ノブレス携帯を使って証拠隠滅を図る。半年前から〝ジョニー狩り〟は停止。森美咲、6番に続きニューヨーク入り。目的不明。

★12番　Mr.OUTSIDE?　九十八億円
ジュイスを秘密の場所へ移送。半年間、ガソリン代と運転手の給料が1ヵ月ごとに引き落とされていることから、その後もジュイスは移送中か。

★＝危険　□＝無害　■＝脱落

「1番の物部大樹」怒りを滲《にじ》ませながら板津が言う。「こいつがワシを撥《は》ねくさったオールバックメガネじゃ。ヤツは官僚を辞めた後、ＡＴＯ商会の執行役員に就任。Mr.OUTSIDEに成り代わろうと画策しよったが失敗し、その後の足取りは不明」

ラーメンを啜りながらも、みんな板津の説明を真剣な表情で聞いている。

「2番の正体もようわかっとらん。〈AiR KING®〉や〈AKX20000®〉に関係した申請が多いんじゃがのう……」

若者たちに圧倒的な支持を集める〈AiR KING®〉は、いまやボブ・マーリーやチェ・ゲバラのTシャツのように大量生産され、世界中に広まっている。

莫大な利益を生み出した〈AiR KING®〉の権利運営会社〈Careless Monday Production®〉はペーパーカンパニーで、実体のないダミー会社だった。2番は巧妙に姿を隠していた。

だが板津は大方の見当をつけていた。一時期、倣岸な言動やセレブな暮らしぶりがテレビや雑誌に大きく取りあげられたスーパープロデューサー・辻仁太郎が2番ではないかと考えている。

テレビに出演する有名人にまでノブレス携帯が渡されている——改めて板津は、日常アクセスすることすらできない情報を目《ま》の当たりにしていることに驚きと恐怖を覚えた。

滝沢朗＝飯沼朗が首相の私生児であると公表したのは、売名行為（事実ネットで〈AiR KING®〉Tシャツがまた話題になった）だったのか、それとも何らかの前振りなのか——?

引き続き警戒が必要なセレソンだ。

「今ニューヨークでゴソゴソやっとる6番も正体は不明じゃが、こいつは映画の制作マンかなんかじゃろう。『この国を救うための映画を撮る』いう申請をしとったしな。大方、自分の『理想の映画』ができんうちに9番にアガられたらかなわん思うたから、ビンテージをアガらせまいと近づいているんじゃないかのう」

板津は他のメンバーがうなずくのを確認した。

「以上、1番、2番、6番のセレソンがビンテージにとって脅威になる可能性が高い」

「10番の結城亮が『★危険』のカテゴリーから『■脱落』へ変わったな」

スクリーンに投影された情報を前に、平澤は顎に手を当てる。

「ああ。ミサイル事件後、さまざまなパターンで9番暗殺の申請を繰り返しては却下され続けとったんじゃが、ついに三日前、背番号が消滅したわ」

「状況が4番と似てるわね？」おネエがそう指摘した。

「おう。生死の確認はできとらんが、4番同様、まだ金が残っとるのに消されたいうことは、セレソンとして価値がないっちゅー判断が下されたんかもしれん。それよりも驚いたんは、5番の火浦元じゃ。このオッサン、残金がゼロになったはずなのに、実はまだ生きとった」

板津の言葉に、みんな驚いた顔をした。

活動履歴を辿り、板津は火浦総合病院を訪れた。滝沢には『サポーターに殺された』と聞かされていたが、火浦は今でも患者たちに囲まれて〝救世主〟と慕われている。

「ワシが会いに行ったとき、院長の仕事はしとらんかったんじゃが、その理由がのう……ここ最近の記憶をすっかり失くしとったけえなんよ。自分が総合病院の経営者じゃいう立場さえ、よう理解できとらんかったわ」

面会を申し入れると、火浦は快く板津に会ってくれた。火浦が十二人のセレソンの一人で、どうやって医療都市を築きあげたのか、板津はひとつひとつ説明していった。

「ワシの話を聞いて、かなりショックを受けたようじゃったが、意外なことに、状況はすぐに理解した。んで、病院をつくったんが自分じゃと知って、やっと納得がいったっちゅー感じじゃった。あの前向きな姿勢は、本人の信念からくるもんなんじゃろうのう」

「でも、どうしてサポーターに殺されなかったんでしょうか？」と春日。

「お金を使い切ったのに生きてるってことは、あがったと判断されたってこと？」

おネエの言葉にみっちょんが怪訝そうな顔をした。

「でも、誰かがあがった場合には、他のセレソンが消されちゃうんでしょ。おかしくない？」

「ってことは、Mr.OUTSIDEの言う消滅って、殺されるってことじゃなく記憶を消去するってことなのかしら？」

「だが、ルールに反した者には死が与えられるとも言っていたんだろ？」

平澤の指摘に、板津が渋い顔で答えた。

「確かにほうなんじゃが、もし12番がMr.OUTSIDEで、サポーターじゃったとしたらどうな？他のセレソンを監視しながらルールを守らせペナルティーも加えていくためには、相当な手間と労力が必要になるど」

「ジュイスを使ってやってたんじゃないの？」大杉が言う。「ゲームの主催者なんだし、自分だけルール外ってことだってあるだろ」

「じゃったら〈ジュイスを秘密の場所に移送〉も残さんじゃろう。思うに亜東才蔵いうじいさんは、無茶苦茶じゃあるが、ここまでは一応筋の通ったゲームを運営してきとる。とするとのう？　サポーターいうルールは、この命がけのゲームを各セレソンに強要するために仕組まれた、ただの方便じゃったんじゃないんか？」

板津の話を吟味して聞いていた平澤がまた訊ねた。

「滝沢がサポーターと勘違いされたのは、その一例ということか？」

「あくまで希望的観測じゃがのう」

「だとしたら、残高が減り続けてるタッくんにとっては、ありがたい話だけど」

おネエがみっちょんに顔を向けた。

「この際、憶測はナシだよ」

みっちょんが小さく首を振る。

「そうだよ。楽観視するのはやめた方がいい」

大杉の言葉に、板津は浮かない顔をした。

「最後に、Mr.OUTSIDEについてじゃが、この半年で得られた情報は、この写真のみじゃ」

そう言って板津はスクリーンに一枚の画像を映し出した。ソアラから降り立つところを望遠レンズで盗撮したと思われるその写真には、背筋もしゃんとした、隙のないスーツ姿の老紳士が写っている。細面にロマンスグレーの髪をなでつけ、とても七十を超えているとは思えない眼光の鋭さだ。

「こいつが、三十年前の亜東才蔵じゃ。画像検索も一応かけてはみたが、何も収穫は得られんかったわ。ワシの世間コンピュータにも試算させてみたんじゃが――」

板津はこの半年間でさらに改良した世間コンピュータ2・0を起動し、〈亜東才蔵の生死〉と条件を入力した。招き猫のアイコンがひと鳴きして顔を舐め、画面にシミュレーション結果が表示された。

亜東才蔵の生死＝末期がんで死亡

「じゃあ、亜東才蔵自身は本当に死んでいると？」

平澤の言葉にうなずきかけて、板津は大きなため息を洩らした。

「それは……さすがのワシにもようわからん」

「彼、一応ＡＴＯ商会の創立者なんでしょう？　生死さえ不明なんてこと、ありえるの」

おネエが訊ねて、板津はしばらく何も答えず腕組みして目を閉じた。

「ひとつ気になるネタもあるにはあるんじゃが――」

「何よ」

板津が長考姿勢に入った。

半年に及ぶセレソン探訪で、板津は予想以上の釣果《ちょうか》があったと感じていた。だが、まだ確信にまでは至っていない。十二人のセレソンのうち、Mr.OUTSIDE へ繋がるかもしれない人物がたった一人だけいたのだ。もしその人物が語ったことが真実ならば、Mr.OUTSIDE こと亜東才蔵は、意外とすぐに見つかるのではないか――。

そんな板津を尻目に、平澤はスクリーンに映し出されたセレソン情報を眺めた。

「この国を正しき方向に導くために執りおこなわれてきたこのゲームだが、そもそもセレソンというのはどういった基準で選出されたんだろうな？　官僚、有名人、老人、刑事、医者、フリーター、派遣切りホームレス、連続殺人鬼、そしてまったく姿の見えない統治者――。こうして見ると、滝沢たちが巻き込まれたこのゲームは、まるで日本が抱えている唾棄すべき問題の縮図そのものにも思えてくる」

　メンバー一同、改めて板津のセレソン情報をじっと眺めた。

　そのとき、ふたたび室内でメールの着信音が鳴った。今度は間違いなくセレソンの活動履歴だった。

　みっちょんのパソコンディスプレイには、6番の履歴が更新されていた。

8

　ニューヨーク現地時間八月十二日午後五時十分。滝沢朗が「同僚の結婚パーティーに寄っていいかな？」と言うので、森美咲は彼と共にマンハッタン島の南東部、イーストビレッジを目指した。

　辺りはまだ昼間のように明るかったが、古着屋やレコード店、飲食店にナイトクラブが並ぶ通りではすでに暖色系のネオンが軒先を飾っている。《居酒屋》《喧嘩》《大将》といった日本語の電飾看板が目立つ。イーストビレッジには多くの日本人が住んでいるのだという。

道路が湿っぽい。すっぱい臭いがしたので、どこかの店主が水を撒いたのだろう。散乱したゴミとともに排水溝へ流れていく水は、オレンジ色の街灯の下で真っ黒だ。

咲は滝沢と一緒に歩きながら、ノブレス携帯のこと、セレソンのこと、ジュイスのこと、Mr.OUTSIDEのこと、ミサイル事件のこと、《東のエデン》のこと、王様申請のことをかいつまんで説明した。

「ふーん……それで俺がそのセレソンの9番目で、日本で騒がれてるミサイルテロの重要参考人ってわけだ。『太陽を盗んだ男』って感じ」

無邪気にそう言う滝沢に対して、咲は真顔で答えた。

「だけど全部、本当の話なんです」

「大丈夫、信じてないわけじゃないから」

白茶けた赤レンガのアパートの前で、滝沢の足が止まった。正面玄関の脇に鉄柵があって、狭くて急な階段が地階へと続く。しかも階段は微妙に傾いて見える。構わず滝沢が階段を降りていくので、咲は壁に手をついて、恐る恐るついていった。

友人の結婚パーティーは、そのアパートの地階コインランドリーでおこなわれていた。本来、裸電球がぶら下っているだけの殺風景な空間に、たくさんのキャンドルが灯っている。友人同士、ワインやチーズ、パステルカラーのケーキなどを持ち寄って、つつましやかなパーティーが開かれている。

ニューヨークのアパートは1LDKの部屋でさえ家賃が十五万円もするらしい。イーストビレッジに住む彼らは、みんなアパートの家賃だけで生活費のほとんどを使ってしまうのだ。

だが、友人の結婚パーティーのために集まった彼らの表情はみんな明るかった。ニューヨークに暮らしていることが楽しくてしかたがないという様子だ。

滝沢の友人は、ユダヤ人の青年だった。小柄な男性で、名前はウィル。滝沢とおなじように映画マニア（ホラーが専門らしい）だという。

「いやー、どうもどうも」

拍手で迎えられた滝沢は、英語で話しかけられても、平然と日本語で答えている。それで会話が成立していることにも驚いたが、何より咲を驚かせたのは、彼がニューヨークですっかりコミュニティの一員として受け入れられているということだ。

滝沢はソーホーにある《アンジェリカ・フィルムセンター》という映画館で清掃スタッフとして働いているという。ウィルは同じ映画館で働くスタッフだ。英語も話せないのにどうやって職を得たのか、咲にはまったく想像できない。相手に警戒心を抱かせることなく、どんな人ともコミュニケーションをとれる滝沢に改めて感心しながらも、咲の心はどこか孤独だった。

「HI, AiR KING!」

会場で声があがった。滝沢は、携帯電話を耳に当てた振りをして、指鉄砲を構える。〈AiR KING®〉のポーズだ。

「ばーん！」

滝沢が威勢よく声をあげると、誰もが口笛を鳴らして応じる。滝沢と仲間たちは、次々にハイタッチを交わした。

「……AiR KINGって呼ばれてるの?」一通り挨拶を終えた滝沢に、咲が訊ねた。

「ああ。知らない奴にも街で声かけられるし。だから君の話も頭から否定はできないなと思ってさ。それに俺、記憶がないって記憶はあるんだ。ちぇっ、そっくりさんどころか本人だったわけね」

ミュージシャンを名乗る男性が、持ち込んだ電子ピアノの前に座って、「スモーク・ゲッツ・イン・ユア・アイズ」を奏でた。薄暮れのニューヨークにぴったりのジャズ・ナンバーだ。

誰かがランドリーの照明を落とすと、会場はキャンドルの灯りだけになった。演奏中、ミュージシャンが伸び伸びとアドリブを織り交ぜると、口々に歓声が湧いた。ロマンチックな音色に、みんなが肩を左右に揺らしている。

いつの間にか滝沢と肩が触れて、咲はドキッとした。横目づかいに滝沢を見る。彼は相好を崩して音楽に聞き入っていた。必死に動揺を隠しながら、咲は滝沢との距離を気づかれないくらいほんの少し縮めると、みんなと一緒に束の間のパーティーを楽しんだ。いつの間にか、疎外感は消えていた。

今度はイーストビレッジからグラマシーに向かった。街は黄昏《たそがれ》に染まっている。蔦《つた》で覆われた趣のある高級住宅街を通ると、夜風が気持ちよい。ニューヨークの喧騒を忘れてしまう、静かな住宅地だ。路肩にはぎちぎちに車が縦列駐車されていて、前の車と数センチしか間が開いていない。ふと、どうやって車を出すのだろうと考える。

「ここが俺んち」

滝沢が大きく両手を広げた。促がされ、咲は彼の視線の先を追う。路地を挟んだすぐ前には歴史を感じさせる西洋漆喰《しっくい》壁の建物がそびえ建っていた。確認するように滝沢を見返す。

「ここって……？」

表通りに突き出したテントには《Gramercy Hotel》と刷られている。入り口にはドアマンが待機し、ロビーには赤絨毯が敷かれていた。先ほどのイーストビレッジとは対照的にアッパークラスな雰囲気だ。映画館でアルバイトする日本人旅行者が住める場所とは到底思えない。

しかし滝沢がどんどんホテルの中に入っていくので、咲は緊張しながらも後を追った。豪奢なシャンデリアのロビーを通り、エレベーターに乗って八階までのぼる。滝沢について廊下を進むと、格調高い調度品や斬新な現代アートがホールを飾っていた。

八〇一号室――そこが滝沢の部屋だった。スーツのポケットから鍵束を取り出すと、滝沢は手馴れた手つきで鍵を開け、部屋に入る。

そこは豪華絢爛たるスイートルームで、座り心地のよさそうなソファや堂々としたベッドがあり、バラの花まで活けてあった。古めかしい書棚には、蔵書がぎっしり並べられている。まるで豪邸だ。一泊数万、いや、もしかしたら数十万はくだらない、そんな部屋だった。

「滝沢……くん」咲が〝飯沼朗〟になってしまった彼に遠慮気味に話しかけた。

特に気に留めるでもなく、滝沢は「どうした？」と聞き返す。

「……記憶がないって気づいてからはどうなったの？」

咲の質問に、滝沢はふたたびポケットの中から鍵束を取り出した。そして、記憶を辿るようにそれを眺めた。


全裸の男たちが凍えている――飯沼朗としての記憶はそこからはじまったという。寒空の下、海風に晒され、裸足で立つ地面は氷のようだった。着る服を持たない彼らは互いに身を寄せ合い、メリーゴーランドに跨る滝沢をまっすぐ見あげていた。

「全裸で屋上に集められてるあいつら見てたら、何だか可哀相になってさ。あいつらのこと助けなきゃなんないって思ったんだ。でも、いきなり機動隊が突っ込んできて……」

滝沢が機動隊に取り囲まれると、全裸の男たちが彼を救い出そうとなだれ込んできて揉みあいになった。そのどさくさの中、滝沢は全裸の男たちと共に拘束されてしまったのだ。

「でも、警察には取り調べ記録もないって――」

咲は拘置所で何度も滝沢朗が収監されていないか確認をしてもらったが、彼の記録は一切残されていなかった。

「俺も警察のマイクロバスに乗せられて、あいつらと一緒に拘置所に送り届けられたんだけど、着いた途端、刑務官のオッサンに呼び止められて、俺だけ別室に通されたんだ」

「別室……？」

「取調べ室みたいなとこでさ。部屋に入ったらいきなりオッサンが『ご苦労さまです』って俺に敬礼したんだ」

　刑務官はただちに滝沢の拘束を解き、また敬礼をした。

『俺のこと知ってるの？』と滝沢が聞くと、刑務官は『いえ、存じあげません』と言っておきながら、『わかってますよ』と言うように滝沢をひじで小突いて、親指を立てた。

「突然釈放されることになって〝飯沼朗〟名義のパスポートと、クレジットカード、それに鍵束を渡されてさ」

　滝沢は部屋の扉を開けた鍵の束を咲に見せた。豊洲のショッピングモールや、日本で乗っていた彼のビッグスクーターの鍵まで含まれている。

「で、オッサンから電話を取り次いでもらったわけ」

　その電話は女性の声だった。滝沢はその女性から「『ダンボ』を最初に観た映画館に行け」と言われたのだという。

　滝沢に残された記憶は、映画に関するものだけだ。唯一の手掛かりである『ダンボ』は、ニューヨークで観た記憶があった。それが〝最初〟だったかどうかはわからない。ただ、ニューヨークの映画館で一人『ダンボ』を観た記憶だけがあったのだ。

　ニューヨークへ――滝沢は渡されたクレジットカードで十分な現金をおろすと、飛行機のチケットを手配した。電話の指示もあったが、記憶を取り戻すにはかつていた場所に立ち返ってみるのが一番だと考えたのだ。

『タクシードライバー』『裸足で散歩』『狼達の午後』『ウェスト・サイド・ストーリー』『レオ

ン』『スパイダーマン』『ワンス・アポンタイム・イン・アメリカ』……。ニューヨークは映画の街だ。ニューヨークに辿り着いた滝沢は、どの景色にも見覚えがあり、記憶が蘇っていく気がした。

だがやはり、思い出すのは映画のことばかり。ガイドブックも持たずに飛び出して来た自分の無謀さに、さすがの滝沢も苦笑した。

まずは『ダンボ』を最初に観た映画館を探すことにしたが、なかなか見つからない。昼間は街を歩き回り、腹が減ればホットドッグで済ませて、夜は格安ホテルに泊まった。日を追うごとに現金は消えていく。ニューヨークに行けばすぐに思い出せるのではないかと考えていたが、そう甘くはなかった。

「ミッドタウンから南下していって、イーストビレッジやグラマシーにも足を伸ばして。ニューヨークに着いて一週間ぐらいかな？　このホテルを見つけたんだ」

以前にも訪れたことがある――《グラマシー・ホテル》を通りかかった瞬間、滝沢はデジャヴに襲われたのだ。玄関をくぐり、フロントマンに話しかけた。『飯沼』を名乗り、かつてこのあたりに日本人が住んでいなかったかと訊ねると、フロントマンは顔色を変えて、支配人を呼んだ。

「支配人はわざわざこの部屋まで案内してくれてさ。持ってた鍵を差し込んだら、ここのドアが開いた」

部屋は定期的に清掃が入っているらしく、きれいに保たれていた。支配人によると、現在も家賃は支払われているという。だが誰が払っているのかは、決して教えてくれなかった。

「《グラマシー・ホテル》を拠点にして、また『ダンボ』を観た映画館を探し続けたんだ。そんでソーホーまで行って、ようやく辿り着いた」

ハウストン通りの交差点に立つ《アンジェリカ・フィルムセンター》——そのチケットロビーに足を踏み入れた瞬間、不意に懐かしさが込みあげてきた。ロビーはカフェになっていて、チケットを片手にワクワクしながら上映を待っていた記憶が蘇る。子供のころ、映画を観るときだけキャラメル味のポップコーンを買ってもらえた。映画ではない、自分の記憶——自分はここにきたことがあると確信した。

それから滝沢は、毎日《アンジェリカ・フィルムセンター》に通い続けた。数日のうちに劇場スタッフと仲よくなった。その一人がウィルだ。彼が支配人にかけあってくれたお陰で、滝沢はそこで働くことになった。

「記憶もなく、就労ビザもなく、英語すら話せない俺を、支配人のオッサンがアルバイトとして雇ってくれたんだ。それからずっとそこでお袋が来るのを待ってた」

「お袋?」

「普通『ダンボ』ってお母さんと一緒に観るでしょ? 『ダンボ』を最初に観た映画館に来いって言われて、てっきりその電話はお袋からだと思ってたんだ」

言い出しづらかったが、咲はかつて滝沢から『母親とは五歳くらいのときに別れた』と聞かされたことを告げた。

滝沢は表情ひとつ変えずに、黙ってベッドに腰をおろした。両手を後ろに突いて、室内を改めて見回してから言う。

「ってことは、この部屋も例のコンシェルジュが手配したのか」

「でも、それっぽい活動履歴は残ってなかったと思うけど」

「そう……」

豊洲のショッピングモールと違って、滝沢はノブレス携帯を与えられる以前から、この贅《ぜい》を尽くしたスイートルームを所有していたということか?

しかし、この半年間、《東のエデン》のメンバーが総力を結集して〝滝沢朗〟の経歴を調べあげたが、このホテルに関することは何ひとつ記されていなかった。

そのとき、咲は自分の携帯の着信に気がついた。〈滝沢の帰国に関する諸問題について〉と題されたメールを受信している。送信者欄には《東の防衛団》とあった。


今日本に帰国するのは危険だ。ほとぼりが冷めるまで二人ともアメリカに潜伏していろ。

こちらでフォローする。連絡を待て。


滝沢と再会できたのはよいものの、救出作戦は進展していない。すぐに行動に移せる具体策のない咲は、思わず顔をしかめた。だがそんな咲を不思議そうに見つめる滝沢に気づき、曖昧な笑みを浮かべる。

「そうだ」出し抜けに滝沢が切り出した。「君の言う〝王様申請〟ってやつ取り消せないかな。ちょっと聞いてみようか？」

「えっ」

咲がうろたえる間に、滝沢はノブレス携帯を手に取った。ノブレス携帯にはメインディスプレイとは別に、円形のサブウインドウがついている。そこに滝沢が親指を捺し当てると、剣と天秤をあしらった印章が浮かびあがり、〈THE ABUSE OF GREATNESS IS WHEN IT DISJOINS REMORSE FROM POWER〉という文字がその周囲を回転しはじめた。

滝沢はノブレス携帯を耳に当て、咲はすぐ横で耳をそばだてる。

〈はい、ジュイスです！〉

いきなり元気いっぱいな声が響いた。滝沢が驚くほどの感激ぶりだ。

「……ああ、もしもし？」

〈お久し振りです！　あなたを釈放させる際に警視庁へご連絡差しあげて以来ですね〉

「ああ、あのときは。俺、てっきり君のこと母親だと思ってた」

電話口でジュイスがくすりと笑う。

〈こうしてまた連絡があったということは、万事順調のようですね。安心しました〉

「まあね。で、そのことなんだけど、例の『王様になる』って申請、取り消すことってできないかな？」

〈……え？〉電話の向こうでしばらく沈黙が流れる。続くジュイスの言葉は、いかにも残念そ

うに響いた。〈あなたなら、素敵な王様になれると思ったのですが……ジュイスは少しばかり拍子抜けです〉

「いや、そんな大事《おおごと》?」

滝沢は、ジュイスに悪いことをした気がしてきた。

〈取消自体は可能ですが……ただし、現在まで進行してしまった事象に関しては、そのままとなりますが、よろしいですか?〉

「そうなんだ。そりゃまずいな」

「それでも、取り消してもらった方が——」

懇願するように咲が言う。切実な声だ。このまま『この国の王様になる』という申請が進めば、滝沢は滝沢ではなくなってしまう。

しかし滝沢は、咲の心配をよそに「ちょっと、考えさせて」とジュイスに告げた。

〈わかりました〉ジュイスは声を弾ませる。〈ノブレス・オブリージュ。今後もあなたが素敵な王子——いえ、救世主たらんことを〉

滝沢はそこで電話を切った。

一体この人は何を考えているんだ……。みんな滝沢のことを救おうと必死なのに、彼は自分の身をいともたやすく投げ出してしまう。咲は茫然と問いかけた。

「どうして……」

「まあ、ここまできたら一緒かなあと思って」

「かなあって……」

突然、室内に破裂音が響き渡った。巨大なバイクがエンジンを爆発させたような音。二人は思わず耳をふさいだ。窓際のスチームヒーターが急に動き出し、暴力的な唸り声をあげているのだ。

「熱っ、こいつ何で勝手についたんだ？」

滝沢は原因を調べようとしたが、見る見る高熱を発するヒーターに触れることもできない。このホテル同様に古めかしいヒーターはがたがたと揺れはじめ、あちこちから蒸気を噴き出している。

室内の温度は急激に上昇し、窓を開け放ってもからだが火照る。滝沢はワイシャツの袖をまくった。このままではヒーターが爆発を起こしかねない。

そのとき咲は、部屋の固定電話が明滅しているのに目を留めた。工事現場のようなスチームヒーターの喧《やかま》しさで、電話が鳴っているのにまったく気づかなかったのだ。ホテル側が異変を察知したのかもしれない。

咲が促すと、滝沢が受話器を取った。騒音の中、受話器とは反対側の耳を手でふさぐ。自然と声が大きくなり、「もしもし？」と怒鳴るように問いかけた。

途端、滝沢の表情が険しくなるのを咲は見逃さなかった。そしてかろうじて、滝沢が受話器に投げかけた問いが聞こえた。

「……あんた誰？」

9

ニューヨーク現地時間八月十二日午後十一時。七十階から見おろすマンハッタンの夜景は赤く燃えていた。碁盤の目状に広がる道路はオレンジの街灯に照らされ、マグマのように街を覆いつくしている。濁った空気が黄色く染まり、夜空まで侵食していた。

白鳥・ダイアナ・黒羽は、バスローブ姿でソファに腰をおろした。室内は適温に調整されており、外気の蒸し暑さから完全に遮断されている。

乾かしたばかりの髪をかきあげ、部下たちの作成した報告書に目を走らせる。〈飯沼朗調査報告書〉。そこには飯沼朗がニューヨークでどのような生活を送っているのかが記録されており、彼のアルバイト先も生活拠点も、すべて網羅されている。

もう一度じっくり目を通してから、報告書を脇に置く。黒羽は窓から《グラマシー・ホテル》を見下ろした。八〇一号室——そこが飯沼朗の、いや9番のいる部屋だ。

二〇一一年八月十日。飯沼誠次朗内閣総理大臣が頭痛とめまいを訴え、都内の病院に搬送された。彼が脳溢血で逝去し、2番によって飯沼首相に私生児がいることがメディアに公表されるその二日前。彼の後援会事務所に、首相の隠し口座に関する情報がもたらされた。そこには、二十年間に渡って家賃を支払い続けているという引き落とし記録が残されていた。《グラマシー・ホテル》。ニューヨークのグラマシー地区にあるそのホテルの一室を、飯沼はどうして隠し口座を用意してまで借り続けていたのか。答えは明白だ。飯沼はニューヨークで愛人を囲っていたのだ。

子宝に恵まれなかった飯沼誠次朗。彼の地盤をおいそれと失うわけにはいかない後援会は、彼に代わる擁立候補を必要としていた。愛人が子供を、それも男の子を産んでいたら？　私生児を世襲候補として立て、弔い選挙に打って出る——。同情票の期待できる手堅い選挙だ。後援会は私生児を探し出そうと躍起になった。

これに対して誠次朗の妻・千草は不快感をあらわにした。彼女も政治家の妻であるから、愛人の一人や二人いてもおかしくないとは考えていた。許せなかったのは、飯沼の晩節を汚《けが》されることだ。ミサイル事件以降、経済的苦境に立たされたこの国を救うべく、内閣総理大臣となった彼を、私生児のスキャンダルによって貶《おとし》めることは考えられなかった。

それに何より、飯沼はその時点ではまだ意識不明の状態であり、死ぬと決まったわけではなかったのだ。

対立する両者の間に立ち、極秘裏に〝飯沼朗〟を帰国させることを約束したのが、すでに数ヵ月前から《飯沼後援会》に接触を試みていた情報調査会社の探偵——黒羽だった。

彼女はノブレス携帯に配信される詳細ログから、ジュイスが後援会に、ある情報をリークしたことを摑んでいた。後援会にもたらされたその情報があれば、他のセレソンよりも早く彼を見つけ出し、保護することができる——黒羽はそう考えていた。

半年前まで黒羽は、破滅的な生活を送っていた。ノブレス携帯の百億円で、この国の性犯罪者をみな殺しにしようとしていたのだ。彼らを一人一人探し出して殺すのは、手間も労力も根気も必要だった。そして殺しても殺しても、性犯罪者が減ることはなかった。

刹那的な感情だけでは、性犯罪者を殺し続けることはできない。彼らを憎み続けることは当然として、黒羽は被害にあった女性たちの心の救済を自らの糧とし、男たちを狩った。父親の暴力から、母親を救い出したときのように——。

そのころ、世間では黒羽の行為を〝ジョニー狩り〟と名づけ、勝手な都市伝説をでっちあげていた。いたいけな童貞を狩る連続殺人鬼。他人からそう呼ばれることに対しては、黒羽は何の抵抗も感じなかった。だが自らの内心では、毎日が地獄の業火に焼かれるような、最低な気分を味わっていた。なぜなら黒羽は、いつしか性犯罪者を狩る行為に快楽を感じる、もう一人の自分の存在に気づいていたからだ。そんなときだった。

「俺、あんたも助けるよ」

自分を地獄から救い出そうとした男がいた。男は真摯《しんし》な瞳で黒羽を見つめ、約束したのだ。地獄にいる彼女をいつか助け出す、と……。

男の名は滝沢朗。日本中に降り注いだミサイルを迎撃し、『この国の王様になる』と言って姿を消した、9番目のセレソンだ。

黒羽は、〝ジョニー狩り〟による女性にとっての日本救済ではなく、『あんたも助ける』すなわち『みんなを救う』という9番に賭けたのだ。〝みんな〟の中には当然黒羽も含まれていると信じて。

外国人モデル事務所《モノロム》を解散した黒羽は、情報調査会社《モノクローム・エージェンシー》を立ちあげた。

日本国内の歴史ある老舗旅館やリゾート施設、ホテルやゴルフ場などの経営状況と資産状況を、銀行や投資ファンドの依頼に応じて調査するのが黒羽の仕事だ。

ミサイル事件後、飯沼内閣によって相続税一〇〇％法案の議論が活発になり、熟年層の消費が進んだ。とはいえ、すでに致命的な経営危機に陥っていた地方の観光事業は軒並み廃業の瀬戸際に立たされていた。自滅していく日本から外資が手を引いてしまったために深刻な不良債権を抱え込んだ銀行から、融資を受けることもむずかしい。

その結果、資金難にあえぐ事業主は、政治家の口利きでなんとか銀行の融資を受けるケースが急増した。地方の事業主は、地元政治家の後援会事務所の会長や役員である場合が多かったのだ。そんな事情をたくみにつむぎ、この半年で黒羽は政財界との繋がりを持つようになっていった。

詳細ログに残された〝飯沼朗〟名義のパスポートと、時を同じくして内閣総理大臣に就任した飯沼誠次朗との符号――。これは偶然なのか？　否、ジュイスは9番を総理大臣にしようとしているに違いない。だから政財界に精通していれば、かならずまた彼に会える。

《飯沼誠次朗後援会》と接触したのも、その確信があってのことだ。黒羽が飯沼誠次朗の私生児・飯沼朗の存在を示唆すると、後援会は直ちに飯沼本人に事実関係を確認。首相は、「中学卒業と同時に姿を消した」私生児の存在を認めた。

こうして黒羽は、極秘裏に飯沼の私生児──9番を捜すことになったのだ。

同時に、黒羽は9番の記憶を元に戻さなければならなかった。記憶が戻らなければ、『みんなを救う』という約束をフイにされてしまうからだ。

9番が記憶を蘇らせる鍵──それが、森美咲だった。

彼女が接触することで、9番は半年前に交わした約束を思い出すかもしれない──黒羽には、9番を独占しようという気持ちは微塵もないのだ。〝みんなの王様〟で構わない。ただし、黒羽との約束さえ思い出してくれたら……。黒羽はそれだけで十分救われるのだ。

黒羽がノブレス携帯を手元に引き寄せた。ジュイスを呼び出す。

〈はい、ジュイスです〉

「今朝はうまく彼女を逃がせたかしら？」

〈はい。近くで軽い接触事故を起こして警官の注意を逸らしました。もっとエレガントな方法をと思ったのですが……〉

黒羽は通りを挟んだ対岸に建つ《グラマシー・ホテル》に目をやった。森美咲を連れ、強制的に9番と引き合わせればよかったかもしれない。だが黒羽は安易なショック療法よりも、二人を自然な形で再会させることを選んだ。運命的な再会を演出することは、彼の脳内で起こるであろう、劇的効果の面に於いて前者に勝る。だから黒羽は9番が記憶を取り戻してくれるまでの間、二人を庇護しているのだ。

〈他に申請はございますか？〉

「そうね……今のところは結構よ。ありがとう」

〈そうですか……〉

ジュイスの婉曲《えんきょく》な言い回しが引っかかった。

「何？」

〈……最近、あちらの方が御無沙汰ですので〉

情報調査会社を立ちあげてからは、〝ジョニー狩り〟に手を染めていなかった。今になってそのことに気づいた黒羽は、含み笑いを浮かべた。

「そうね。あれから一度もジョニーを狩ってないわね」

〈あの……わたくし何か不手際でも？〉

「いいえ。今は他にやらなきゃならないことがあるのよ」

〈……と、おっしゃいますと？〉

そのとき、6番の活動履歴が着信した。黒羽はその、あまりに珍妙な申請に失笑を洩らした。

《グラマシー・ホテル》801号室内の二人にシャワーを浴びさせ、部屋ごと爆破

【詳細ログ】
マンハッタンのスチームヒーター配管システムを一部破損

報告書にある《グラマシー・ホテル》の番号に電話をかけた。すぐに出たフロントに、八〇一号室に回すよう頼む。

呼び出し音がしばらく鳴って、ようやく9番が電話口に出た。

〈もしもし?〉

激しい騒音が聞こえる。どうやら早速6番の申請が動き出しているようだ。黙っていると、電話口の声が一段低くなった。

〈……あんた誰?〉

「やっぱり、覚えてないのね」

〈えっ?〉

他にどんな挨拶を期待していたのか? 黒羽は自分で自分がおかしくなった。これではまるで恋する乙女ではないか。気持ちを切り替えて本題を切り出す。

「それよりあなた、今シャワー浴びてる?」

〈はあ? 何だよ、いきなり〉

「いいから、どうなの?」

〈いや……浴びてはないけど〉

「だったら今すぐ携帯をチェックなさい」

それだけ言って黒羽は電話を切った。ノブレス携帯をベッドに放ると、バスローブを脱ぎ捨てて着替えをはじめた。彼女の顔はすでに笑っていなかった。

10

ニューヨーク現地時間八月十二日午後十一時。

直元大志《じきもとたいし》は非常階段から、真向かいの《グラマシー・ホテル》にHDカメラを向けた。最低被写体照度が高めのせいか、夜景の画質がよくない。こんなカメラを用意したジュイスに舌打ちしながら、直元はホテルに向けたレンズを漂わせていた。

直元は長い髪をうしろで束ね、パーカーもズボンも黒ずくめだ。その格好でカメラを担ぎ、炎天下のマンハッタンを走り回ったものだから、全身がべとついている。首にかけたタオルで額を流れる汗を拭い、直元はふたたびファインダーを覗き込んだ。

9番と森美咲が連れ添って《グラマシー・ホテル》の玄関をくぐったのが五分前。他にホテルに入った者はいない。最初に電気が灯った部屋が、9番の部屋である可能性が高い。

そう思ったとき、ちょうど八階の角部屋に明かりがついた。直元は、その部屋をズームアップする。カーテンに男女の影が映った。にやりと笑いがこぼれる。

直元はＭａｃＢｏｏｋＰｒｏを起動させた。ネットで《グラマシー・ホテル》のホームページを検索し、明かりがついた部屋の部屋番号を確認する。

八〇一号室——9番の部屋を見つけた。いよいよラストシーンは近い。直元はＨＤカメラで撮った映像をノートパソコンに転送し、その場で編集をはじめた。今日一日撮り貯めた映像を眺めながら、彼はこの映画にふさわしいラストシーンを考えていた。

百億円で日本を救え——6番目のノブレス携帯を与えられた直元は、自分の理想とする映画を撮ることで、この国を救おうと考えた。

専門学校から映画制作会社に入った直元は、もう六年近く四番目の助監督を務めていた。後輩は次々にセカンド、チーフへとのぼりつめていく。許せなかった。口だけは達者な連中は、直元が温めていたアイディアを監督やプロデューサーにさも自分が思いついたように披露して、取り入っているのだ。口下手な直元は、普段いびられているプロデューサーの前に立つと何も言えなくなってしまう。それが悔しかった。

そもそも、映画監督になるために生まれてきた直元に、弁当の手配やお茶汲みや交通整理やスケジュール管理などといった雑用をさせておくとは何事か。そんなものは下っ端にやらせておけばいいのだ。どうして自分がその下っ端をやらねばならない？　どうしてぺこぺこ頭を下げなければならない？　世界的な映画監督になるべくしてこの世界に入った自分に、何をさせたいのだ！

「下積みしながら映画とは何かを学べ」と偉そうに宣うプロデューサーに辟易《へきえき》しつつ、直元は密かに〝理想の映画〟を夢見るようになった。

しょっぱい男が、しょっぱい行動を一切改めず、石に齧《かじ》りついてでもしょっぱいままでいると、いつの間にか何かを為《な》していた——そんな映画を彼は夢見ていた。

この映画は、主人公が終始しょっぱいままでいることに意義があった。普通の青春映画は、しょっぱい男が急に目覚めたりする。直元はそれにリアリティを感じていなかった。しょっぱい男というのは、生涯しょっぱいままなのだ。直元は〝しょっぱい男〟を通じて、はじまりのおわりを演出しようとしていた。そう、はじまりのおわりはおわりのはじまりなのだ。

しかし、ある日の休日、一人で映画を観にいったとき、直元は映画館で呆然と立ち尽くしてしまった。幸せそうに腕を組んで歩くカップル、絵に描いたような子連れの夫婦、徒党を組んでいきがる男子中学生、「やばい」を連呼する女子高校生……。

普段は気にならないことが、その日は気になった。自分の惨《みじ》めな境遇と比較してしまったのだ。自分が理想とする映画を、どうしてこんな頭からっぽなリア充たちに観せなければならない? こんな連中のために、自分は罵倒され、人としての尊厳を脅かされてきたのか?

直元の自我が、音を立てて崩れ落ちていった。嗚呼、世間は何と不公平なことか。

そんなときだった。直元に6番目のノブレス携帯が届けられたのだ。

百億円もあれば、自分が温めてきた理想の映画を撮ることができる。自分にはそれしかないと思った。彼は、自分と同じような境遇にある人々のために映画を撮らなければならないと考えた。リア充によって存在を脅かされている人間は、きっと自分一人ではないはずだ。

直元はさっそくシナリオの執筆にとりかかった。助監督の仕事は辞めてしまおうかとも思ったが、連中を見返すために、あえて続けた。プロデューサーや監督から大きな仕事を任されたとき、直元の復讐は完了するのだ――そう、助監督の自分が、監督とプロデューサーに反旗を翻すことで！

こうして直元の生涯をかけた復讐がはじまった。だが彼はシナリオにかまけるあまり、助監督としての業務がさらにおろそかになってしまった。ロケ弁当の手配を忘れるなど凡ミスを連発し、大至急、百人分の弁当を用意したりしなくてはならなくなった。

「しばくぞ、こら！　さっさと弁当用意しろ、ボケ！」

プロデューサーに恫喝され、にっちもさっちもいかなくなったとき、直元はついついジュイスに電話をかけてしまうのだ。

「おい、ジュイス！　大至急、弁当用意しろ、ボケ！」

自分の理想とする映画はシナリオの段階で大きくつまずいて、なかなか書き進められなかった。人生ではじめて書くシナリオは、思った以上に構想が膨らみ、すでにページ数はペラ二百枚――三時間尺を越えていた。だが、一行たりとも無駄なセリフもト書きも存在しなかった。すべてが有機的に機能していて、とてもカットなぞできるはずもなかった。

〝理想の映画〟の完成に向け、一歩一歩にじり寄っていた直元だったが、半年前、９番がミサイルを迎撃した直後、彼の壮大な復讐計画を脅かすとんでもない申請がなされた。

この国の王様になる

十二人のセレソンのうち、最終的に生き残れるのは、最初に使命をまっとうした一人に限られる。誰かがゴールした時点で、残りのセレソンは自動的に消滅する――それが携帯ゲームのルールだ。

『この国の王様になる』という申請を出した9番が最初にゲームをあがってしまうのではないか？　そうなれば、直元の理想とする映画も、彼の復讐も果たせぬまま、一生自分は下っ端として顎で使われ続けなければならない！

直元は滝沢をノブレス携帯で捜そうとしたが、申請をジュイスに却下されてしまった。卑怯なことに9番は王様申請によって守られていた。ジュイスは9番を王様とすべく、匿っていたのだ。

超法規的措置が認められているのは、彼がゲームにあがるからではないか。直元の焦燥感は極限にまで達していた。

そのころ、全裸の二万人の携帯電話から出てきた画像から、ミサイル事件の重要参考人として浮上してきた9番が、メディアを騒がせていた。直元はテレビのニュースで、《東のエデン》に、滝沢がミサイルを撃ち落とす瞬間の画像があげられていることを知った。

さっそく《東のエデン》で彼の画像を確認した直元は、そこに写っている一人の女性の存在を認めた。ジュイスに調べてもらったところ、彼女は拘置所に拘留されているという。

直元はジュイスに、高性能HDカメラを手配させた。機材の手配はシナリオが完成してからと心に決めていたのだが、彼の映画監督としての勘が、こうささやいていた。

これは映画になる。はやく撮ってしまえ――。

森美咲に対してストーカーまがいの尾行を開始し、直元は彼女を盗撮した。

テロリスト・9番の女を尾行する――まるで探偵映画の主人公の気分だった。直元は新たな映画の主題を見つけるや、復讐はあきらめて助監督を辞めた。〝理想の映画〟の制作に打ち込んでいった。

Ｍａｃ Ｂｏｏｋ Ｐｒｏのビデオ編集画面を開く。そこにはこの半年間撮り貯めた映像が収められていた。警視庁から出てきて、友人たちに迎え入れられる森美咲。友人たちと会社を立ちあげ、エプロン姿で引っ越しを手伝う森美咲。赤いお財布を胸元に抱えて、カフェ飯に出かける森美咲……。

彼女がワシントンへ向かったときも、ノブレス携帯の活動履歴に表示されないよう、直元は自腹を切ってホワイトハウスまで追跡した。

森美咲は噴水前にじっと立っていた。一瞬、直元の方を振り返ったので、気づかれたかと身を固くしたが、彼女はすぐにそこを立ち去った。直元は不審人物として警官に絡まれたが、それも映画に箔がついたくらいに考えていた。

森美咲への尾行を続けるうち、停滞していた直元のシナリオは次第に固まりはじめた。テロリストと、その女、彼女を追う探偵——ハードボイルドな映画になることは間違いなかった。

そんなある日、9番の居場所が活動履歴の詳細ログに表示された。


《飯沼誠次朗後援会》に飯沼朗の滞在場所はニューヨークとリーク

直元は驚喜した。9番みずから居場所を教えてくれた！　直元はすぐにジュイスに依頼して、ニューヨーク行きのチケットを取った。

その直後、森美咲もニューヨーク行きのチケットを手配したことに直元は気づいた。なぜノブレス携帯を持たない彼女が、直元と同時期に9番の居場所がわかったのか……？

直元は、ノブレス携帯の背番号表示を見てにやりと笑った。彼女は、持っている、、、んだ！　9番の背番号〈IX〉の表示は点灯したままだった——つまり9番のノブレス携帯は、有効圏外であるニューヨークには持ち出されていない。

直元はジュイスに申請して、森美咲のキャリーバッグに銃器を混入した。『タクシードライバー』みたいな改造拳銃や弾帯が、キャリーバッグから出てきて、ピンチに陥る——映画の入りとしてはまずまずのサスペンスとアクションだ。直元はわくわくした。

そうして、今朝の大混乱が起こったのだ。森美咲の荷物から出てきた銃器にニューヨーカーたちは逃げ惑い、しかも咲までが荷物を置いて逃走してしまった。ノブレス携帯はタクシーに置いたままだ。

「なぜ現れない。ヒーローはヒロインのピンチに現れるものだろう」直元はいらいらとつぶやいた。直元のシナリオでは、ここに9番が現れて咲を救うはずだったのだ。

咲が走って逃げたので、直元も走って追いかけた。その映像はブレてしまったが、ドキュメンタリータッチの方が臨場感のある映像になる、と自分を説得した。『ブレア・ウィッチ・プロジェクト』みたいじゃないか。

続いて《シェラトン・ホテル》で公衆電話をかけている森美咲の不安げな背中を撮影した。彼女は警戒して、きょろきょろ周囲を見回している。

この電話を境に、森美咲は尾行に気づいたのか何度も後ろを振り返った。直元は冷静に望遠レンズに切り替えて、彼女と距離をとった。

ブルックリンブリッジのたもとで、森美咲を望遠レンズで撮影する。きらめくイーストリバーの背景がぼやけ、その中に浮かびあがった彼女のバストショットは、揺れる彼女の心情を効果的に捉えていた。レンズの選択はばっちりだ。

そこへ9番が現れたときは、カメラを握る手が汗ばんだ。感動の再会シーンだ。半年間探し続けた男との再会――。9番と森美咲は手を取りあって走り出した。

「これでようやくシナリオ通りだ」直元は満足げにつぶやいた。

彼はかねがね、神話的で普遍的なモチーフを映画に取り入れたいと考えていた。

物語の中間点で、ヒーローは薄暗い洞窟に分け入り、ドラゴンと対峙する――冒険者はもっとも危険な場所へ接近しなければならない。そして、ヒーローは伝説の剣を手に入れるのだ！

この普遍的なモチーフ通り、9番は薄暗いガレージで凶悪そうな白人運転手と対峙して、見事に試練を乗り切り、剣を、ノブレス携帯を手に入れた！　そしてヒロインをともない、自らの城――《グラマシー・ホテル》に帰還したのだ。

さて、この後はどうしたものか？　八〇一号室を撮影しながら、直元はシナリオを検討した。クライマックスは婚姻のモチーフこそがふさわしい。シェークスピア作品も昔話も、物語のラストはたいていそういうものなのだ。

ハリウッド映画において、この婚姻のイメージは――シャワーシーンだ！　危機的状況を脱した後、ヒーローとヒロインはセックルするものなのだ。

直元はノブレス携帯で、早速ジュイスを呼び出す。

〈はい、ジュイスです〉低く静かな口調でジュイスが応えた。

「いいか、《グラマシー・ホテル》の八〇一号室だ。どんな手を使ってでも二人にシャワーを浴びさせるんだ。で、そのあとはなあ――」

〈あの、申請の趣旨がぜんぜんわからないんですけど？〉

とげのある声でジュイスが返す。

これだから素人は困るのだ。最近の監督志望者もそうだ。ろくに映画も観ていないくせに、一丁前に自分の意見は押しつけてくる。

「古今東西、名画の中じゃ逃亡中のカップルは、決まって流れ着いた場所でシャワー浴びるんだよ。これは〝お約束〟っつーやつなの」

ハリウッドの悪習とも言うべき、金髪男女のシャワーシーン。これに必然性を持たせた映画が、『ターミネーター』だ。

ともすれば、B級映画の安っぽいシャワーシーンになってしまうところを、キャメロン監督は物語の構造にまで昇華させていた。カイル・リースとサラ・コナーがモーテルで愛を交わさなければ、ジョン・コナーは生まれずに人類は滅亡し、カイル・リースはサラ・コナーを守るために未来から送り込まれることもなく、二人は愛を交わせないのだ！

直元は、自分もいつか『ターミネーター』のように、映画史に残るシャワーシーンを撮りたいと考えていた。そういう艶っぽい演出ができてはじめて、一人前の演出家となれる。

その瞬間、直元の背筋が震えた——この映画にふさわしい結末を考えついたのだ。

「ジュイス、爆破だ、爆破——シャワーに入った二人は、情を交わし、気分が最高潮に高まったところで爆煙に包まれながら最期を迎えるんだ！　そして探偵が事故現場を訪れて一言。『これもまた映画だ』」

直元は泣いていた。彼自身、あまりのラストシーンに感動してしまったのだ。映画の最後で観客に冷や水を浴びせる。映画には毒を盛らなければならない。

「そしてエンディング流れる——ビョークの歌声終わる。映倫マーク」

〈あのう〉ジュイスが直元の妄想を絶ち切った。〈いくらセレソンシステムでも個人の意志を操作することはできかねます。大体あなたは今、有効圏外にいらっしゃいますので、そう簡単

には……〉

「おい、ちょっと待てよ」直元が凄んで見せた。「知ってんだぞ、9番には口座まで作って現金支給してるってこと。それって完全にルール違反だろ。だったらこっちにも少しは融通利かせろよ」

〈あれは、9番を王様にするという申請に沿った措置で、ルールには抵触しません〉

「あっそ、わかったよ。だったら俺も王様にしろ！」

〈残念ながらセレソンによって王様になる過程は異なります。そもそも、あなたを王様にすることが可能か確認しますので、しばらくお待ちください〉

「お前、何だよその態度は！」

怒鳴り散らす直元に対して、ジュイスは静かな、有無を言わせぬ口調で答えた。

〈じゃあ、やめます？〉

「あああああ！　もうっ！」

直元は一人で頭を掻きむしった。ああ言えばこう言う、どうして最初のころのように素直に申請を聞き入れてくれなくなったのだろうか？　俺を誰だと思っている？

「四の五の言わずにさっき言った申請に取りかかれよ！」

〈受理されました〉ジュイスは完全にふて腐れている。〈ただ、もう少し口の利きかたをわきまえた救世主たらんことを〉

きっぱり言ってジュイスは電話を切った。

「……日増しに生意気になっていくな」

気を取り直して、直元は八〇一号室の窓にカメラを向けた。ノブレス携帯に自分の活動履歴が着信する。

《グラマシー・ホテル》801号室内の二人にシャワーを浴びさせ、部屋ごと爆破
【詳細ログ】
マンハッタンのスチームヒーター配管システムを一部破損

ニューヨークの地下には巨大なスチームシステムが張り巡らされていて、どんなおんボロアパートにも、このスチームヒーターが設置されている。冬に凍死しないようにするためだ。ニューヨーク街頭の冬の風物詩となっている白い蒸気は、一部老朽化した地下のスチームヒーターの配管から出ているのだ。

ジュイスはこの配管を通じて、9番の部屋の温度を上昇させ、汗だくにして二人をシャワーに入れさせようとしているのだろう。そこでヒーターが爆発すればすべてシナリオ通りだ。

ジュイスにしてはなかなかいい仕事をしている。直元はカメラのレンズを広角に切り替えた。

十分後、八〇一号室の窓が開いた。ファインダーに、シャツをまくった9番の姿が収まる。

「いいねえ。『裏窓』理論かよ……」

ヒッチコックの『裏窓』という映画は、クーラー完備の現代社会では成立しない時代劇にな

ってしまった。事故でしばらく車椅子の生活を送る主人公が向かい側のアパートを覗くという
この映画において、窓が開け放ってあることは必要絶対条件である。だがクーラーがあると、
窓を開ける必要がない。

森美咲が上着を脱いで、肩をあらわにしている。ズームアップする。顔を赤らめて、胸元を
パタパタと手のひらで扇いでいる。

「いいぞお。遠慮するな。シャワーに入れ！　シャワーだ！　シャワーちょうだい！」

思わず熱くなって叫ぶ。

爆発はなかなか起こらなかった。不発だったのか？　爆弾でも届けさせないとダメかな、と
冗談半分に思ってファインダーを覗いていたら、本当に爆発が起きたので唖然とした。

遠くで花火大会でもやっているのかな、というような小さな爆発音だった。重低音が一瞬周
囲の建物をどよめかせる。衝撃波が腹の底まで伝わってきた。爆破は予想していたより地味な
ものだった。火炎も吹きあがらず、窓からはただ真っ黒い煙がもうもうと出ているだけだ。建
物の崩落も起こらない。

「マジかよ〜」直元はうれしそうに一人ごとをつぶやいた。確かに爆破は地味だったが、その
方が逆にリアルだ。スピルバーグ監督の『ミュンヘン』クラスだ。

我ながら自分の演出力に脱帽した。直元は額に手のひらを当ててしばし自分に酔う。

そこでふと我に返った。もしかしたら人を殺したのかもしれない。顔は青ざめ、膝ががくが
く震えた。必要な生贄だったんだ、深く息を吸って懸命にそう思い込もうとする。

直元はとにかく気分を入れ替えることにした。とりあえず、引きの画《え》も撮っておくかとホテル全体をファインダーに収める。すると玄関から、９番と森美咲が出てきた。

「あいつら、なんで……」

考える間もなく、二人は足早に建物の向こうへ消えていってしまった。追跡しなければならない。直元はワンテンポ遅れてノートパソコンを畳み、コード類をリュックに詰め込んだ。だが、そこであきらめた。もう間に合わないだろう。

直元は、またジュイスに電話をかけた。この責任は絶対にとらせてやる！

「何やってんだよ！　言ったろ、古今東西の……」

〈古今東西の名画の中にも、バスルームでの爆死がラストカットなどという映画はありませんでした〉

ぐうの音も出ない。

「……それが俺的オリジナリティーだったんだよ。ま、今回だけは許してやる。とりあえず二人を捕捉しとけ」

〈受理されません。有効圏外ですのでオンタイムでの追跡は対応できかねます〉

「お前なあ……」

説教しようとしたが、ジュイスは一方的に通話を切った。

直元は歯軋りしながら、ノブレス携帯を見おろした。

11

ニューヨーク現地時間八月十二日午後十一時半。

ホテルの電話を叩き切ると、滝沢はノブレス携帯の活動履歴をチェックした。「爆破」の二文字が目に入った瞬間、ブーツを突っかけるや森美咲の手を摑み、からだを反転させて部屋を飛び出した。

「伏せろ！」と叫んだ滝沢が咲に覆いかぶさった瞬間、背後で短く爆発音が響いた。壁の破片が咲の頭をかすめ、衝撃波が鼓膜を震わせる。扉は吹き飛ばされ、部屋からはもうもうと黒煙が立ちのぼった。火災報知機がけたたましく鳴りはじめた。

咲はよろめきながら滝沢に手を引かれていくのが精一杯で、それからどうやってホテルを抜けだしたのか記憶が定かではない。足が勝手に動いていた。滝沢は大通りを走りながら、部屋にかかってきた電話が警告だったこと、そして6番によって部屋が爆破されたことを手短に明かした。

ようやく我に返った咲は、《東の防衛団》に電話をかけた。平澤たちは6番の申請を心配して、咲の連絡を待ちわびていた。

「二人とも大丈夫」滝沢の後を追いかけながら、咲は緊張した面持ちで言う。「よくわからないけど、誰かが電話で爆破のこと教えてくれたの」

〈何だと？　それは何者だ〉平澤は、あいかわらず詰問口調だ。

「わかんないけど……」

〈とにかく、明日には送金する方法を考える。それでニューヨークを離れろ〉

「うん、わかった……」

ときどき後ろを振り返りながら、咲と滝沢は6番の追跡を警戒しつつ走った。6番は拳銃を咲のキャリーバッグに紛れさせたり、滝沢の部屋を爆破したり（しかも履歴には〈シャワーを浴びさせる〉とあった）、行動が読めないセレソンだが、滝沢のアルバイト先までは知らないはずだ。滝沢は《アンジェリカ・フィルムセンター》に逃げ込むことに決め、何度も迂回しながら咲の手を引いて走り続けた。


十三日午前零時。

《アンジェリカ・フィルムセンター》に辿り着いたときには、すでに日付けが替わっていた。

マンハッタン島の南に位置するソーホーは、アーティストが多く住む地区とされ、彼らが集まるバーやレストラン、カフェは洗練された雰囲気を醸している。

《アンジェリカ・フィルムセンター》もそんな建物のひとつだ。その外観はアメリカの映画館というよりはヨーロッパ風といってもいい、白壁づくりの洒落た映画館になっている。

外は熱を帯びた夜気が漂い、じっとりと二人に絡みつく。熱気をかきわけるようにして、森美咲と滝沢は搬入口からこっそりと館内に入った。ロビーには、各劇場へと続く扉がいくつも並んでいる。

滝沢は、紙コップに水をついで咲に手渡した。咲はここまで走り通しで、喉がカラカラだ。コップを口に運び、ゆっくりと喉を湿らせる。

地下鉄の振動が、どこか遠くから伝わってきた。上映中もこの地下鉄の振動が聞こえるのだろうか。

「ここが、『ダンボ』を最初に見た映画館」

滝沢が、赤いカーペットが敷き詰められたロビーを案内する。《アンジェリカ・フィルムセンター》は六つの劇場が併設された所謂《いわゆる》シネコンだ。ロビーの壁には、クラシックな映画ポスターが数多く飾られている。

改めてポスターを凝視したとき、咲の記憶が鮮やかに蘇った。

「このポスター、滝沢くんの豊洲のシネコンにも飾ってあった」

「ふ〜ん」咲の隣に立って、滝沢もポスターを眺める。「どうやら映画に関する記憶の原風景は、ここにあるらしいな」

咲は改めて思い返した。《グラマシー・ホテル》の部屋を手配する活動履歴は、ノブレス携帯に残っていなかった。ジュイスが手配したのでなければ、滝沢は以前から八〇一号室に住んでいたことになる。あの部屋は、〝滝沢以前〟の記憶を取り戻す手掛かりになるかもしれなかった。

しかしその部屋が6番によって爆破されてしまった今、せめてこの『ダンボ』を最初に観た映画館が記憶を取り戻すきっかけになればと、咲は必死だった。

「何か思い出した?」

目を凝らしてポスターを見つめる滝沢に声をかける。彼は苦笑いを浮かべて力なく首を左右に振った。

「いや、何も。でも俺、人生の大半を映画から学んだのかもしんない……」

そう言って滝沢は、1番スクリーンへと咲を案内した。

そこは百席しかない小さなスクリーンだ。赤い壁にほのかに灯る間接照明と、足下を照らす青い非常灯が彩り、どこか趣のある映画館だった。

滝沢が咲のために毛布を持ってきた。

「これ使って、ここの冷房効きすぎるときあるから」

最前列の座席で、咲は滝沢から毛布を受け取った。自分でも気づかないうちに、手で両腕をさすっていた。滝沢のさりげない気遣いに思わず笑みがこぼれる。

咲が座席に腰をおろした。彼は座ろうとしない。

「滝沢くんは?」

「誰かきたらヤバいから、ロビーで見張ってる。何かあったら声かけて」

「待って……」

背を向けた滝沢に、咲は思わず声をかけていた。滝沢が意外そうにこちらを振り返る。

「また……いなくなっちゃう」

思わせぶりなことを言ってしまったとすぐに後悔の念がもたげた。だがそれは咲の素直な気持ちだ。豊洲のシネコンで一人ぼっちで朝を迎えたことを思い出して、途端に不安に駆られたのだ。

滝沢は何も言わずに咲のとなりに腰をおろした。しばらくお互い黙ったままでいると、滝沢は居住まいを正して、スクリーンを見据えた。

「何で俺、今日ブルックリンにいたと思う?」

咲は困惑した顔で滝沢を見た。そういえば、どうして昼間から滝沢はあの場所にいたのか?

「俺、記憶がないのに映画のことだけは妙に覚えててさ。君もそう言ってたじゃん。だからここにも辿り着けたんだろうけど」

前を見たまま滝沢が続ける。彼はスクリーンに向かって手を伸ばし、指でフレームを切って見せた。

「なのに、なぜか一個だけ、どうしても思い出せない映画があったんだ。一度は離れ離れになってしまう男女が9・11のさ中、グラウンド・ゼロをバックに並んで写真を撮るんだ。で、その写真が手掛かりになって二人は再会する」

その言葉に、咲はびっくりしたように滝沢を見た。

「その映画のタイトルを思い出したくて俺、毎日あそこに通ってたんだ。でもあれ、映画のワンシーンじゃなかったんだ」

その言葉で咲は、この半年間〝君と旅した場所〟を探し続けたことが報われたと思った。記憶を失っても、彼は約束通り〝君と旅した場所〟で自分のことを待っていてくれたのだ。

滝沢はそれ以上は何も言わずに細長い指で咲の肩を抱き寄せ、彼女の膝にかかっていた毛布を広げて二人を包み込んだ。急に咲のからだが上気する。

毛布の中で咲は空唾を飲み込んだ。滝沢に触れるか触れないかの距離にからだを近づける。ほっとした気持ちになるのと同時に、なぜか胸が苦しくなった。咲は思い切って滝沢に身を寄せた。滝沢がポンポン、とやさしく肩をなでる。咲はそのまま瞼を閉じた。

とても眠れそうにもないと思ったが、目を閉じると、すぐに眠りに落ちた。

そして翌朝、目を覚ますと、となりに滝沢の姿はなかった。

12

日本時間八月十三日午後二時。

滝沢を逃亡させる手立てを準備しなければならなかった。平澤一臣はそのための資金に都合をつけ、おネエは引き続き逃走経路を当っていた。

「やっぱメキシコかしらね……」そうつぶやいたおネエは、先ほどからスペイン語で何やら電話口にまくしたてていた。もはやおネエの過去を詮索する者はいない。

板津、みっちょん、春日の三人は〝滝沢以前〟の記録を検索していた。

ミサイル事件から半年。「この国の王様になる」という申請を出した滝沢の記録は、飯沼誠次朗内閣総理大臣の私生児に仕立てあげようとしているジュイスによって〝飯沼朗〟のものへと書き換えられている。もはや〝滝沢朗〟に関する記録は、完全に抹消されつつあった。

そもそも〝滝沢朗〟の経歴はジュイスが用意したものだ。〝滝沢朗〟なる人物は、偽造パスポートでしか存在しない。

ということは、彼が〝滝沢朗〟を名乗る以前の記録——〝滝沢以前〟を探し出すことができれば、〝飯沼総理の私生児〟という経歴や、ミサイル事件の重要参考人としての疑惑も払拭することができる。

唯一の手掛かりは〝滝沢朗〟の画像だけだ。彼の顔から〝滝沢以前〟の経歴を探し出さなければならない。それを《東のエデン》が誇る画像認識エンジンを用いて見つけ出そうというのである。

《東の防衛団》では、その画像検索エンジンが、ネットの膨大な情報の中から〝滝沢以前〟の記録を自動検索していた。画面には、ネット上の職員名簿や学生名簿、住所録など、個人情報が次から次へと現れ、データバンクと照合されている。画像検索エンジンは、ありとあらゆる情報に枝葉を張りめぐらせていた。

おネエがディスプレイを覗き込む。

「あら、本当にローカルネットワークにまで侵入してんのねえ」

さすがに〈クレジット情報〉や〈銀行の引き落とし残高〉まで画面上に出てきたときには、大杉が落ち着きなくからだを揺らしはじめた。犯罪行為に手を染めているという罪悪感が首をもたげたのだろう、彼の声は掠れている。

「企業や学校のデータバンクを勝手に覗いて、大丈夫なのか?」

板津が声を荒げる。

「今さら何言うとんなら! こっちはのう、滝沢の卒業写真を見つけるぐらいの気合でやりよるんど!」

大杉が「でもさ」と唇を尖らせたとき、画面を見入っていた春日が声をあげた。

「ありましたあ!」

全員が身を乗り出してモニターを見る。〈世視新聞 優良配達員〉と題された名簿が顔写真付きで表示されていた。そこには、勤続日数などを総合的に評価された新聞配達員の名が記されている。

名簿の練馬区配達店のページに〝滝沢朗〟の顔写真があった。今よりも若く見える。高校生くらいのときの写真だろうか?

しかしメンバーたちは〝滝沢以前〟の記録を見つけてよろこぶどころか、一様に険しい表情を浮かべた。名簿の〝滝沢朗〟の写真の下には、〝飯沼朗〟と記されていたのだ。

板津は舌打ちし、ぼさぼさの頭を掻き回した。

「道理で見つからんかったはずじゃ。ジュイスのヤツ、ネット上にある〝滝沢以前〟のデータ見つけ出しちゃあ、〝飯沼朗〟に書き換えとるんじゃ。みっちょん、ビンテージの詳細ログは？」

「それらしい活動履歴はなかったけど……あっ」

〈この国の王様になる〉という滝沢の詳細ログが、メンバーたちの目の前で更新される。

世視新聞　優良配達員名簿内に飯沼朗の経歴を作成

誰一人、画面から目を離すことができなかった。この名簿に対するデータの改ざんは、たった今ジュイスによってなされたというのか？

そして次の瞬間、モニターを見つめる一同の前で〈世視新聞　優良配達員名簿内に飯沼朗の経歴を作成〉という詳細ログ自体が消えた。過去のログが繰りあがって表示される。

一瞬のことで、みっちょんと板津を除いては、一体目の前で何が起きたのかも理解できていない様子だ。

手のひらで額を叩きながら、板津は嘆息した。みっちょんも眉間に皺を寄せて言う。

「〝滝沢以前〟の経歴を消去するってことは、詳細ログの名前も同時に消すってこと？」

「なあにそれ？　今までも私たちが見てないところで履歴が消えてたわけ？」

おネエは説明を求めて、みっちょんと板津を交互に見る。

「……まあ落ち着けや」

板津は自らに言い聞かせるようにそう言うと、赤いリュックサックから専用のノートパソコンを取り出した。

「こがあなこともあろうかと、届いた履歴はワシの端末にも転送して瞬時に保存するよう設定してあるっ」

「さっすが師匠！」春日が無邪気な歓声をあげる。

「やめぇや。照れるじゃろうが」

板津は素早くノートパソコンを操作して、9番の詳細ログを表示させた。その瞬間、スクランブルがかかったように画面が乱れる。板津は目を剝き、すぐにネットワークを切断しようとしたが間に合わなかった。

一見、正常に戻った画面からは、先ほどと同じように〈世視新聞 優良配達員名簿内に飯沼朗の経歴を作成〉という詳細ログが消えている。

板津の額を脂汗が伝った。ノブレス携帯を解析した板津は、全セレソンに配信される活動履歴のサーバーを突き止めた。そのサーバーをハッキングすることで、これまでセレソンの活動履歴とそれに付随する詳細ログをリアルタイムに受信することができたのだ。

ところがジュイスは、サーバーに不正アクセスしてきた板津を逆探知し、板津と《東のエデン》に攻撃を仕掛けてきた。

「攻撃性を兼ね備えた防御システム――みっちょん、こがなん見たことあるか！」

みっちょんは言葉もなく首を左右に振る。

「ねえ、タックンの詳細ログ戻してみて？」

おネエに促がされ、みっちょんは恐る恐る画面をスクロールした。活動履歴を隅々まで調べる。

「あった！」みっちょんのパソコンディスプレイをおネエが指差した。そこに記された詳細ログに、誰もが息を呑む。

《東のエデン》システムに侵入し画像検索エンジンを使用

平澤の全身から汗が噴き出る。〝滝沢以前〟の経歴を書き換えるために、ジュイスも《東のエデン》の画像検索エンジンを利用していたのだ。

みっちょんが眉を八の字に寄せる。

「パンツが検索エンジン強化したから、ジュイスがエデンシステムをいいように使っちゃってるよ！」

「なんなら、ジュイスのやつ……」

あまりの口惜しさに、板津の言葉が途切れる。いつもは自信満々の板津が、ぎりぎりと歯噛みしていた。

「このままでは〝飯沼朗〟が〝滝沢以前〟の経歴を完全に乗っ取ってしまうぞ……」

平澤の口ぶりにも、まるで力が入らない。

「おい春日」不意に大杉が、デスクの上の春日の携帯を手に取った。「携帯が通話中になってるぞ」

「えっ。何でだろ？」

「切っとくからな」

大杉が携帯の電源を切ると、突然板津が立ちあがった。

「おい、待てや」

板津は自分の携帯電話を一瞥して顔色を変えた。彼のｉＰｈｏｎｅをメンバー全員に見せる。板津の携帯も通話中になっていた。

だがメンバーたちは、それが何を意味するのかわからない様子だ。板津は舌打ちしてから、黙ってノートパソコンのキーボードを叩き、ディスプレイをみんなに向けた。


誰もなにもしゃべるなこの部屋は盗聴されとる全員今すぐ携帯のバッテリーを外せ

午後七時。メンバーは各々携帯電話のＳＩＭカードを外して、デスクに置いた。これで携帯電話としての機能は使えなくなる。遠隔操作も不能だ。念のため、他にも盗聴器がないか探知したが、見つからなかった。

ミサイル事件の重要参考人である滝沢に関わればどうなるか——みんな覚悟を決めたつもりだったが、それでも、まだ信じられないという表情を浮かべている。

「こいつはロービングバグ言うて、携帯電話を遠隔操作し、付近の会話を盗聴するいう手法じゃ」板津が補足する。「ＦＢＩ辺りじゃ普通に使われようるらしいわ」

「——セレソンの仕業か？」平澤が問う。

「わからん。どうじゃ、みっちょん。何か残っとらんか？」

セレソンの活動履歴を精査していたみっちょんの手が止まる。ディスプレイには1番の活動履歴が映し出されていた。

警視庁公安部に《東のエデン》の内偵を依頼

メンバーは言葉を失った。

ミサイル事件以降、豊洲で暮らす二万人のニートたちが公安に監視されているという噂を耳にしたことはあったが、まさか自分たちまで公安にマークされているとは思ってもみなかった。《東のエデン》のシステムに侵入したジュイスの対応に追われ、1番の活動履歴に気づけなかった。みっちょんのうつむいた顔に、敗北感が滲んでいる。

平澤が、唸るように言う。

「一体、エデンをどうするつもりなんだ……」

午後九時。板津は1番の活動履歴を社長室のスクリーンに投影させた。彼は1番の行動に疑問を感じているようだ。

「考えてもみろや。今まで1番は〈通信費〉としてのみノブレス携帯を使《つこ》うてきた。それは、他のセレソンに自分の行動を気取られないようにするためだったんじゃないんか？　その1番が、どういうわけか堂々と活動履歴に〝公安〟の名前を出しとる——」

「つまり貴様は、そこに作為的なものを感じた、と？」

「オールバック眼鏡は、ワシがセレソンの活動履歴を解析したことを知っとるんよ。半年前、4番のノブレス携帯を分析したワシの口を封じるために、ヤツはワシを撥ねくさったんじゃ」

自分の無精ひげをいじりながら、板津が言った。

「つまりのう？　《東のエデン》が活動履歴を、今でも見ているのかを試してるんと違うんか？」

「何のために？」

板津が言葉を探していると、続けざまに1番の活動履歴が着信した。

ニューヨーク捜査中の警視庁公安部に依頼
《グラマシー・ホテル》潜伏中の飯沼朗を確保

滝沢がニューヨークにいることは、盗聴する前から活動履歴で全セレソンが知っていた。だがニューヨークのどこにいるのかという情報は、「君と旅した場所にいます」という伝言を託された咲だけが知り得ていたことだ。にもかかわらず、咲とメンバーの重要な会話が筒抜けになっていた。

緊急事態だ。平澤は咲と滝沢に電話をかけたが、通じなかった。

咲との通話を頭の中で反芻する。6番のセレソンによってホテルを爆破された滝沢は、咲を連れて自分のバイト先に避難した。幸いそこがどこなのかを、平澤たちは聞かされていない。公安も知らないはずだ。

さらにそこでまた新しい活動履歴が着信する。今度は11番の履歴だ。

飯沼朗と森美咲をチェルシー地区でデートさせる
【詳細ログ】
映画撮影のためチェルシー地区交通規制

この履歴で、滝沢の居場所が知られてしまう——案の定、1番の活動履歴が更新されて、また〈通信費〉という履歴が追加された。おそらく公安と連絡を取ったのだろう。

11番の目的は一体何なのか？　交通規制をかけた、ということは、公安の動きも阻害することができればいいのだが……。

メンバーはすぐに、ニューヨーク入りしてからの11番の行動を検証した。先ほど6番の爆発申請から二人を守ったのは、11番だったのかもしれない。6番が咲のキャリーバッグに銃器を混入したのと同時期に、警官の注意を逸らしていたのも、咲を守るためだったのではないか？

予断を許さなかった。今は偶然利害が一致しているというだけなのかもしれないのだ。

午後九時半。《東の防衛団》は重苦しい空気に支配されていた。

「どうするんな。新しい画像検索エンジンのプログラムは削除したが――」

平澤が板津に目を向ける。心なしか、自信家の彼が覇気を失っているのが意外だった。

《東のエデン》システムに侵入し、画像検索エンジンを使って〝滝沢以前〟の経歴を抹消していたジュイスの攻撃を遮断すべく、板津とみっちょん、春日が防壁を展開、対応策に追われた。ジュイスはシステム内に一切の痕跡を残していなかった。国家機密にまでアクセスできるのだ。ハッキングでジュイスに敵うはずもない。

板津が深いため息をつく。彼は自分のノートパソコンを引き寄せ、世間コンピュータ2・0を起動させた。〈滝沢朗が飯沼朗に全て書き換えられるまで〉という条件を入力すると、招き猫のアイコンが顔をひと舐めして、〈あと八時間二十分〉と表示された。あまりの短さに、誰もが息を呑む。その間にも、タスクゲージはじりじりと短くなっていた。

平澤は腕組みをして瞼を閉じた。そしてしばらくの沈思黙考の後、穏やかな、だがしっかりとした声を響かせた。

「《東のエデン》のシステムをダウンさせよう。そうすれば少しは時間を稼げるだろう」

その言葉に、大杉やおネエ、春日は動揺を隠せなかった。だが板津とみっちょんは深くうなずいている。二人は平澤の決断を、予感していたかのようだ。

今や《東のエデン》の画像検索エンジンそのものが、〝滝沢以前〟の記録を抹消する脅威となっている。現状では、システムの停止以外に打つ手がないことは論をまたない。

「それで……どのくらい時間が延びる」平澤が迫る。

無言で板津がキーボードを叩いた。世間コンピュータ2・0のタスクゲージが長くなる。

「ざっと――四十八時間っちゅうところかのう」

壁の時計を見る。八月十三日午後九時三十五分。〝滝沢朗〟に関するすべての記録が書き換えられてしまうタイムリミットは、八月十五日まで延びた。

「わがシステムの有用性が証明されたな」

そう言うと平澤は疲れた笑いを洩らし、ゆっくりと立ちあがった。社長デスクの横にある壁から、《東のエデン》のメインフレームにアクセスするコンソールを引き出す。社長室内に警告音が鳴り響いた。

「平澤さん！　今や《東のエデン》は、豊洲で暮らす二万人の高等遊民以外にも、なくてはならない公共のインフラとなっています」たまらず春日が叫ぶ。

「やむをえん。みっちょん！」

平澤の声に彼女は黙ってうなずき、自分のノートパソコンを取り出した。エデンのサーバーから手早く機密データを移し換えている。

みっちょんの作業を見届けると、平澤はシステムをダウンさせるためのコマンドをコンソールに打ち込んだ。

eden:k_hirasawa $sudo_shutdown-h_now_
Password:_

画面の末尾で、文字入力カーソルが決断をせかすように明滅する。一瞬の逡巡の末、平澤は大きく息を吸い込んだ。

「さらばだ、東のエデン」

enterキーを押すと、キーッと甲高い悲鳴に似た音が響きわたった。コンソールの液晶画面が真っ暗になり、緑色に光るサーバーのＬＥＤライトがあちこちで消えた。常に唸りをあげていたパソコンのファンが停止する。《東の防衛団》に設置されたすべてのコンピュータの画面が、一斉に黒一色になった。

室内は死んだように静まり返る。本来、こんなにも静かだったのか――不思議と落ち着いた心持ちの平澤に、壁の時計が正確に時を刻む音だけが届く。

一方、春日は釈然としない様子で唇を噛みしめていた。今にも泣き出しそうだ。見かねた板津が、ため息まじりに声をかける。

「春日よ、システムダウンでユーザーからの苦情は殺到するじゃろうが、一時的措置じゃ。気に病むな」

「ですが……」春日がちらりと平澤を見やる。「《東のエデン》は、平澤さんの血と、汗と、鼻水の結晶――」

「鼻水は余計だ！」平澤が遮った。

長い沈黙。

それを破ったのは、みっちょんのかぼそい声だった。

「一臣、これじゃあ、咲とタッくんサポートするの無理だけど、どうすんの？」

平澤は何かに耐えるように黙っている。次々に難問が頭に浮かぶ。だが、打開策を見出さなければならないのだ。

そのとき春日が弾かれたように立ちあがった。胸を張って直立不動のまま敬礼する。彼の額には汗が光っていた。

「進言《しんげん》します！　当局にも見張られている以上、ここは思いきって対策本部を移設してみてはいかがでしょうか！」

「どこに移すというのだ」

「は！　こんなこともあろうかと、大学の部室は確保してあります！　あそこなら、旧エデンシステムも残っています！」

平澤はふたたび腕を組み、思考を巡らせる。

検索を支えるのはコンピューティング能力だ。大学の設備では、現状の対策本部の設備に遠く及ばない。はたしてそんな状態で、残り四十八時間以内に〝滝沢以前〟の記録を見つけ出すことはできるのか？　それに大学のエデンシステムを起動しても、ジュイスがまた侵入してこないとは限らない。

一方で、希望もある。咲の報告では、滝沢はまだ〝滝沢朗〟としての記憶を思い出していないが、せめて彼が〝滝沢以前〟の記憶を思い出せば、《東の防衛団》にとって大きなアドバンテージとなる。ジュイスが記録を書き換えてしまう前に、何か手掛かりを掴むことができるかもしれない。

『ダンボ』をはじめて観た映画館がニューヨークにあったこと、詳細ログに記載されていない《グラマシー・ホテル》の部屋の鍵を滝沢が持っていたこと――今や詳細ログをジュイスが消去してしまった可能性も否定できないものの、ニューヨークには〝滝沢以前〟の重要な手掛かりがありそうだ。

それに、間もなくここは修羅場になる。《東のエデン》のシステムダウンに伴う問い合わせが殺到するはずだ。お盆休みを取らせたスタッフを呼び戻さなければいけないな、と頭の隅で考えながら、平澤は結論を出した。このオフィスで《東の防衛団》の活動を続けることは難しい。

臍《ほぞ》を固めた平澤が顔をあげた。板津はその表情を見て取り、不敵な笑みを浮かべる。平澤の言葉を待たず、自分の肉厚な膝を叩いて立ちあがった。

「決まりじゃのう。ビンテージ助けるにはうってつけの場所じゃ」

「……のようだな」

首をぼきぼき鳴らしながら、平澤は言った。あのごみ溜めのような部室に、一筋の光明を見出すとはな。思わず笑みが浮かぶ。もともと自分には、この小洒落たオフィスは不相応だったのだ。大学の部室に戻ることは、必然のようにも思えた。

13

ニューヨーク現地時間八月十三日午前八時。

森美咲がシートから立ちあがると、足下に毛布が落ちた。周囲に視線を走らせる。《アンジェリカ・フィルムセンター》の1番シアターは照明が落ちており、非常灯の青い光が足下を照らしているだけだった。

滝沢がいない。

咲は薄暗い客席を全速力で駆け抜けた。劇場の重たい扉を思いきり引っ張る。寝ぼけた頭を必死に働かせようとする。

滝沢はまた自分の目の前から消えてしまったのか――？

ロビーに出て、ガラス張りのカフェ・ラウンジに駆け込む。大きな窓の外は雨で、淡く白んだ朝日が室内をぼんやりと照らしている。窓辺に立つ滝沢の影が、逆光に暗く沈んでいた。

すぐに滝沢は咲に気がついた。いつもの笑顔を浮かべて手を振る。

人の気も知らないで。咲は安堵のため息をついた。

「いなくなったと思った？」

咲の機嫌を窺うように滝沢が訊く。咲は握りしめた手で彼の二の腕を打った。

滝沢は、悪戯っぽく笑って見せる。

「で、どうする？　友達に送金してもらうには、まだ時間がかかりそう？」

「チャイナバスに乗るくらいの現金はあるけど」

「だったらさ、ちょっとニューヨークを散策してみない？」

「え、でも……」

咲は意外なことの運びに戸惑った。

「俺さ、子供のころこのあたりに住んでた気がするんだ。あの部屋のことも気になるし、その証拠を見つけたいんだ。俺の過去が、消えてしまう前に――」

滝沢は咲に背を向けて、雨に濡れるソーホーの街並みを眺めた。雨で遠足が中止になった子供のように、彼の背中は寂しげだった。

何とか彼の役に立ちたい。記憶を取り戻す手助けをしたい――。咲はこの半年間、念入りに調べておいたことを思い出した。ショルダーバッグから、ニューヨークのガイドブックを取り出す。

「そういえば滝沢くん、半年前、豊洲のメリーゴーランド見て、『ゴールデンリングがない』って言ってたでしょ？　あれってもしかして……」

滝沢もガイドブックを覗き込む。咲が開いたのは、チェルシー地区のガイドページだった。

一時間ほどで二人はチェルシー地区まで辿り着いた。雨は弱まり、霧のようにマンハッタンの街並みを包み込んでいる。

ニューヨークの移動遊園地は、地区のイベントなどに主催者が招致するそうだ。ガイドブックに載っていた八月中旬のイベント情報を見ながら、咲と滝沢は雨雲の低く垂れ込めたチェルシー地区を歩いて回る。

二十五番通りの交差点に差しかかったとき、遠くに色とりどりの風船が見えた。咲は滝沢の手を引き、高層マンションが立ち並ぶ通りを駆け出した。いかにもニューヨーク、という雰囲気の一画だ。

移動遊園地は、道路を閉鎖して開催されていた。遊園地といってもごく小規模で、せいぜい地域のお祭りといった風情だ。

いくつもの風船がアーチを造る入り口には、大きな看板がかかっていた。『ライ麦畑でつかまえて』の出版六十周年を記念して、ゴールデンリングを復活させたと謳われている。看板は流れ落ちる雨露に濡れ、電飾の光を切れ切れに反射している。

入場料を取るはずの小屋には、誰もいなかった。咲と滝沢はドル紙幣をそっと置いて、入り口をくぐった。

万国旗のような色とりどりの帆がはためいている。敷地は狭いが、ゴーカートに観覧車、ジェットコースターまである。出店《でみせ》も並んでいたが、どこにも人気《ひとけ》はない。

さらに進んでいくと、メリーゴーランドが現れた。誰も乗せずに、ゆるゆると回っている。

霧雨の中、回転する電飾が幾重にも霞んで見えた。まるで夢の中にいるようだ。

二人が目を奪われているうち、やがてメリーゴーランドが停止した。辺りを見回すが、どこにもスタッフの姿はない。咲と滝沢は微笑み合うと、ミニチュアみたいな柵を乗り越えてステージにあがった。カラフルな丸屋根が雨を遮る。

いつごろ作られたものなのか、落ち着いた色調の木馬たちはアンティークのように見えた。シマウマや馬車などさまざまな意匠をこらした木馬から、滝沢は白い一頭を選んだ。まず咲を乗せ、彼女の後ろに跨る。

「アズ・タイム・ゴーズ・バイ」のオルガン演奏が、スピーカーから流れ出した。ノイズ混じりの古いラジオのような音がする。メリーゴーランドも、ゆっくりと反時計回りに動き出した。

咲はしっかりと鉄製のポールに掴まった。滝沢が後ろから手を回し、さりげなく彼女を抱きしめる。その手に咲は、自分の片手を重ねた。

ステージの外縁から木馬に向かって腕木《アーム》が伸びている。大人なら、手を伸ばせば届くぐらいの位置だ。その先端には金色のリングが光っていた――これこそがゴールデンリングのディスペンサーだった。傾いた腕木の中は空洞で、ゴールデンリングが連ねられている。先端の一個を引き抜くと、次のリングが押し出される仕組みだ。

咲は肩越しに滝沢を振り返り、張り詰めた声で言う。

「たぶん、滝沢くんが言ったゴールデンリングって、あれのことだよ。わたし、滝沢くんと離れ離れになってからいろいろ調べたの。で、日本のメリーゴーランドにはもともとついてないことがわかって――」

J・D・サリンジャーの『ライ麦畑でつかまえて』に登場するメリーゴーランドには、ゴールデンリングがついている。だがこの作品のモデルになったセントラルパークの施設は、すでに火災で焼失してしまった。コニーアイランドにあったゴールデンリング付きのメリーゴーランドも、現在は閉鎖されている。

「こっちでも、今ではほとんどついてないらしいけど、八十年代後半までは確実にあったらしいの。あれを摑めると、もう一度メリーゴーランドに乗れるんだよ」

『ゴールデンリングを摑む』という言葉が、「幸せを摑む」という意味の成句になっているくらいだ。ゴールデンリングは幸運の象徴でもあるのだ。

「なるほど。子供のころここにいたら、知っててもおかしくはないわけだ」

木馬がゴールデンリングのディスペンサーに近づく。咲は左手でポールを握りしめ、覚悟を決めて右手を伸ばした。滝沢が、乗り出した咲のからだを支える。

木馬がディスペンサーを通過するその瞬間を見定め、咲は指の先まですぐにリングへ突き出した。だがその手は空を切り、思わずよろけたからだを滝沢が引き戻す。ディスペンサーは後方に流れていく。

「取れなかったの?」

滝沢はおもしろがるように言った。

彼の記憶を取り戻すためにやっているのに。唇を尖らせた咲の頭を、滝沢が優しくなでる。咲は顔を赤らめ、ポールを強く握った。

メリーゴーランドはどんどん回転を速めていく。ぼやけた電飾の灯りが、線に見えはじめた。もうとても手を伸ばせそうにない。

いつのまにか雨脚が強まり、屋根を強く叩く音が聞こえる。「アズ・タイム・ゴーズ・バイ」の演奏が止んだ。木馬は減速をはじめ、ゆっくりと止まった。

「もう終わりなんだ……」咲がつぶやく。

「もう一度乗りなよ。俺はあっちで見てるから」

そう言って滝沢は、手品のようにゴールデンリングを取り出した。指輪には大きすぎる——咲の指なら三本は入ってしまうサイズだ。湿った空気の中で鈍く光っている。

「いつの間に……」

目をみはる咲を木馬に乗せたまま、滝沢はゴールデンリングを持ってステージを降りていった。メリーゴーランドがまた回りはじめ、咲はしかたなくポールにしがみつく。雨を気にするでもなくベンチへ歩いていく滝沢を、回転する木馬やポールに遮られながら見送った。

14

午前九時半。ゴールデンリングを持ったまま、飯沼朗はベンチに腰掛けてメリーゴーランドの咲を眺めた。彼女は戸惑いながらも、何度もゴールデンリングに向かって手を伸ばしていた。

子供のようなその仕草に、飯沼は微笑む。

「そういやあのころ、俺、一人で映画ばっか観せられてたっけな」

独り言をつぶやきながら、飯沼は漠然と既視感を覚えた。確かに自分は子供のころ、似た感覚を味わっている。

「だから、映画館じゃなくて遊園地に連れてってもらえるときはうれしくて、ずっとメリーゴーランドから降りなくていいように、必死であれに手を伸ばしてた。それで、ゴールデンリング摑んで『やったよ、母さん』って言って手を振った――」

髪から落ちた水滴が、滝沢の頰を伝う。彼は手の中のゴールデンリングをメリーゴーランドの方に掲げた。くすんだ金色の輪の向こうを、咲の乗った木馬が通り過ぎる。

はっとして、リングをおろした。頭の奥で小さな発火が連鎖し、じわじわと全身に広がっていく。背筋がぞくりとする。

思い出そうとしても思い出せなかったことが、脳内で再生された。傷だらけの古いフィルムが、突然回り出したようだ。タバコを吹かしながら脚を組んでベンチに座る母親。一緒にいても、いつもあらぬ方を見ていた母親。五百円をくれて、「行っておいで」と手を振った母親。豆柴と一緒に散歩していた母親――。

そう、最初の十発のミサイルが発射されたとき、滝沢は母親を目撃していた。青物横丁で警官のふりをして避難誘導をしていたとき、滝沢は母親と再会し《ヽヽヽ》ていたのだ。

だが一瞬、目を離した隙に、彼女は姿を消してしまった。豆柴だけを自分の元に残して――。

五歳のころ、五百円と共に置いていかれたときと同じだ。母親は、逃げ足だけは早い。滝沢はため息を漏らした。

「お袋のヤツ、同じようにベンチから俺のことを見てたっけな。でも映画は嫌いだったから、一緒に観てくれたのは『ダンボ』だけだった」

その言葉を噛みしめるように、滝沢はゴールデンリングを握る手に力を込めた。どうしてミサイルを撃ち落とした後、ジュイスに『王様にしてくんない』と言ったのか。『ダンボ』を初めて観た映画館に行くよう伝言を頼んだのか、咲に〝君と旅した場所〟の伝言を残したのか、すべてを思い出している。半年前の自分も、同じように母親のことを思い出したから、そんな伝言を残せたのだ。

「滝沢くん、濡れちゃうよ！」

咲の声に、滝沢は我に返った。彼女は不安げにこちらを見ている。安心させようと、大きく手を振って答えた。

「大丈夫、君のこと、ここから見ていたいんだ！」

メリーゴーランドは回り続けている。風が強くなった。雨雲が勢いよく押し流されていく。雨に濡れたワイシャツが肌にまとわりついて不快だったが、そんなことはもうどうでもよかった。今は、咲と一緒にいる時間を楽しみたかった。

ようやく雨が止んだ。滝沢はメリーゴーランドから降りてきた咲を出迎えた。じっと見つめてくる咲に微笑む。

「君のおかげで、ニューヨークに住んでたころのこと、少し思い出したよ」

「えっ――」

咲が目を見開いた。

「飯沼朗さん、ですね？」よく通る声が、二人の会話を遮った。

滝沢と咲は、同時に声の方を見た。スーツ姿の男たちが植え込みの陰から現れ、足早に近づいてくる。

後ずさった咲の前に滝沢が立つ。男たちは、あっという間に二人を包囲した。

もの言わぬ男たちの迫力に、咲は滝沢にしがみついた。滝沢は咲の震える手を握り返す。

「うあああああああああああああ！」

今度は絶叫が、張り詰めた沈黙を破った。

叫んだのは、スーツの男たちの輪のさらに向こう――火炎放射器を構えた若い男だった。

15

十三日午前零時。直元大志はノブレス携帯を開いて、9番の活動履歴を眺めた。〈この国の王様になる〉という申請の詳細ログが、先ほどからどんどん更新されている。

直元は他に手掛かりはないものかと画面をスクロールさせたが、めぼしい履歴は残されていなかった。

《グラマシー・ホテル》を爆破させた後、直元は何度もジュイスに9番の居場所を探させようとしたが、申請はことごとく却下された。

解せないのは、ちゃっかり残高は減らされていることだ。却下したのだから金を返せと凄んでも、ジュイスは何も言わずに電話を切ってしまう。

9番と森美咲を見つけられないまま、カメラ片手にイーストビレッジをさまようち、直元は街灯の明かりも届かない狭い通りに入り込んでしまった。背後に数名の人影と靴音がついてくる。ちゃらちゃらと鎖のような音も聞こえた。

試しに何度か角を曲がってみたが、背後の気配は消えない。ちらりと振り返ると、目つきの悪い若者が数名、自分をつけている。ようやく大通りを見つけてそちらへ飛び出そうとした瞬間、連中はたちまち直元を取り囲んだ。身長が直元の一・五倍はある。

「Yo! Men!」

若者たちはニヤニヤ笑いながら直元を小突き回す。なす術もなく怯える直元から、連中が彼のカメラを奪おうとした。

「ちょっと、やめろよ」

恐怖をこらえて直元が言うなり、若者たちは舌打ちして拳を固めた。ごつごつした拳は、岩のように大きい。

そのときになって直元は、右手に握りしめたノブレス携帯に気がついた。自分には魔法の携帯がある！

「よお、兄弟」

直元は映画で覚えたギャング言葉を使った。気分はたけし映画のチンピラだ。指鉄砲をゆっくり若者たちに向ける。指先が震えていた。

彼らは一瞬の間をおいて、げらげら笑いはじめた。

「笑うな！　こっちは本気だからな！　ジュイス、こいつらを殺せ！」

〈今どちらにいらっしゃいますか？〉

「ニューヨークだよ、ニューヨーク！」

〈残念ながら、有効圏外なので……〉

「じゃあ、どうすればいいんだよ！　襲われちゃうだろう！」

〈警察に通報してみては？〉

「あああああもう！　じゃあ、警察呼べ！」

〈受理されました。ノブレス・オブリージュ。竦《すく》みあがらない勇気ある救世主たらんことを〉

すぐにパトカーのサイレン音がした。若者たちがあわてて引き上げていくのを見て、直元はその場にへたり込んだ。

結局、その夜は９番と森美咲を見つけられなかった。

途中までは直元のシナリオ通りに進んだ〝理想の映画〟は、本来ならとっくにクランク・アップを迎えているはずだった。それなのに、今はみじめに疲労困憊している。

十三日午前八時半、ジュイスに9番の居場所を訊いても、やはり却下されてしまった。ラストシーンはCGで撮るかとあきらめかけたとき、11番の活動履歴が着信した。

飯沼朗と森美咲をチェルシー地区でデートさせる

【詳細ログ】

映画撮影のためチェルシー地区交通規制

直元はにやりとした。11番がどうして9番と森美咲をデートさせるのかわからなかったが、大至急チェルシー地区に向かった。

マンハッタンは朝から雨で、徐々に雨脚は強まっている。イエローキャブの運転手は、チェルシー地区までやってくると車を停めた。通りを警察官が通行止めしている。直元がもう一度携帯画面を見直すと、詳細ログには確かに〈交通規制〉とある。

トム・クルーズ主演の『バニラスカイ』に出てくる無人のブロードウェイは、早朝に交通規制を敷いて撮影したものだ。DVDで観た特典映像を思い出しながら、11番はその手を使って二人を守っているのかもしれないと考える。

直元はタクシーを降りると、警察官の目を盗み、徒歩でチェルシー地区に入った。二十五番通りに、たくさんの風船で造られたアーチがあった。

バッグからカメラを取り出す。日本から持ってきた透明なレインコートをカメラに被せて、ファインダーを覗き込む。

ちょうど、三台の黒いバンがアーチの前に乗りつけるのをカメラは捉えた。スーツ姿の男たちがバンから降り立つ。

交通規制が敷かれているはずなのに、なぜ――?

活動履歴を見返す。1番が、公安警察に9番を逮捕させる申請を出している。ナイスアシスト! これでラストシーンは盛りあがる!

公安警察と思しきスーツ姿の男たちは、移動遊園地の中に入っていった。動悸が早まる。直元はファインダーを覗きながら、連中と鉢合わせしないように遊園地の中を進んだ。やがてメリーゴーランドで、9番と森美咲が仲良く木馬に乗っているのを見つけた。すばやくサーカステントの脇に隠れ、二人にカメラを向ける。何かに手を伸ばす森美咲の腰に、9番が馴れ馴れしく手を回していた。

(なるほど、〝ただしイケメンに限る〟ってわけか)と心の中でつぶやく。(ちっきしょう、二人きりでいーことしやがって……)

移動遊園地がクライマックスの映画といえば、『見知らぬ乗客』だ。公安警察が彼らを捕らえるべく迫っているのもいい。ジュイスに依頼して、あのメリーゴーランドを高速回転させて吹き飛ばそうか――すばらしいクライマックスだ。

直元はふと、サーカステントの脇にビニールシートがかかっているのに気がついた。めくってみると、そこにはサーカスの演目に使うさまざまな小道具が放置されていた。

その中から目ざとく、直元は火炎放射器を見つけた。曲芸《ジャグリング》で使われるものだろう。ガスボンベが内蔵され、銃のように引き金を引けば、炎が噴射される仕組みだ。

「これって――」

直元は魅入られたように火炎放射器に手を伸ばす。その瞬間、この映画の結末は、あの傑作SF映画以外にありえないと心に決めていた。主人公が9番から自分に替わるときが、いよいよ訪れたのだ！　あわててジュイスに電話する。

〈はーい、ジュイスでーす〉

「ジュイス、シナリオ書き換えて！　今から俺『ヒドゥン』！　敵は宇宙からの侵略者ってことで」

〈もうどっちでもいいです……〉

「どっちでもよくないんだよお！」

見ればメリーゴーランドが止まって、森美咲が降りてくるところだ。彼女は、離れたベンチに座る9番の方へ歩き出した。

直元はカメラのバッテリーを確認する。残りわずかだ。カメラを地面に置き、火炎放射器を構えた。ゆっくりと深呼吸する。一世一代の大舞台だ。

「うあああああああああああああ！」

飛び出すと、いつの間にか9番と森美咲がスーツの男たちに囲まれている。一瞬どうしようかと思ったが、走り出した足は止まらない。

こうなったらまとめてなぎ払ってやる！

直元は引き金に力を込めた。

16

十二日午後十一時半。その夜、白鳥・ダイアナ・黒羽は、手早く身繕いを済ませて部屋を出た。白いドレスに薄手の黒いストール、大きめのサングラス。ホテルの地下駐車場に降り立つと、シルバーのポルシェ・カイエンチョップスター――「ＳＵＶ」の最高峰、カイエンターボをスイスのチューニングメーカーがモディファイした――に、ピンヒールの音を響かせながら近づく。インテリジェント・キーでロックを解除し、素早く乗り込んでエンジンをかける。アクセルを踏む。カイエンは地下駐車場のスロープを一気に駆けあがった。向かうのは《グラマシー・ホテル》。カイエンの走りは周囲が止まって見えるほどの加速だ。

前方で、鈍い爆発音が聞こえた。振動が車内にまで伝わる。ブレーキを踏み、窓越しに《グラマシー・ホテル》を見た。八〇一号室から爆煙が立ちのぼっている。

警告が間に合わなかったか――。

そう思った瞬間、視界の端に人影が現れた。9番と森美咲だ。二人は手をつなぎ、ホテルから走り去っていった。

シートに背を預け、ほっとため息をつく。彼らが向かった場所はおそらく《アンジェリカ・フィルムセンター》だろう。報告書にあった、9番のアルバイト先だ。ニューヨークで隠れる当てが彼らにあるとしたら、そこだけだ。

「これが最後の夜ね。せいぜい楽しみなさい」

ふっと笑い、車のギアを入れる。運転しながら、黒羽は9番との会話を頭の中で思い返した。彼はまだ記憶を取り戻していない。森美咲との再会に賭けたのだが、思うようにはいかなかったようだ。

明日、朝一のチャーター便で、9番を帰国させなければならない。しかし、記憶が戻らないまま彼を帰国させても意味がなかった。半年前の約束はきっちり思い出してもらわねばならない。

黒羽は《アンジェリカ・フィルムセンター》を視界に収めることができるハウストン通りに車を停めて、朝まで張り込んだ。

十三日午前八時。ノブレス携帯に活動履歴の着信があった。1番の申請だ。

ニューヨーク捜査中の警視庁公安部に依頼
《グラマシー・ホテル》潜伏中の飯沼朗を確保

黒羽は思わず嘆息した。どうやら森美咲が連絡を取り合っているらしい〝お友達〟の情報は、公安に筒抜けのようだ。

それに情報調査会社とはいえ、黒羽の部下ですら〝飯沼朗〟の所在を突き止められたのだ。《アンジェリカ・フィルムセンター》まで辿り着くことは、公安にならもっと簡単かもしれない。警察まで敵に回さねばならなくなったか、と黒羽はまたため息を洩らした。

さて、どうするか——？

このまま強制的に9番を帰国させるのもひとつの手だ。彼はまだ記憶を取り戻していないようだが、公安に捕まってしまったら元も子もない。

ちょうど9番と森美咲が《アンジェリカ・フィルムセンター》から出てきた。二人は雨の中を歩き出す。

逃亡するつもりかと尾行する。彼らはチェルシー地区へ入っていった。何か記憶を思い出す鍵が、そこにあるのかもしれない。

黒羽はそこで一計を案じた。6番に、9番の所在を知らせてやるのだ。彼を当て馬として呼び寄せ、9番を取り押さえようと虎視眈々と機会を窺う公安の動きを牽制《けんせい》する。同時に、誰にも邪魔されない二人きりの舞台を用意して、9番の記憶を蘇らせる——。

彼女はさっそくジュイスに申請して、チェルシー地区一帯を通行止めにした。

エンジンをかけたまま、二十五番通りに車を停める。公安も、しばらくは手出しできないだろう。

9番と森美咲は移動遊園地を見つけると、入り口をくぐって奥へと進んでいった。カイエンからオペラグラスで様子を窺う。二人は、メリーゴーランドを見つけると、ステージにあがって木馬に跨った。

車内の時計に目を落とす。午前九時前。チャーター機の出発は午前十時だ。もうそろそろ9番を帰国させなければならなかった。

記憶を取り戻すことは叶わなかったか——黒羽があきらめかけたそのとき、公安が移動遊園地に侵入していった。付近に目を配る。まだ6番は追いついてきていない。

活動履歴の着信音が鳴った。ノブレス携帯を開く。6番からの申請だった。

ラストシーンのシナリオ書き換え

【詳細ログ】

参考：『ヒドゥン』

もはや意味不明だ。顔をあげると、メリーゴーランドから降りてきた森美咲を9番が出迎えている。

そのとき公安が動き出した。スーツ姿の男たちが、あっという間に二人を取り囲んでしまう。9番が森美咲を庇うように前に出る。森美咲は彼にしがみついている。

ハンドルを握る手に力が入る。黒羽はアクセルに足を伸ばし、シフトをドライブに入れる。

そこへ、火炎放射器を抱えた男が突っ込んでいった。

「うあああああああああああああああああ！」

6番だ。黒羽はアクセルを思いきり踏み込んだ。移動遊園地にカイエンを乗り入れ、メリーゴーランドへ疾走する。爆音と共に公安の男たちと6番のあいだに滑り込み、急ブレーキをかけた。タイヤがすさまじい悲鳴をあげる。

「早く乗りなさい！」

黒羽が窓から叫ぶと同時に、9番は反射的に森美咲を抱き、後部座席に飛び込んだ。

そのドアが閉まらぬうち、黒羽はふたたびアクセルを踏む。カイエンは水しぶきをあげて走り出した。

「ちきっっしょおおおおおおおおおおう！」

車を追おうとする公安の後ろから、絶叫と共に6番が火炎を噴射した。十メートルに届かんとする炎の帯が、大蛇のようにのたうつ。火炎放射器の思いもよらぬ威力を、6番自身がコントロールできていないのだ。すぐに公安が6番を取り押さえ、炎は小さく縮んで消えた。

黒羽はバックミラーから視線を外し、正面を向いてスピードをあげた。

黒羽はミッドタウン・トンネルへ向けて高速を飛ばした。

後ろに座る9番に、自分から話しかけることはしなかった。記憶が戻ったかどうかいちいち尋ねるのは厭だったのだ。

落ち着かない森美咲の隣で、９番はノブレス携帯を操作して熱心に活動履歴を見返していた。

その彼が、ようやく沈黙を破った。

「昨日電話してくれたのも、あんた？」

「ええ。私は飯沼総理の奥様に頼まれて、あなたを極秘裏に迎えにきたの」

その言葉に驚いて、森美咲が警戒の色を強める。黒羽には片腹痛かった。９番が帰国すれば、彼はもう彼女一人の男ではいられなくなる。気持ちはわからないではないが、９番は〝みんなの王様〟なのだ。

「王様申請を快く思っていないのは、セレソンだけじゃない。ご主人の晩節と、自身のプライドを汚された彼女もまた、あなたをひどく憎んでいる」

「だったら、何で滝沢くんを連れて行くんですか？」咲が食ってかかる。

黒羽は森美咲には目もくれずに言った。

「飯沼夫人は、あなたの企みを直接本人から聞きたいとご所望なの。それに、私は王様になったあなたを見てみたい」

彼は神妙な顔つきで窓の外を眺めている。森美咲は不服そうに顔をしかめた。

黒羽がアクセルを踏み込む。カイエンは猛スピードでトンネルへ入っていく。ＪＦＫ国際空港には三十分たらずで着けるだろう。

滑走路には強風が吹きつけている。雲が押し流され、ところどころ晴れ間が覗いていた。

黒羽と9番、森美咲の三人は、湿った滑走路を渡って、出発準備中のチャーター機に向かった。

搭乗口からはタラップが降りている。黒羽は顎をしゃくって、9番を促した。

しばし逡巡したのち、9番が足を踏み出す。一段一段タラップをのぼっていく。

咲は彼を追おうとした。その行く手を、黒羽が塞ぐ。

「残念だけど、あなたはここまでよ」

咲が反論しかけると、黒羽と9番のノブレス携帯が同時に鳴った。二人がそれぞれに携帯画面を確かめる。1番の活動履歴が着信していた。

1発目のミサイル発射
【詳細ログ】
攻撃目標：緯度35度57分23．3316秒
経度138度54分9．5026秒

1番がミサイル攻撃——黒羽は胸騒ぎを覚えながらも、ジュイスを呼び出した。

〈はい、ジュイスです〉

「ジュイス？　1番の詳細ログに載っている場所の様子が知りたいんだけど」

間もなくして、彼女のノブレス携帯に情報収集衛星からの映像が送られてきた。航空写真のように、真上から指定の場所を捉えている。

日本時間午後十一時。山間部にそびえ立つループ橋が映し出された。暗闇の中、街灯に照らされたその橋だけがぽっかり浮かんで見える。

そこを、青くカラーリングを施された四台のトレーラーが、一定の間隔を置いてゆっくりと通過していく。トレーラーには全長約十五メートルの円筒《シリンダー》が積載されており、先頭車両から順に〈IX〉〈X〉〈XI〉〈XII〉のセレソンマークが見えた。

突然、ループ橋にまばゆいばかりの閃光が走ったかと思うと、オレンジ色の爆発が起こった。橋が崩落し、最後尾を走っていた〈XII〉のトレーラーが爆発炎上する。燃えあがった炎が、周囲の山々を真っ赤に照らした。

次の瞬間、黒羽が見つめるノブレス携帯の画面上、〈I〉から〈XII〉まで並ぶセレソン番号から、〈XII〉が消えた。

「ねえ、これどういう意味?」

まだ1番の活動履歴を見ている9番が、黒羽に訊ねる。だが、彼の言葉は彼女の耳には入らなかった。

17

日本時間八月十三日午後十一時。〈2GⓇ〉クルーザーのアトリエでブランデーを舐めながら、辻仁太郎はノブレス携帯を耳に当て、ジュイスの応答を待っていた。これが最後の申請になるかもしれないな、と心の中で思った。この申請で、日本は大きく変わる。

活動履歴によれば、物部は公安を使って〈AiR KING®〉をニューヨークから連れ帰ろうとしているようだ。11番に至っては、ニューヨークまで行って〈AiR KING®〉を護ってくれている。

辻にとってはすべてが好都合だ。自分の金を使わずに、ゲームをアガるためのお膳立てをしてくれているのだから。

〈ジュイスです〉

「おう、ノブオリ。オモロイことはじめるけど、聞きたい?」

〈ぜひ聞きたいわ〉

「タカ派の首相の息子が、ミサイルテロの犯人――。これで世間は大騒ぎなわけでしょう? ただ、それだけじゃあ、この国は救えないわけ。この国を救うには、一億総被害者にさせて、諸外国に対し国家ぐるみで文句言える立場にしてやればいいわけよ。わかる、ジュイス?」

〈ええ、わかるわ、2G《ツージー》〉

「今ってさ、被害者最強っしょ? 内股にコーヒーこぼせば、賠償金掠め取れる時代なんだから。被害者切符を手に、流行のラストトレインに乗ろうって話。ニートたちの座り込み、無駄にしちゃもったいないよ。楽して滅びようぜ!」

〈素晴らしいわ、2G。私ぞくぞくしちゃう〉

「だろお？　総理の息子が〈AiR KING®〉Tシャツを着て帰国――。日本が軍国主義に走るんじゃないかって、ぜってーアジアは顔真っ赤にして怒り出すぜ！　後は飯沼朗が帰国早々、日本人以外に弾かれればそれできまり――」

〈イエス、2G。いつまでも最先端《カッティングエッジィ》な救世主たらんことを。――で、どうやって彼にTシャツを？〉

ドープ！　辻は勘所の悪いジュイスに言葉を失った。思い返せばこの半年、辻は自分がプロデューサーとなって、大衆や〈AKX20000®〉、ジュイスの動きまで完全にコントロールしてきた。9番が「王様にしてくれ」と言って、後はジュイス任せにしてきたのとはまったく違う。自分だったら「誰を説き伏せて、誰々に何をして、王様にすんだよ」と具体的な指示を出していただろう。

まあ、言ったことを忠実にやってくれるだけマシだ。最近の使えないスタッフは、言われたことすらやろうとはしない。

辻はジュイスに〈AiR KING®〉Tシャツを着せる方法を伝授した。〈AiR KING®〉が搭乗する予定の飛行機に、Tシャツを忍ばせて、奴に着せればいい。〈AiR KING®〉Tシャツは世界中で販売されている。ニューヨークなら支店だってある。

〈けど、2G。機内でTシャツを受け取った彼が着てくれるかどうかまでは、私じゃどうにもならないわ〉

確かに賭けだった。〈AiR KING®〉と行動を共にしているらしい森美咲が「着ない方がいい」

と邪魔をする場合だってある。

だが、〈AiR KINGⓇ〉の帰還を待ちわびる〈AKX20000Ⓡ〉を前に、彼らの期待を裏切るのかと言われれば、奴は絶対に断れないだろう。9番はそういう男だ。でなければ自分から進んで王様になろうとはしない。

〈わかったわ、2G。すぐ手配してみる。いつも電話してくれてうれしいわ〉ジュイスが電話を切った。

うれしい、という言葉に思わず噴き出してしまった。ジュイスもなかなかかわいく育ったものだ。

ちょうど入れ替わるように、活動履歴が着信した。1番の申請だ。1発目のミサイルに引き続き、新たな攻撃が申請されている。

2発目のミサイル発射
【詳細ログ】
攻撃目標：緯度35度41分23．802秒
経度138度29分48．5268秒

あまりにわかりやすい活動履歴の内容に、辻は驚いた。いつも物部は何かひねりを利かせていた。それなのに、この申請はあまりにもストレートすぎる。

いつの間にか〈XII〉の背番号表示が消えている。12番は、Mr.OUTSIDEではないのか？　するとと今度は目の前で、自分のナンバーである〈II〉の表示が消えた。嫌な予感がした。辻はジュイスに電話をかけたが、一向に反応がない。

「おおい、ジュイス！　ジューイス！」

声を荒げたが、彼女は電話口に出ない。改めてノブレス携帯を眺める。画面は今まで通り表示されているし、活動履歴も見られる。だが、ジュイスだけは反応しない。

物部はジュイスの居場所を突き止めて、ミサイルで破壊したのではないか——？　辻は思考を巡らしている。12番を吹き飛ばしたということは、彼はもう一度Mr.OUTSIDEに成り代わろうとしているのかもしれない。

ふん、と辻は鼻を鳴らした。だから、どうしたというのだ？　9番に〈AiR KING®〉Tシャツを着せる段取りはすでに組んである。申請も受理されている。ゲームにアガるのは自分だ。

「物部さん。あんたの理想は、この国の望む姿じゃねえよ」辻がノブレス携帯に向かってつぶやく。

そのとき、背後で足音がした。振り返ると、浮浪者のようないでたちの男が突っ立っている。男は真夏だというのに、半年前と変わらぬダッフルコートを着ていた。憔悴しきった顔には、鬼気迫るものがあった。

「ゆ、結城くん……。サポーターに消されたんじゃなかったの？」

ノブレス携帯に目を落とす。彼の背番号〈X〉の表示は消えている。

「僕はあいつに復讐するために、自分でノブレス携帯を壊して存在を消したんです」

土気色の汚れた顔。狂暴な目つき。結城はコートのポケットから自分の携帯を取り出すと、辻の前に放《ほう》った。

画面にはまるでくもの巣のように白い亀裂が走り、携帯本体は真っぷたつに引きちぎられている。

無下に帰すわけにもいかず、辻は彼をアトリエに招き入れた。もう何日も風呂にはいっていないらしい。辻は思った。

（臭くね？）

18

二〇一一年二月十九日、午前八時六分。

日本中に降り注いだトマホークミサイルは、相次いで撃墜された。迎撃するパトリオットミサイルの弾頭には爆弾は搭載されておらず、遠く上空で爆音と共に煙をあげているのはトマホークミサイルの弾頭だ。黄色の閃きを走らせたあと、黒々とした煙を真っ青な空に漂わせた。

ATO播磨脳科学研究所の上空でも、トマホークのひとつが迎撃された。結城亮はただただその様子を仰ぎ見ていた。彼の申請した六十発のミサイル攻撃が、失敗した瞬間だった。忌々しいことに、ミサイルは9番によって迎撃されてしまったのだ。

すべてが無意味になってしまった。

結城はノブレス携帯を開いて、ジュイスを呼び出す。それは今、彼にできる唯一の抵抗だった。

〈はい、ジュイスです〉

「ジュイス、お願いがあるんです。ナンバー・ナインを、滝沢朗を……射殺してください」

電話口で、電子音が鳴った。ジュイスが間をおいて言う。

〈却下されました〉

「却下――?」

〈申し訳ございません、処理が完了できませんでした〉

ノブレス携帯の画面に目を落とし、自分の活動履歴を確認する。詳細ログに〈却下〉と表示されていた。しかし、同時に携帯残高から必要経費は引き落とされている。結城はふたたび携帯を耳に当て、ジュイスに抗議した。

「でも……残高から五万円引き落とされてるじゃないですか」

〈申請を却下した場合でも、必要経費として引き落とさせていただいております〉

「あんまりですよ」

〈申し訳ございません、ルールですので……〉

ジュイスの対応は、あくまで丁寧だった。何を言っても無駄だな、と結城は思った。気持ちを切り替え、申請内容を変更する。

「……じゃあ、9番の居場所を教えてください」

　またしても電話口で電子音が鳴った。

〈却下されました。その申請も受けつけることができません〉

「どうしてですか？」すかさず結城が迫る。「なぜ9番を殺すことも、居場所を特定することもできないんですか」

〈9番の申請に抵触するため、あなたさまの申請を処理することができませんでした〉

「じゃあ、他のセレソンが僕を殺せと申請を出したら、それは受理されるんですか？」

〈それが日本を救うことにつながるのであれば〉

「そんな……」

　9番の活動履歴には、〈この国の王様になる〉という申請が残されている。この王様申請のせいで、彼を殺すことも、探し出すこともできないのか？

　吹きすさぶ風に、結城は身を縮めた。ノブレス携帯をもう一方の手に持ち替え、かじかんだ手をポケットに突っ込む。

　昨夜から降り続いていた雪は朝には止んだが、周囲に薄っすらと積もっている。気温はマイナス一度。歯の根が合わなかった。寒さをしのぐために研究所内に戻ろうとしたが、誰も応対してくれなかった。結城は外に閉めだされた形だ。

　土曜日で、播磨学園都市には人影もない。タクシーも通らなかった。

「ジュイス、タクシーを手配してもらえませんか？」

〈……申し訳ございません。却下されました〉

「却下って……」

あまりのことに言葉を失う。暗殺申請を却下された上に、タクシーの手配まで却下されるとは思ってもいなかった。

「どうしてタクシーも呼べないんですか？」

〈1番の申請に抵触しています〉

1番――物部のことだ。結城は彼の活動履歴を確認したが、そこには〈通信費〉としか表示されていない。

『君、ハメられたんだよ』と言う辻の言葉が頭を過《よ》ぎった。結城は物部にいいように利用され、口封じのために播磨学園都市に閉じ込められたのか？

「どうしてこんなことするんです？　こんなところにいたら、凍え死んでしまいますよ。ヘリコプターでもいい。手配できないんですか。ノブレス携帯の残高だって、まだ千四百万も残ってるじゃないですか」

〈あなたさまの残高では、お迎えを差し上げる手段がございません〉

「おかしいでしょう、それ。ヘリコプターのチャーター料金だって、せいぜい百万円前後でしょう？　ジュイス、あなたの金銭感覚はおかしい。六十発のミサイルだって、本来なら百億円だってたりないはずだ。そこを、あなたがうまく処理してくれたから、残高だって千四百万も残ってる。そのあなたが、どうしてヘリコプターすら手配できないんですか」

〈現在、ミサイル攻撃の影響で、空の便に影響が出ています。テロを警戒し、報道ヘリの発着にも規制がかけられています。あなたさまをお迎えに差し上げるヘリコプターの発進に際しても、いろいろな根回しが必要なため、現在のあなたさまの残高では、お迎えを差し上げる手段がございません〉

「そうですか……」

結城はノブレス携帯をコートのポケットに突っ込んだ。ここから、どうやって出たらいい？寒さに震えながら思考を巡らせたが、何も思いつかない。ただ歩くしかなかった。

投げ槍な気持ちで、車道を歩く。時折、車がクラクションを轟かせて通過していったが、停まってはくれなかった。いっそのこと轢き殺してくれたらいいのに、と思う。

徒歩で山を越える。歩きながら、9番を延々と罵り続けた。却下されるのはわかっていたが、何度もジュイスに9番の暗殺申請を出した。

兵庫駅に着いたのは、二日後だ。立ち喰い蕎麦屋で見たニュースによれば、ミサイル攻撃で死者は一人も出ていなかった。画面には、ミサイルの残骸が降り注いだ現場の模様が中継されていた。

結城は自分の車で、京都の大学生を轢いたことを思い出した。アクセルを踏んだのは物部だが、現に彼を轢いたのは、結城の所有するワゴン車だった。

京都で大学生が轢き殺されたという記事がないか、図書館で探してみたが見当たらなかった。あの車はすでにジュイスに処分させた。足がつくことはないはずだ。

轢き逃げもミサイル事件も、自分には一切嫌疑がかけられていない。世間から、相手にされていないということか？　まるで空気になったような気がする。

二〇一一年四月。

結城は上京して、豊洲にやってきた。東京に来たのは中学校の修学旅行以来だ。

9番を見つけ出すには、地方にいるよりは都内にいた方がいい。ここにいれば、きっと糸口を摑める。

二万人ニートによって撮影された、9番の写真——六十発のミサイルを迎撃する瞬間の画像は、《東のエデン》という携帯サイトで見ることができた。今や《東のエデン》は、ミサイル事件の唯一の情報発信源として注目が集まっている。

政府の喉元にナイフを突きつけておきながら、一切の犠牲者を出さなかった——ニートたちのあいだでは、9番は〈AiR KING〉と呼ばれ、英雄に祭りあげられていた。あれは自分が考えたミサイル攻撃なのに！　結城はミサイルを迎撃する彼の画像を、歯軋りして見つめた。

しかも2番目のセレソンである辻は、ミサイルを迎撃する9番の画像を商標登録して、商売をはじめていた。活動履歴によれば、辻は頻繁にノブレス携帯を利用しているようだ。彼は携帯ゲームを「ばかばかしい」と言っていたのに、どうして参戦し出したのか？

二〇一一年七月。

ミサイル難民と共に、結城は豊洲で路上生活を送っていた。政府はお得意の『自己責任』の名の下にミサイル難民を見放し、給付金や仮設住宅の建設などを打ち切っていた。

だが、難民は新たな自活の道を見出しはじめていた。駅のゴミ箱から拾ってきた漫画雑誌を、ショッピングモールで暮らすニートたちに売りさばくのだ。

入場料を支払って改札を通り、電車に乗って各駅の燃えるゴミを漁る。裕福な中高年が捨てた漫画雑誌を回収して回るのだ。

月曜日は『週刊少年ステップ』、水曜日は『週刊少年マシンガン』、木曜日は『週刊ヤングステップ』……ゴミ箱から漫画雑誌を仕入れる難民たちは〝業者〟と呼ばれるようになった。結城も、その〝業者〟の一人だ。

定価二百六十円の漫画雑誌を一冊五十円で売る。一日二千円は稼げた。ただしそれは、雑誌の発売日に限られる。

ニートたちは、漫画雑誌が汚れたり表紙が折れたりしていると、値引きを要求してきた。だったら中古を買うなと言いたかったが、生活のためには雑誌を売るしかない。いつしか結城は卑屈な笑い方を身につけている。

雨の降る日は大変だ。雑誌が濡れると、さらなる値引きを求められる。〝業者〟はブルーシートで作った頑丈な袋で雑誌を回収した。

そんなある日、結城は〈AKX20000®〉の視察に豊洲を訪れた辻を見かけた。リムジンに乗って颯爽と現れた彼は、相変わらず羽振りがよさそうだった。ニートから金を巻きあげて、自分は横浜港に停泊している豪華クルーザーを事務所代わりにしているという噂だ。彼に声をかけようとしたが、自分が惨めに思えてやめた。

二〇一一年八月十日。

ついに9番の活動履歴が動きはじめた。履歴によれば、彼はニューヨークにいるらしい。ジュイスが《飯沼後援会》を通じて彼を帰国させようとしていた。結城はジュイスに電話をかけた。

〈はい、ジュイスです〉

「やっと9番の居場所を突き止めましたよ」

結城はこの半年間で、強迫観念を抱くようになった。滝沢を殺すことが、自分が望む日本救済に繋がる――何回却下されても、彼はジュイスに9番の暗殺を申請し続けていた。携帯の残高はまだ一千万もある。

「いいですか、ジュイス。ニューヨークにいる9番を――」

〈今度はどうやって殺します?〉ジュイスが遮った。

いつもは黙って話を聞いてくれるジュイスのこの態度は、ずいぶん冷淡に感じられた。結城は押し黙ってしまった。

〈申し訳ございません。出過ぎた真似を……。ですが、あなたは百億円でこの国を救うことを義務づけられたセレソンです。たった一人の人間を殺すために、半年に渡って申請を却下されているよりは、残りのお金で、日本を救うための活動をはじめられてはいかがでしょうか?

ジュイスはそのためだったら、いくらでも手伝いをさせていただきます〉

この半年間、結城はジュイスを唯一の理解者だと思っていた。今となっては彼女だけが、あのミサイル事件を仕掛けたのがこの自分であることを、知っているのだから。

その彼女に、裏切られた気がした。ショックだった。

ジュイスはしおらしく振る舞っているが、よくよく考えてみれば、彼女は安全な場所から電話でおしゃべりしているだけだ。何もしていない。この半年、ただただ自分の申請を却下し続けてきた。地獄のような生活を送る、自分の気持ちがわかるはずがない。

〈もしもし？　どうされました？〉

「僕に……意見するんですか。僕の申請を却下し続けて、金を巻き上げてきたあんたが、偉そうに……いっ、意見するんですか」

〈すみません……〉

「この半年、僕がどんな惨めな思いをしてきたか……ジュイス、あなたにわかりますか？」

〈どうかご容赦ください〉

突然、結城の声が高くなった。いつになく早口でまくしたてる。

「僕に同情する振りして……。あなたね、ミサイル難民と一緒にゴミ漁りして、重たい漫画雑誌を運んで、一冊五十円でニートどもに売って……ひどい連中は、僕たちが近寄ると『臭い臭い』と顔を歪めて、憚《はばか》りなく〝業者臭がする〟と言ってバカにするんです。こんな屈辱的な思いをしてきた僕の気持ちが、あなたにわかるんですか」

言うつもりのないことまで一気に爆発した。自分を抑えられなかった。感情がほとばしる。

「僕はこの国を変えるためにミサイル攻撃を申請したんです！　でも、他のセレソンに邪魔され、利用された……。だから僕はもう、邪魔も利用もされたくない。僕はあいつらに復讐してやるんです。セレソンの義務なんてもう——どうでもいい！」

〈セレソンとしての義務を放棄した者には、サポーターによる厳正な処罰が下されます〉

「サポーター？　そんなもの、いやしないでしょう。見つけられるものなら見つけてみてください。僕はもう、今日からセレソンではなくなる」

吐き捨てるなり結城は、ノブレス携帯を地面に叩きつけ、力まかせに何度も踏みつけた。画面の表示が消え、不快な匂いが漂う。バッテリーが空気に触れて、化学反応を起こしたのだろう。拾い上げて接続部を引きちぎり、首級を取ったようにポケットに突っ込んだ。

ヒグラシが鳴いている。生ぬるい海風が結城のダッフルコートをなびかせた。

気持ちを落ち着かせようと荒い息をつく。これからどうするか。ジュイスには「復讐する」と宣言したものの、その時点で結城には何の当てもなかった。

豊洲で見かけた辻のことを思い出した。今頼れるのは、彼しかいない。

結城は彼のクルーザーが係留されている横浜港に向かった。半年かけて手元に残した現金は、その交通費だけで瞬く間に消えた。

19

二〇一一年八月十三日午後十一時。

G県庁舎が入っている高層ビルの屋上へリポート。物部大樹は、すでに待機中のヘリに向かって大股で歩いていく。江田元首相との会談場所まで飛ぶ手はずだ。

搭乗する間際、物部はノブレス携帯を開いた。画面に浮かんだ自分の活動履歴を確認する。

ニューヨークでの公安の手配、そしてミサイル発射の申請が、しっかりと記載されていた。江田に自分の仕事を信じさせるためには、〈通信費〉だけの活動履歴ではなく、具体的な履歴がどうしても必要だった。これから彼に会い、今後の日本をどうするか話し合うのだ。

そのとき物部は、11番の活動履歴に気がついた。数分前に出されたばかりの申請だ。

情報収集衛星をハッキング
【詳細ログ】
緯度35度57分23.3316秒
経度138度54分9.5026秒

ミサイル攻撃した地点の映像を、11番が確認しようとしているのか？　物部はすぐに情報収集衛星を管轄する内閣情報調査室に、ジュイスを通じて電話をかけさせた。ハッキングを受けている旨を伝えると、担当者はあわてて電話を切った。

物部は改めてノブレス携帯の表示を確認した。〈XII〉の背番号表示が消えている。もはやMr.OUTSIDEは、ノブレス携帯を使えない。

物部にとって不確定要素だった〈II〉の表示も消えた。後は、9番のジュイスをミサイル攻撃すれば、すべてに片がつく。物部はジュイスを呼び出した。

〈はい、ジュイスです〉

「ジュイス、最後のミサイルを発射してくれ」

〈受理されました。ノブレス・オブリージュ。スクラップ&ビルドを促す最強の救世主たらんことを〉

数年前。亜東才蔵は、当時総理大臣に就任したばかりの江田一彦を呼びつけた。

「隠居の身でありながら、一国の総理である江田センセをお呼びたてしてしまって……申し訳ないね」

口では謝っているが、すさまじい威圧感だ。亜東は百歳になろうという大老であり、髪がすっかり抜け落ちた頭には老人斑が点々と浮かんでいるものの、その細い目はぎらぎらと輝いている。細ったからだを揺らしながら笑うさまは、まさに〝昭和の亡霊〟といった雰囲気だ。

十二人のセレソンを独善的に選抜したMr.OUTSIDEこと亜東才蔵は、戦後、運輸業から巨万の富を築いた大政商であり、日本のフィクサーと呼ばれた人物だ。だが末期がんと診断されてからは、第一線を退いていた。

「今日からな、セレソンゲームはじめるから。まあ、よろしく」

セレソン？　ゲーム？　江田は亜東が何を言っているのか、まったく理解できなかった。

「百億円と、大体の願いが叶う携帯を配ったから」亜東はまた、おもしろがるような忍び笑いを発した。「まあ、江田センセにはいろいろとご尽力いただくこともあるかと思う。ま、今回は礼儀として、一応事前に知らせておこうと思いましてな」

その席上、亜東はそれ以上のことは語ろうとしなかった。目の前の老人は、隠居の身になってもフィクサーのつもりでいるのだ、きっとボケがはじまったのだろう。江田はそんな風にしか思えなかった。

だがその後、江田は悟ることになる。亜東が末期がんになったというのは嘘だ。惚けてもいない。やつは確信犯なのだ。

二〇一〇年十一月二十二日。

〝迂闊な月曜日〟――十発のミサイルが日本を襲った日。自国のミサイルが発射されたことを知った江田は、亜東に相談を持ちかけた。

「ミサイル攻撃？　結構じゃありませんか、江田センセ。誰もやろうとしなかったことだ。ミサイル攻撃でこの国を揺さぶろうなんて」亜東は顔をしわくちゃにして笑っている。顔だけ見れば好々爺のようだ。「あれな、ワシが選んだセレソンの仕業だ。ほれ」

亜東が見せた携帯電話の画面を読み、江田は戦慄した。そこには、セレソンと呼ばれる日本代表の活動履歴が表示されていたのだ。

「つまり、ミサイル攻撃も亜東さんが容認なさった、と――」

「そう」

「亜東さん！」江田が声を荒げた。「ご自分が何をされているか、おわかりですか！」

亜東の顔色がさっと変わった。

「それはどういう意味だい？　ワシがボケてるってことかい」

江田はそれ以上言葉がなかった。

「まあ、ま。江田センセ。どうかひとつ」

亜東はふたたび、笑顔を作った。

二〇一一年二月十六日。

国会答弁中の江田のもとに、亜東から突然の指示が下された。秘書官を通じ、「ギャフン」と言えと要求してきたのだ。嫌がらせとしか思えないが、これもセレソンとやらの活動に関係があるのかもしれない。テレビの中継も入っている中、江田に抗《あらが》う術《すべ》はなかった。

二〇一一年二月十九日。

六十発のミサイル攻撃の後、さすがに江田も直談判に赴いた。

「亜東さん、お願いいたします。どうかセレソンゲームをやめていただきたい！」

江田は手をつき、額を畳にすりつけた。

亜東はまたしても耳障りな笑い声をあげたかと思うと、一転して真面目な顔になった。

「おまえじゃ、この国を何も変えられんだろう」

亜東に気圧されて、江田は答えに窮した。

「ま、そういうことで」

亜東の皺だらけの顔に、ふたたび不気味な笑みが広がった。

もう限界だ。江田は秘書官を呼び寄せ、その日のうちに辞意を表明した。


二〇一一年二月二十二日。

所謂《いわゆる》〝ギャフン解散〟によって内閣総理大臣を辞任した江田は、事件後、亜東が選抜したというセレソンの一人と接触した。それが物部だった。

世間では、その温和そうな容姿からか、江田の真の実力がなかなか理解されていない。確かに亜東才蔵には頭があがらなかったが、江田は政界ではかなり幅を利かせる人物だ。

神楽坂にある日本料理屋の座敷で、二人は会見した。

物部は、一連のミサイル事件を裏でコントロールして、予想されうる最悪の事態を未然に防いだと告げた。結城にミサイル攻撃を唆《そそのか》しておきながら、滝沢にミサイルを迎撃させたのは、こうした実績を作るためでもあったのだ。

物部が提示したシナリオ——亜東才蔵に成り代わるという計画は、江田が長年夢見てきたことでもある。

計画のために物部が引き出した交換条件は、この国を陰で操る権力を手に入れることだった。といっても彼は別にこの国を乗っ取りたいわけではなかった。この国を再建したいという思いからだ。

国民は、隙あらば被害者になろうとしている。そんな甘いことを言わせていたらダメなのだ。国民の首根っこを摑んで、否応なくこの国をやり直させなければならない——。

ヘリのローターが回転をはじめる。出発の時刻だ。

ヘリに乗り込む前に、物部は最後のミサイル攻撃の手配を済ませた。次に江田の秘書に電話をかける。すぐに江田本人に取り次がれた。

物部は、これから起きるミサイル事件のシナリオを口頭で説明した。今回のミサイル攻撃によって、一連の事件はミサイル犯・飯沼朗と、彼に協力した《東のエデン》によるテロだったということになる。

彼らは豊洲の二万人を煽動し、反社会的非合法活動をしている危険なカルト教団という扱いになる。豊洲のショッピングモールを、教団施設に仕立てあげるのだ。

今回のニューヨークの調査で、9番が滞在していた《グラマシー・ホテル》は飯沼誠次朗元首相本人が借り続けていたことがわかった。半年前に9番が訪れるまでは、あの部屋は無人のまま貸切になっていたのだ。彼はどうやってあのホテルの部屋に入ったのか。彼の活動履歴には、《グラマシー・ホテル》に関するログが残されていない。

つまり、9番が飯沼誠次朗の私生児であるという筋書きは、ジュイスが用意したものではない、という可能性が浮上したのだ。

9番は、ノブレス携帯に頼らずとも〝この国の王〟になりうる——そんな可能性は排除せねばならない。それは物部の計画の妨げとなる。

メディアに察知される前に、飯沼の愛人——9番の母親についても、手を回しておく必要がある。9番と彼の母親を、〝私生児〟を騙るテロリストと、その母親を自称する詐欺師にすることで——。

シナリオを聞き及ぶと、江田は大きなため息をついた。

〈亜東さんも困ったもんだ……ノブレス携帯の存在が表に出たら、政局どころの騒ぎじゃないからね〉

「そのためにも、飯沼先生のご子息には生贄になってもらわなければなりません」

〈まあ、六十発のミサイルを防いだ君のことだ。最後はうまく事態を収拾してくれると信じて

いるよ〉

「戦後六十五年——意思決定を他国に任せて来た、〝一億総他人任せ〟国家から、かならず脱却してみせますよ」

〈ずば抜けた情報収集能力。官僚機構を熟知した君なら、内務省の復権も現実味を帯びてくる。『ギャフン!』。必要ならまたやるよ?〉

通話を終えると、物部はヘリに乗り込んで出発した。

高度三千メートルから夜景を見おろす。この半年で、ネオンが少なくなったような気がする。闇に包まれた街は、静かに衰退への道を歩んでいるように見えた。

20

ニューヨーク現地時間八月十三日午前十時。1番が二発目のミサイル攻撃の申請を出した。直後、今度は携帯画面の中の〈II〉の背番号表示が消えた。

彼の目的はどこにあるのか? 公安を通じて9番を拘束しようとしたかと思えば、今度はピンポイントのミサイル攻撃を申請している——。

白鳥・ダイアナ・黒羽は、新たな活動履歴の着信に眉をひそめた。

3発目のミサイル発射
【詳細ログ】
攻撃目標：緯度35度57分29．1096秒
経度138度53分40．2994秒

「ジュイス、この場所の映像も、確認できるかしら？」

電話口で電子音が鳴った。

〈申し訳ございません、却下されました〉

「どうしたの？」

〈情報収集衛星のハッキングに失敗しました。どうやらこちらの侵入に気づかれたようです〉

黒羽がノブレス携帯を確認する。1番の履歴には、〈通信費〉しか残されていない。

1番が妨害したのではないか——？

〈XII〉と記されたシリンダーを積載したトレーラーは、ミサイル攻撃によって高速道路もろとも破壊された。

トレーラーが積載しているのは、ジュイスなのではないか？

12番の活動履歴には、〈ジュイスを秘密の場所に移送〉という活動履歴が残されている。

では、三発目のミサイルで1番が狙ったものは——？

「ジュイス、この三発目のミサイル攻撃が狙った場所はどこなの？」

〈滝沢ダム付近――最初のミサイル攻撃から数キロの場所です〉

一発目のミサイル攻撃で、四台まとめて破壊することもできたはずだ。それなのに、彼はピンポイントでミサイル攻撃を申請している。

1番は、ジュイスをできるだけ無傷で手に入れたいのではないか？　ジュイスを手に入れるのに邪魔な存在を排除し、必要最低限の犠牲で手に入れようとしている――。

ノブレス携帯の画面上で〈X〉はすでに消えている。

1番が狙っているのは、黒羽の背番号〈XI〉か、9番の背番号〈IX〉になる。

三発目のミサイル攻撃で1番が狙ったのは〈IX〉に間違いないだろう。

だが、どうやってこのミサイル攻撃から〈IX〉を守る？　もし9番のジュイスが破壊されれば、彼を〝みんなの王様〟にすることができなくなる。

〈IX〉のトレーラーが走行している付近には、〈XI〉のトレーラーが――自分のジュイスが走行しているはずだ。

黒羽はふたたび手早くジュイスに電話をかけた。

「ジュイス――大至急やって欲しいことがあるの」

「何でしょう？」

ジュイスの声があまりに明るいので、黒羽は思わず言葉に詰まった。もし彼女の予想が当たっていれば、これからジュイスに死んで来いと告げなければならない。ぐっとこらえて口を開いた。

「〈IX〉と〈XI〉のトレーラーの位置を入れ替えられるかしら?」

「はい、もちろんです」

「じゃあ……お願い」

「受理しました。ノブレス・オブリージュ。明日も私の素敵な救世主たらんことを」

携帯画面に見入る。表示に変化はない。

9番のジュイスが破壊されても、彼を王様にすることはできるだろうか——? 飯沼誠次朗には、確かに私生児が存在した。愛人の子として生まれた彼は、ニューヨークに暮らし、五歳のとき、飯沼の元に引き取られたのだ。

だが私生児は中学を卒業すると、飯沼誠次朗の元から去っていった——。

飯沼誠次朗の私生児は、ジュイスの捏造《ねつぞう》ではなく、確実に存在していたのだ。

この事実があれば、もしかしたら9番は、ノブレス携帯がなくても、ジュイスがいなくても王様になれる——だが、黒羽はその考えをすぐに頭の中で打ち消した。サポーターの存在がある。ゲームを一番に上がれなかったセレソンは、自動的に消滅してしまう。

何としてでも9番を守らなければいけない——黒羽は自分のジュイスに祈った。

「急いで、ジュイス……」

時間が過ぎるのがひどく緩慢に思えてくる。気持ちばかりがはやる。

そのとき、〈XI〉の表示が消えた。

ひとまず難は逃れた——。黒羽が長いため息をつく。

「ジュイス、あなたは私についた部下の中で、最高に優秀だったわ」

目が涙で滲む。泣いているのか？　この自分が？　黒羽はサングラスをかけ直して、タラップの上の9番を見あげた。

「ナンバー・ナイン。私はもう、あなたの守護天使ではいられなくなっちゃったの。1番はゲームを畳みにかかっている。でも私はあなたに賭けた——約束を果たしてね」

「……約束？」

「人助けが好きな王様たらんことを」

黒羽が口の端に笑みを浮かべて言う。彼女は滝沢に背を向けると、森美咲の横を通り過ぎていった。森美咲とすれ違いざま、黒羽は彼女に言葉をかけた。

「行きなさい」

咲が顔をあげる。

「行ってあの子を助けるために、何かぶっこきなさい！」

黒羽は雨に濡れた滑走路を、振り返ることなく渡っていく。背後では、チャーター機が離陸準備をはじめ、エンジン音が高まっている。

首に巻いた黒いストールを強風にはためかせながら、黒羽はその場を離れた。

21

午前十時十五分。11番が滑走路を去っていく。黒羽がなぜ態度を変えたのかわからないまま、森美咲は彼女の背中を見送った。

「咲――」

予期せぬ言葉をかけられて、滝沢を振り返る。「君」ではなく、名前で呼ばれた。

タラップの上で、滝沢はまっすぐ前を見つめていた。

「俺、日本に帰るよ」

彼の視線が咲に向く。

ダメだ、もしミサイル事件の重要参考人のままで日本に帰国すれば、滝沢は滝沢ではなくなってしまう。

滝沢が、咲に手を伸ばす。

咲は逡巡した。ニューヨークで過ごした滝沢との時間が、脳裏を過《よ》ぎる。いつまでも滝沢と一緒にいたい。日本に帰りたくない。

滝沢がさらに手を伸ばしてくるのが見えた。だめだ、わたし一人では決められない。《東のエデン》のみんなに意見を聞かなければ――。

ちょうど、雲間から日が射した。きらめく太陽を背にして、滝沢がやさしく彼女に微笑みかける。

半年前、豊洲で離れ離れになったときのことを思い出した。

咲は彼に吸い寄せられるようにして、その手を掴んだ。


チャーター機は無事に離陸した。窓外にマンハッタンの街並みが広がっている。

《東のエデン》のみんなとは、もう十時間以上も連絡が取れていない。チャーター機が出発する間際、咲は滝沢と帰国する旨メールを打っておいた。

日本の状況も気になる。平澤は空港にはニートが集まっていると言っていた。そんなところに彼が帰国したらどうなるのか。半年前、豊洲で繰り広げられた大乱闘が繰り返されなければよいのだが……。咲の中で、不安な思いがその嵩《かさ》を増した。

隣に座る滝沢に目をやる。

彼は頬杖をつき、黙って窓の外を眺めている。

彼が記憶を取り戻したと判断するのは時期尚早かもしれない。でも、「咲」と呼んだのは、決して聞き間違いではなかったはずだ。確かに彼は自分の名前を呼んだ。

窓外を眺め続ける滝沢の横顔は、何事か策謀を巡らせている、そんな風に見えた。まるで別人のようだった。

第Ⅱ部　Paradise Lost

ピーガラガラプー

1

不快な電子音が耳の奥で鳴った。寝苦しさにブランケットを払いのける。滝沢朗は目を覚ますと、チャーター機の中を一瞥した。真っ白い壁に革張りのシート、ソファ、ビュッフェまで完備している。飛行機というよりエグゼクティブクラスの豪華さだ。機内であることを忘れさせる。丸く切り抜かれた窓には、薄雲に覆われた夜空が広がっていた。

となりの席で眠る咲を見る。彼女は静かに寝息をたてていた。肩までかけたブランケットが呼吸に合わせて上下する。機内には他に乗客の姿はない。

彼はふと自分の恥骨のあたりに違和感を覚えた。下半身を見おろす。ズボンのポケットが勝手にもぞもぞと動きはじめていた。

ゆっくり血の気が引いていく。からだはまったく身動きがとれない。目を閉じたり開いたりする。まぶたと眼球しか自由が利かない。金縛りか——？　汗が噴き出て、息苦しくなった。喉はからからに乾いている。

ポケットから現れたのはノブレス携帯だった。意思を持った生き物のように、携帯は身をくねらせながら、滝沢の腿を這いのぼってくる。身動きがとれないのをいいことに、携帯は胸まで這いあがってきた。

（ジョ、ジョニー……？）

これは現実か？　夢に決まっているではないか。虚を衝《つ》く展開に、滝沢は必死に頭を働かせようとする。

ノブレス携帯は滝沢の肩で動きを止めた。ほっと息をつく。幻覚だったのだ。携帯が動き出すはずがない――そう思った瞬間、いきなり携帯が顔に飛びついてきた。払いのけようとしたが、金縛りは解けず、まったく抵抗ができない。

やがてノブレス携帯は、アイスクリームのように溶け出した。どろどろになった金属が耳の穴へと浸入をはじめる。

（やめろ）心の中で叫ぶ。口を開いても、声を出すことすらできない。

首を振って携帯を振り落とそうとするが、からだがいうことを利かない。溶解した携帯がいよいよ耳の奥に流れ込んできた。不快感が全身を駆け抜ける。

（やめろおおおおおおおおおおおおおお！）

そこで咲に揺り起こされた。滝沢は腰を浮かせて飛び起きる。心臓が高鳴っていた。目をこすり、耳に手を当てて確認したが、何ともない。ため息を洩らして、シートに凭《もた》れる。脇にはどっと汗をかいていた。

「どうしたの、滝沢くん……」咲が声をかけた。彼女は怪訝《けげん》そうに眉を寄せている。

滝沢はいくぶん冷静さを取り戻した。ポケットからノブレス携帯を取り出す。力をこめて強く握りしめた。

「お前になんか、やられるもんか……」

滝沢がそうつぶやくのを、咲は黙って見つめている。

「いかがなさいましたか?」

女性の声に滝沢と咲が同時に顔をあげた。スカーフを巻いたフライトアテンダントが腰を屈めて立っている。彼女は専用のビニール袋に入った〈AiR KING®〉Tシャツを滝沢に差し出した。そこには、ミサイルを迎撃する瞬間の滝沢のシルエットがプリントされている。

「もしよろしければ、こちらにお着替えください」

〈AiR KING®〉Tシャツを受け取った滝沢はさっそくシャツを袋から取り出し、タグやシールを外しはじめる。フライトアテンダントは、軽く会釈して席を離れていった。

「そのTシャツ、やめた方がいいと思うけど……」

咲が心配そうに言う。2番目のセレソンが滝沢を〈AiR KING®〉としてプロデュースしていること、ドバイから帰国した二万人が〈AKX20000®〉として世間を騒がせていること、成田空港にはその二万人が詰めかけていること……。咲は滝沢を取り巻く日本の情勢を説明した。

滝沢は咲の話を確認するように、ノブレス携帯を開く。2番の活動履歴には、〈AiR KING®〉Tシャツを自分に着せようとする申請が出ていた。

飯沼朗に〈AiR KING®〉Tシャツを着せる

【詳細ログ】

飯沼後援会の用意したチャーター機に着替えとして用意

2番の活動履歴を覗き見た咲の表情が曇る。懇願するような視線を滝沢に向けた。半年前、滝沢を救出するために全裸のまま機動隊に突入したニートたち——自分の帰りを待ちわびる彼らの姿が、滝沢の脳裏に浮かんだ。記憶を消したからだろうか、かつて彼らに裏切られた無念さよりも、今は憐れみの情が勝っている。自分がこの〈AiR KING®〉Tシャツを着ていったら、彼らはよろこんでくれるだろう。期待に報いることができる。

咲には申し訳ないが、半年間、自分の帰りを待っていてくれた二万人のために、このTシャツを着ないわけにはいかない。

それに2番の活動履歴はおそらくこう言っている。『二万人の期待を裏切るなよ』と……。

滝沢がTシャツを広げると、背面にはこう刷り込まれていた。

OUTSIDE　もっと撃って来いよ!

気に入った。まさに今の自分の気持ちを見事に言い表している。

Mr.OUTSIDEを、絶対にぶん殴ってやる——。

滝沢はワイシャツの上から〈AiR KING®〉Tシャツを着た。自分の姿がプリントされたシャツをまじまじと見直す。と、咲の視線に気がついた。

「いいのいいの。2番のセレソンが、このTシャツ着ろって申請した意味もなんとなくわかるからさ」

不安そうな咲に、滝沢は屈託なく笑いかけた。


二〇一一年八月十四日、午後十時三十分。

二人を乗せたチャーター機が成田空港に到着した。機内で入国審査と税関検査を受け、今は到着ロビーを目指している。

滝沢と咲は言葉を交わさぬまま、動く歩道に歩みを進めた。ベルトコンベアがのろのろと二人を出口へと誘《いざな》う。

咲は滝沢の身を心底案じていた。一方、滝沢が帰国を決意したのは、彼なりの勝算があってのことだ。滝沢には、ニューヨークで蘇った〝滝沢以前〟の記憶がある。

滝沢は励ますつもりで咲に笑いかけたが、彼女は無理に微笑んでため息を洩らすばかりだった。

動く歩道の終点には、実年男女三人が待ち構えていた。中央に年配で禿頭の男、その左右には化粧の濃い黒のパンツスーツの女性と、整髪料でオールバックに髪をなでつけた中年男。男性は黒いスーツと黒のネクタイを身につけ、葬式帰りのようだ。滝沢の〈AiR KING®〉Tシヤツに、うろんな目を投げかけている。

禿頭の男は顎をしゃくって、オールバックをどこかに遣いにやらせた。そして動く歩道を降りた滝沢に、含むところがある口ぶりで言った。

「あなたが……飯沼朗さん？」

「そうだけど」

禿頭は値踏みするような目で滝沢を見返した後、ついてくるよう促して静かに歩き出した。

彼らは歩きながら《飯沼誠次朗後援会》を名乗った。情報調査会社の探偵、白鳥・ダイアナ・黒羽を通じて、飯沼誠次朗内閣総理大臣の私生児と噂される〝飯沼朗〟を捕捉、帰国の手配を整えたのだ。

やがて空港内のエグゼクティブラウンジに辿り着くと、入口には先ほどのオールバックが待機していた。禿頭と何やら言葉を交わしてから、ドアをノックする。

「失礼いたします」禿頭は、これまでの居丈高な態度が嘘のようなかしこまった声で言った。「飯沼朗さんをお連れしました」

「入ってちょうだい」

中からは女性の声がした。禿頭に背を押された滝沢が中に入る。咲は男たちの間をすり抜けるようにして、滝沢の後に続いた。

広々としたラウンジの奥に応接セットとソファがある。そこに腰掛けていた、喪服姿の女性が立ちあがった。黒無地の染め抜き五つ紋つきの着物をまとった彼女は、凛とした佇《たたず》まいの中に、怒りを滲ませている。

「飯沼誠次朗の家内、飯沼千草と申します」射るような目で滝沢を睨《ね》めつける。「ここからは、わたくしの指示に従っていただきます」

今度は咲に目を向けた。

「そちらは？」

「ガールフレンドです」

滝沢が即答すると、千草はにべもなく言い放った。

「そう。では、お引き取りを」

咲は抗弁する間もなく後援会の男たちに連れ出されてしまった。ドアが閉じられる瞬間、滝沢と彼女の目が合う。滝沢は小さくうなずき、「大丈夫だ」と目で伝えた。

千草は滝沢に背を向け、窓辺に歩み寄る。どちらからも口を開かず、あわただしい空港のアナウンスだけが遠くから聞こえてくる。

「あなたは何者ですか？」重々しく切り出したのは千草だ。「昨日のミサイル事件には、どう関わっているの？」

「ミサイル事件……？」

不意を突かれた滝沢の目線が、向き直った千草の激しい眼差しとぶつかる。滝沢は思わず目を逸らした。

千草が言っているのは、1番のミサイル攻撃のことだろう。彼はミサイルでジュイスを破壊した。

　そこまで考えて、さて、どうやって千草にそのことを説明したらいいものか、言いあぐねてしまう。セレソンのこと、ノブレス携帯のこと、ジュイスのことを知らない人に、昨日の事件のあらましを説明することは難しい。きっと記憶をなくした自分に、巻き込まれた状況を説明しようとした咲も、同じような気持ちだったに違いない。

「ああ……それだったら俺は狙われた側の一人みたいです」首を掻きながら、滝沢はとりあえず事件との関わりを否定した。

　そんな滝沢を、諫《いさ》めるように千草が見据える。

「では、テロリストの一味だということを認めるわけですね？」

「はあ？」

「政府は〈昨夜の事件は〝迂闊な月曜日〟に関与したテロ組織への先制攻撃である〉と発表しました」

「何でそんなことになってんだ。これも物部さんの申請の一環か？」

　ノブレス携帯を確認する滝沢を、千草は冷然と睨みつける。言いつくろっているとしか思われていないようだ。滝沢は携帯をポケットに突っ込んだ。

「いずれにせよ、あなたの存在は飯沼誠次朗への冒涜以外の何ものでもありません」

　高ぶる感情を押し殺しているのが、滝沢には手に取るように伝わってきた。

「飯沼は、かつてないほどの早さで失墜するこの国の窮状を救うべく立ちあがり、憂国の情を残したまま死にました。そんな折、飯沼の私生児だなどと名乗り出てきたことも含めて、あなたの悪行をすべて暴き出しますから、覚悟なさい」

気迫のこもった声で言い放つ。

その一方的な物言いに、滝沢はえも言われぬ寂しさが込みあげてきた。ミサイル事件のことで犯人扱いされるのはしかたがない。それは自分から背負い込んだことだ。

誰もやりたがらないことを自分が代わりにやって、この国を救う――そんな思いから、滝沢は「この国の王様になる」という申請を出した。自分一人犠牲になってもかまわない、そう思っていた。

だが、国を救うどころか、一人の女性を傷つけてしまった。内閣総理大臣夫人に累が及ぶとは、考えもしなかったことだ。

そんな滝沢の真意が伝わるはずもなく、千草は決然とした表情でラウンジを出ていった。侍女が素早くその後に続くのを、滝沢は黙って見送るしかなかった。

2

八月十四日午後十一時。エグゼクティブラウンジに滝沢が入ってから五分が経過した。咲は部屋の様子も気になったが、今のうちにと携帯の着信を確認した。履歴は大杉からの着信で埋め尽くされている。咲は苦笑いを浮かべた。

《東のエデン》のみんなには、チャーター機に搭乗したときにメールしただけで、その後、連絡を取っていない。大杉に電話をかける。彼はコール音が鳴らないうちにすぐに出た。

〈咲ちゃん、無事?〉

「う、うん……」

〈あっ、待って。携帯使うんだったらAIR SHIPダウンロードして。通話料もかからないから。板津が作ったIP電話なんだ〉

咲は大杉が教えてくれたアドレスから、AIR SHIPをダウンロードした。すぐにログインして大杉にかけ直す。

〈もしもし? 咲ちゃん?〉

通常回線の電話より聞き取りづらいということもなく、すぐに会話ができた。

「どうしてIP電話使うの?」

〈僕たちの携帯、公安に盗聴されてるんだ〉

「えっ」

〈IP電話なら大丈夫だから〉

予期せぬ言葉に咲は絶句した。自分がニューヨークにいるあいだに《東の防衛団》で一体、何が起きたのか? 大杉は簡潔に説明してくれた。

〝滝沢以前〟の経歴がジュイスによって次々に書き換えられていること、ジュイスが《東のエデン》の検索エンジンを利用していたこと、〝滝沢以前〟の記録が書き換えられる時間を引き延ばすために《東のエデン》のシステムをダウンさせたこと、メンバーは今、大学の部室にいること――。どうやら日本でも事態が急展開していたようだ。

〈今、咲ちゃんはどこ?〉

「ラウンジで滝沢くんを待ってる」

〈到着ロビーで合流しよう。いい?〉

「ありがとう、大杉くん」

電話を切ると、ちょうどラウンジのドアが開いた。現れた飯沼夫人は咲に一瞥を与えると、侍女を伴って足早に立ち去った。

続いて後援会の男たちと共に滝沢が出てきた。咲は彼に駆け寄る。どんなに短時間でも、もう彼と離れているのは耐えられなかった。

滝沢はひと呼吸おいて、見あげる咲を正面から見つめる。

「ごめん。ここからは一緒には行けないみたいだ」

申し訳なさそうに、だがはっきりと決断した態度で、滝沢は告げた。

咲は目の前が真っ暗になったような気がした。有無を言わせぬ後援会の視線が、こちらに向けられている。ここから先はついていくことが、できない。

彼はまた、咲を置いていなくなってしまうのか――?

「咲に頼みがある」滝沢は身を乗り出して声をひそめた。「お袋を捜して欲しいんだ」

「え？」意外な頼みごとに、咲はうまく反応ができない。

「俺さ、〝迂闊な月曜日〟のとき、お袋に会ってんだ。場所は確か青物横丁だったと思うけど、避難させてた人の中に豆柴連れてた女の人がいてさ、あれ、たぶんお袋なんだ」

ということは、滝沢が飼っていた豆柴は、元々は彼の母親が飼っていた犬ということか？

滝沢は咲をじっと見据えている。彼の瞳には、確固とした強い意志が宿っている。

「向こうも俺に気づいたから、あわてて豆柴置いて逃げたんだと思う。その後、避難場所を探したけどいなかったから……」

彼はチャーター機の中でずっと母親のことを考えていたのかもしれない。とすると、やはり滝沢はニューヨークで自分の過去を取り戻したのだろうか？

「……滝沢くん、もしかして記憶戻ったの？」おずおずと咲が訊ねる。

「ん？　まあ〝滝沢朗〟まではね」生返事をしてから、滝沢は真顔で咲を見つめた。「どう、頼まれてくれるかな？」

「やってみる」

残された時間は後わずかだ。じっとなどしていられない。答えはすでに決まっている。

「サンキュ！　じゃ、頼んだよ」

そう言って彼は二、三歩進み、すぐに立ち止まった。咲のところへ戻ってきて、ポケットから何かを取り出す。

「忘れるとこだった」

彼が手にしているのは、ゴールデンリングだった。革ひもをつけ、ペンダントのようにしてある。あのとき、もう一度メリーゴーランドに乗るために使ってしまったものと咲は思い込んでいたが、滝沢は取っておいてくれたのだ。

咲の首にそっとゴールデンリングをかけると、滝沢は膝を折って咲と目線を合わせる。そしてやさしく微笑んだ。

「二人でニューヨークにいた記念」

女の子に指輪《リング》を贈り、母親に会ってくれなんて、まるでプロポーズじゃないか。滝沢はそのことに気づいているのだろうか……？

「後で連絡する」

咲が顔をあげると、彼はこちらに背を向ける。そして後援会の男たちと合流し、すぐに廊下を曲がっていってしまった。


午後十一時半。お盆休みで、成田空港はただでさえ混雑していた。そのうえミサイル攻撃によって飛行機の欠航が相次ぎ、夏休みを海外で過ごそうとしていた旅行客がロビーにあふれ返っていた。

空港の到着口は厳戒態勢が敷かれ、ものものしい空気に包まれている。〈AiR KING®〉Tシャツを着た二万人の若者たちを、空港警察が必死に押しとどめていた。

報道関係者はその様子をカメラに収め、〈AKX20000®〉や空港で一夜を明かすことになった旅行客にインタビューを試みていた。照明機材の明かりが、ロビーの床に照り返している。

咲は下を向いたまま到着ロビーに出た。半年前、ミサイル事件の過熱報道で咲はメディアに追い回されている。誰も気づいてくれるなと、祈るように歩いていく。

だが結局、誰も咲の存在に気づかなかった。情報が見る見る広がり、そしてすぐに消えていくこの時代に、滝沢すらも消費されてしまうのだろうか。咲はうつむいたまま、ロビーの人ごみに紛れた。

しばらく大杉を探していると、押し殺した声が背中に掛かった。

「咲ちゃーん！」

振り向けば大杉が、柱の陰から手招きしている。咲が小走りで近づくと、大杉はすこし驚いた顔をした。咲が一人であることに気づいたようだ。

「滝沢は？」左右に目を走らせながら訊ねる。

「《飯沼誠次朗後援会》の人たちに連れていかれちゃったの」

「ええっ」

「おかげでマスコミには見つかってないみたいだけど」改めてロビーを見渡した。「それにしても、すごい人だかりだね？」

「一昨日《おととい》、情報が漏れてから、ずっと張り込んでたやつもいるみたい。とにかく、ここを離れよ？」

二人は第一ターミナルの駐車場を目指した。大杉の車を停めてあるのだ。

駐車場に降りるエレベーターで咲は大杉に、彼が〝滝沢朗〟としての記憶までは思い出したこと、手掛かりとなる彼の母親を見つけ出さなければならないことを伝えた。頭が混乱していて、何度も言葉がつっかえた。

大杉はか細い顎をさすって何やら考え込んでいる。

「なるほど……手がかりは羽の生えた豆柴か」大杉が、はっと気がついて言葉を継ぐ。「だったら、咲ちゃん家《ち》の豆柴、連れてきた方がいいよ。犬は元の飼い主覚えてるって言うし」

「そっか、そうだね」

大杉の真剣さに、咲は励まされたような気がした。

「それじゃ俺、車取ってくるから」

エレベーターを降りると、大杉は駐車場に駆け出していった。

咲はすぐさま携帯を開いた。平澤たちにも連絡をしておこう。AIR SHIPにログインして、平澤のアカウントを探す。彼もログインしていることを確認して、電話をかけた。

〈もしもし？　咲か？　到着が遅れたから心配してたんだ。滝沢はどうしてる？〉

一気にまくしたてる平澤に面食らいつつも、咲は冷静に状況を説明した。一度大杉に話していたので、今度は整理して話すことができた。滝沢の母親を見つけ出すことに、意識が集中していく。

〈もはや打つ手は限られてきたな……〉

電話越しに平澤が唸った。

「お母さんが見つかれば、滝沢くんの本当の経歴もわかるはずだから、いろんな誤解も解けるかもしれない」

〈しかし、五歳以降、会ってもいない母親がそう簡単に見つかるものか……〉

「やってみるしかないよ」

〈……わかった。ただし、今はエデンシステムを使えない状況にある。大学に温存した旧システムを使うしかないが……旧システムに入れるパスワードを送る〉

「うん、ありがとう。また連絡する」

電話を切ると、今度は携帯の電話帳から〈山月パン〉の番号を探した。時刻表示を確認する。午後十一時四十分。もう寝ているかもしれないが、今は非常事態だ。

〈はい、もしもし〉

姉の朝子が電話に出た。咲は無理を承知で、豆柴を連れてきてくれるように頼む。実家まで戻っている時間はない。

〈今からって……〉朝子は呆れて吐息を洩らした。〈あんたねえ、パン屋の朝は何時だか知ってるでしょ〉

叱ろうとする朝子を、義理の兄の良介が止める気配がした。しばらく電話の向こうで言葉が交わされ、朝子が「しょうがないなあ」と声をあげる。結局、良介が車で豆柴を連れてきてくれることになった。

「ごめん、じゃあお願い」

通話を終えたところに、大杉の車が近づいてきた。職場の営業車だ。彼も、取るものも取りあえずに駆けつけてくれたのだろう。咲はすぐさま車に駆け寄り、助手席に乗り込んだ。

「連れてきてくれるって？」

大杉が駐車料金を精算しながら訊く。

咲はうなずいてから、礼を言った。

「大杉くんが言ってくれなかったら気づかなかったよ」

「そんなこと……」彼はすこし照れた表情を浮かべた。「それより、今、旧エデンシステムで画像検索かけてみたんだけどさ」

大杉は自分の携帯電話を差し出した。画面には、羽の生えた豆柴の画像が映し出されている。半年前、《東のエデン》のメンバーが豊洲のショッピングモールを訪れたときに、滝沢が登録した画像だ。

豆柴の画像には、滝沢が書き込んだレイヤーの他に、新しいレイヤーがかかっている。大杉がその新しいレイヤーを指差す。

「ここ見て」


〈三宿／アジア風居酒屋《ＨＹＮＥ》の看板犬〉

〈〝迂闊な月曜日〟以降、行方不明〉

旧エデンシステムは相慈院大学の学生しか書き込めない。これは彼らが飲みに行った店だろうか？　この情報が確かなら、豆柴は以前、三宿にいたということになる。

「でも、滝沢は青物横丁って言ったんでしょ？」大杉が咲の様子を窺う。

滝沢は「ミサイル攻撃の避難誘導をしているときに母親に会った」と言っていた。三宿に店を持つ滝沢の母親が、青物横丁に住んでいて、豆柴を連れて近所を散歩していたのかもしれない。とにかく今のところ手がかりはこれだけだ。

大杉が車を発進させた。高速に乗って成田を離れる。

咲は成田から三宿に向かうルートを検索し、そこから良介と合流するポイントを探す。たとえ一分でも無駄にできない。何回かルートを検索してみて、待ち合わせ場所を渋谷に決めた。良介に連絡のメールを送る。

午前零時。日付が替わった。一刻も早く、〝滝沢以前〟の記録を見つけ出さなければ、彼は〝滝沢朗〟ではなくなってしまう。

3

午後十一時四十分。《飯沼誠次朗後援会》の男たちの会話からすると、どうやら彼らは滝沢朗を飯沼誠次朗の別邸へ連れて行こうとしているようだった。本邸は通夜が執り行われた後で、たくさんの報道陣が集まっている。飯沼千草の参考人招致を前に、これ以上騒ぎを大きくしないように、滝沢を軟禁しようとしているらしかった。

一行はエレベーターを降りて駐車場に向かっている。車に乗せられては逃げようがない。具体的な策はないが、滝沢は「トイレに行っておきたい」と訴えた。男たちは逃げ出すつもりではないかと疑ったようだが、一般人も多い空港で事を荒立てるつもりもなさそうだ。入り口に見張りにつくことを条件に、滝沢を一人で男子トイレに入らせた。

滝沢はほっとため息をつくと、ポケットからノブレス携帯を取り出す。11番、黒羽の背番号表示が消えている。

『ジュイス、あなたは私についた部下の中で、最高に優秀だったわ』自分のノブレス携帯を見つめて、黒羽はそうつぶやいていた。

1番は滝沢のジュイスをミサイル攻撃しようとしたが、黒羽が自分のジュイスを犠牲にしてまでも滝沢を守ってくれたということではないか?

黒羽への思いが過《よ》ぎる。黒羽はニューヨークで滝沢を捕捉するまでの苦労を一切語らなかったが、彼女もこの半年間、自分のためにがんばってくれていたのだ。

だが今度は自力で何とかしなくてはならない。黒羽との約束――〝みんな〟を救うことが、できなくなってしまう。

1番の活動履歴を確認する。物部はまた自分のジュイスを狙ってミサイル攻撃を仕掛けてくるだろう。何か手を打たねばならないが、ノブレス携帯を使って対抗しようとすれば、全セレソンに配信される活動履歴から、こちらの動きを察知されてしまう。

そこに平澤からのメールが着信した。メールを開くと、ファイルが添付されている。そこにはこう記されていた。

AIR SHIPダウンロード開始

4

二〇一一年八月十三日、午後十時。

《東の防衛団》のメンバーは、平澤一臣の車に乗り込んだ。起業してからも、平澤は学生時代と変わらぬおんぼろのフォルクスワーゲン・ゴルフに乗り続けていた。理由は簡単だ。平澤はペーパードライバーで、滅多なことがないと運転しないからだ。ゴルフはところどころへこんだり、擦り傷が残っている。しょっちゅうこすってしまうので、今ではいちいち修理するのも億劫になっている。

平澤はリーダーとして、車の運転が下手であることにコンプレックスを持っていた。そんな平澤を気遣って誰も彼の運転に文句をつけなかった。たまに大杉が愚痴るくらいだ。

みながゴルフに乗り込んだところで、春日は自らトランクに入った。座席は五人乗りだということもあるが、そもそも彼は大学でも、ロールアップ式の蓋のついたアンティーク机に隠れたり、トイレに隠れたり、奇行を繰り返してきた。ときには懐中電灯のついたヘルメットと大型スコップを持って、こそこそと大学構内を歩き回ったりもしていた。そのことに触れると得意がるので、平澤たちはあえて訊かないようにしている。

咲は依然電話に出なかった。まったく、こちらから電話をかけて、一度も出ないとは一体どういうことだ?

平澤がいらつくのをおネエがなだめた。確かに、いらついたところで、電話が繋がるわけではない。

午後十時半、相慈院大学に辿り着いた。敷地内に灯りのついた部屋は少なく、外灯が弱々しく周囲を照らす他は闇に沈んでいる。一行は車を近くのコインパーキングに停めると、守衛に見つからないよう、植え込みのあいだからこっそり侵入を開始した。巨漢の板津が植え込みの木々に挟まって、数分のあいだパニックに陥ったのを除けば、おおむね順調に侵入作戦は推移した。

有名企業の役員が、建造物不法侵入か――。平澤は苦笑いを浮かべた。

姿勢を低くし、中庭を横切る。学部棟までは、無事に辿り着くことができた。だが入口はカードキーと暗証番号で管理されているので、迂闊《うかつ》にロックを外すと、コンピュータに記録が残ってしまう。

躊躇するメンバーを押しのけ、板津が意気揚々と指を鳴らす。取り出したのはステルス検出器だ。暗証番号を解析することができ、しかも隠蔽《いんぺい》機能があるので開錠しても記録に残らない。板津はほんの数秒で、扉を開けた。

すばやく建物に滑り込み扉を閉じると、ふたたび平澤が前に出る。携帯電話を開き、画面の明かりをたよりに真っ暗な学部棟を進む。ペンキ汚れのひどい水飲み場を横切り、廊下の突き当たりまで行き着くと、部室の扉に掲げられた看板に携帯の明かりを向ける。そこには《生物部》と記されていた。

「これはどういうことだ」平澤が、部室を確保していたという春日に問う。

「ご安心を。《生物部》とは仮の姿。ホルマリン漬けにしたカエルの標本や人体模型——不気味な噂を醸成し、誰も寄りつかなくしていたのです」

誇らしげな春日に返す言葉もなく、平澤はやれやれと肩をすくめて扉を開けた。

部室はほこり臭かった。アンティーク家具や家電製品、パソコンには白いカバーがかかっていて、何年も前に打ち捨てられた貴族の屋敷のようだった。

春日が部室の奥から、楡の木の看板を取り出した。そこには《東のエデン》と平澤の筆が残っている。春日は春日なりに《東のエデン》の看板を護っていたようだ。

平澤はエアコンのスイッチを入れようとしたが、室外機の運転音で警備員に気づかれるわけにはいかない。カーテンを閉め切ったまま、流れる汗を我慢してメンバーは準備をはじめた。

やがて真っ暗な部室に、メンバーの顔が浮かび上がった。パソコンの画面が立ち上がり、淡い光を放っている。すぐさま〝滝沢以前〟の記録のサルベージを再開しようとした矢先、1番のセレソンの活動履歴が表示された。ミサイル攻撃の申請だ。
続いて午後十一時には、1番に対抗するように11番が申請を出した。情報収集衛星をハッキングして状況を確認しているようだった。そんな彼女の申請は二回目で却下される。そして、すぐに彼女は以下の申請を出したのだ。

〈IX〉と〈XI〉のトレーラーを入れ替える

活動履歴が次々と更新される中、《東の防衛団》の面々は、何が起きているのかがまったく掴めない。ネットのニュースを漁って、ミサイル攻撃の記事を探す。携帯のワンセグでテレビのニュースもチェックした。
十四日午前零時。ニュースではミサイル攻撃で炎上した高速道路の現場映像が生中継されていた。半年を経て起こった新たなミサイル攻撃に、メディアはまた大騒ぎをはじめている。首相官邸ではただちに記者会見が開かれ、ネットの速報記事が駆け巡った。

テロリスト移動拠点を先制攻撃
アジア各国からは非難の声も
野宮官房長官は記者会見で、「今回のミサイル攻撃は、テロリストの移動拠点への攻撃」と発表した。〝迂闊な月曜日〟以降に懸念されてきた、新たなミサイル攻撃を防ぐための先制攻撃ということだ。加えて、「テロリストが日本を攻撃する意図を表明し、武力攻撃の準備を整えた段階で、即攻撃が可能」との見解を示した。総理不在の中でのミサイル攻撃の最終決断について記者に問い詰められると、長官は昭和三十一年の政府統一見解を持ち出し、「被害が発生してからでは遅い。国民の人命を尊重した結果」と語った。さらに今回のミサイル攻撃地点について、テロリストの拠点と判断した証拠はあるのかと問われると、「調査中」としながらも、テロリストによって「情報収集衛星がハッキングを受けた」ことを明かした。

終戦記念日を間近に武力攻撃を行ったことに関して、東アジアの平和を擾乱《じょうらん》するものであるとする東アジア各国の批判については、「今回の攻撃は他国を攻撃したものではない。また、軍拡の意図もない。戸惑いを感じている」と不快感を示した。

パソコンの画面を流れるニュースに、平澤は目を疑った。政府がミサイルを撃ったことになっている。あれは1番の申請によるものだったはずだ。問題は、政府が指す〝テロリスト〟が誰なのか、ということだ。勇み足のメディアはすでに、事件と前後して世間を騒がせた、首相の私生児問題と、豊洲で暮らす二万人の若者にとっての救世主であり、ミサイル事件の重要参考人〈AiR KING®〉とを関連づけて、滝沢を〝テロリスト〟と名指ししている。

ミサイル攻撃の直後に消えたセレソンの背番号〈XII〉〈II〉〈XI〉の符号。先の活動履歴とニュースを照らし合わせるに、どうやら11番は1番のミサイル攻撃から滝沢のジュイスを身を挺して庇ったようだった。

1番は政府と組んでいるのか？　公安まで動かす人物だから、やりかねないのは確かだが。

滝沢を取り巻く状況は、どんどん芳《かんば》しくなくなっていく……。

考えもまとまらぬうちに、さらに平澤たちを動転させる連絡が入った。咲からのメールだ。

これから滝沢と共に帰国するという。

滝沢が帰国する——。すべてにおいてタイミングが悪すぎる。ミサイル事件の重要参考人とされる滝沢が、総理大臣の私生児とされ、さらに、新たなミサイル攻撃が発生した——しかも明日は終戦記念日だ。こんな状況下に滝沢が帰国したらどうなるか。

無駄口をきく者もなく、部室は張りつめた空気に支配された。

平澤は首の後ろを揉みながら目を閉じた。自分たちで対応できるレベルを遥かに越えている。

「何、弱気になってんだよ！　咲ちゃんを迎えにいかないと！」

大杉の声に、我に返る。咲は一時期、滝沢朗に関係した女性として、メディアに追われていたのだ。このタイミングでの帰国は、咲にとっても危険かもしれない。

大杉は成田空港まで迎えにいこうと、早くも腰をあげている。

「待てや、大杉」

板津は公安の盗聴を防ぐため、大杉にAIR SHIPをダウンロードするように言った。

メンバー全員が、すぐにAIR SHIPをダウンロードする。改めて大杉は、自分の営業車を目指して駆け出した。

残るメンバーは、先のミサイル攻撃と1番の活動履歴の調査をはじめた。滝沢のジュイス破壊に失敗した1番は、また新たなミサイル攻撃を申請するはずだ。

滝沢のジュイスが破壊されれば、彼は王様申請から、セレソンゲームから解放されるのではないか？　そんな議論もメンバーの中であった。《東の防衛団》の目的は、彼を解放することにあるのだから、それで目的が達成されないか――？

だがそれでは充分ではない。滝沢が〝飯沼誠次朗の私生児〟であること、〝ミサイル事件の重要参考人〟であることをひっくり返した上でゲームをあがらなければ、彼はメディアによってこの国の生贄にされてしまう。

〝滝沢以前〟は見つからないままだったが、板津はMr.OUTSIDEへの手掛かりと滝沢のジュイスの行方を求めて、詳細ログを当たった。

十四日午後十一時半。春日が「こんなこともあろうかと」と用意していた非常食――パンの耳をかじりつつ、メンバーは黙々と作業を続けていた。

そんな中、咲からの電話で、二人が帰国したこと、滝沢が〝滝沢朗〟までの記憶を取り戻したこと、〝滝沢以前〟の手掛かりを摑んだことを《東の防衛団》の面々は知った。

その手掛かりが、五歳のときに生き別れた母親だ。〝滝沢以前〟の記録がジュイスによって完全に書き換えられてしまうまで、残り九時間しかない今、この手掛かりが平澤たちの唯一の希望だ。

「一応、ビンテージにもAIR SHIPをダウンロードするよう、アドレスを送っといたわ。やつから連絡があるかもしれん。平澤、ログインを続けておいてくれや」

「わかった」

咲は滝沢に頼まれて、大杉と一緒に母親を捜しに向かった。平澤たちは部室内で二手に分かれて作業を進めている。板津はミサイル攻撃後のジュイスの行方を探して滝沢のバックアップに、春日とおネエはセレソンの活動履歴を監視。みっちょんは旧エデンシステムで、〝滝沢以前〟の記録を検索していた。

「詳細ログが動き出してます！」セレソンの活動履歴を監視していた春日が声をあげる。

滝沢の帰国と時を同じくして、9番の詳細ログは急速に更新されはじめた。9番の申請を受けて、ジュイスが次々と手を打っているのだ。選挙対策事務所の賃貸に、与党のお墨付きを得るための根回し工作、さらには与野党問わずパーティー券を買い漁り、政財界の大物に金をバラまいていた。

「いわゆる〝実弾〟というやつですよ……」春日の声は掠れている。

「今度は二世議員デビューの準備か」

平澤がため息まじりにつぶやいたとき、AIR SHIPの着信があった。滝沢からの電話だ。

「もしもし？」

〈やあ。久し振りだな、平澤。実は俺さ……〉

「ああ、わかってる」平澤が遮った。「咲から連絡があった」

〈それじゃあ、こっちの状況は俺より理解してるってことでいいのかな？　昨日のミサイルとか〉

平澤は、日本においてミサイル攻撃がどのように報道されているかを話した上で、滝沢に今後どうするつもりなのかを訊ねた。公安にマークされている以上、滝沢の無実を明らかにし、消去されつつある〝滝沢以前〟を取り戻さなければ、《東のエデン》もテロリストとかかわりのある集団ということになってしまう。

〈俺、まだこのゲーム終わるわけにはいかないからさ〉滝沢の言葉にはしっかりと力が込められている。〈何とか自分のジュイスを保護したいんだ〉

「もはやわれわれも貴様と同じ運命にあるわけだからな。で、今、貴様が求めている答えに一番近づいている男に代わる」

それまで無言でノートパソコンに張りついていた板津に、平澤は自分の携帯を手渡した。なおもモニターから目を離さずに、板津が携帯を受け取る。

「ワシじゃ、ビンテージ。無事じゃったか」

〈お、板津、久しぶりだな〉嬉しそうな声が聞こえてくる。

「細《こま》い挨拶は抜きじゃ。ワシも12番の履歴を調べて、ガソリン代と運転手への手当てが追加されとるんは知っとったんじゃが、まさか延々高速走らせとるとは気づかんかった。結果、１番のくされオールバックに先手を打たれたわけじゃが――」

板津のノートパソコンには、いくつもウインドウが開いている。全国各地のライブカメラからの映像が映し出されているのだ。

「昨夜から、中央道のライブカメラを片っ端から監視してジュイスを追った結果、はじめは迷走しちょった各トレーラーが数時間前、上り車線を隊列組んで走行しとるところを確認したんよ」

〈お前、やっぱすごいな！〉

「それほどでもあるがのう。で、現在九台のトレーラーは首都高湾岸線を通り、川崎・浮島出口を抜けおった」

〈ってことは――〉

「ジュイスが次に向かうんは、おそらく海ほたるじゃ！」

板津は平澤に電話を代わった。

「ということだ。で、これからお前はどうする」

〈海ほたるに行ってみるよ。ジュイスがなくちゃ、俺、記憶のないただの男だからさ〉

滝沢の言い方に平澤が小さく苦笑する。

「お前がただの男なら、われわれは何だ？　公安に追われて改めて思ったが、お前はたいした奴だよ。これほどの事態に巻き込まれてなお、一人で奮闘しているんだからな。だが今度はわれわれも一蓮托生《いちれんたくしょう》――運命を共にする覚悟だ」

そこで言葉を切って、平澤は思案した。咲を迎えにいった大杉は、咲とともに母親を捜しに向かった。自分たちは滝沢を空港に迎えにいくべきだろうか――。

否、滝沢なら自力で空港を抜け出せる。彼にはノブレス携帯があるのだ。それよりも、滝沢の携帯が使えなくなる方が問題だ。

優先順位が変わった。今は滝沢のジュイスを護ることが最優先だ。セレソンと戦うのに際し、ノブレス携帯を失っては太刀打ちできないことは、咲が6番のセレソンによって拳銃を混入されたこと、公安のこと、ミサイル事件で身にしみている。

板津ですらジュイスが海ほたるへ移送されていることを摑んだのだ。12番の詳細ログからその時間の走行地点を割り出して、経緯と緯度を指定し、ミサイル攻撃を実行した1番なら、そのことに気がつくのは時間の問題だ。もはや一刻の猶予も許されなかった。

「今から海ほたるに行く。そこで合流しよう」

〈いいのか？　これ以上関わると、お前らも今までの生活には戻れなくなるぞ〉

「それはこっちのセリフだ。それにもともと、ニートに日常など存在せん！」

電話口で一瞬、滝沢が逡巡する間があった。

「……わかった。海ほたるで会おう！」

電話は切られた。平澤は車の鍵を摑むと、みっちょんとおネエと共に相慈院大学を出発した。

十五日午前零時。板津と春日は部室に残り、〝滝沢以前〟を探すサルベージ作戦を続行している。〝滝沢以前〟の記録がすべて〝飯沼朗〟に書き換えられてしまうまで、残り八時間を切っていた。

5

八月十五日午前零時。

ニット帽をすっぽり被った辻仁太郎は、Tシャツにベストを羽織って、〈2G®〉クルーザーの最上階デッキに出た。伸びをして、首の骨を鳴らす。目の前には横浜港の夜景が広がっている。クイーンズスクウェア方面のネオンの瞬きや、大観覧車のイルミネーションが、港の水面に映り込んでいる。

昨晩、辻のアトリエに現れた結城は、いかに自分がこの半年間、不遇な運命をたどってきたのかを訥々《とつとつ》と語った。みんなに利用され、邪魔された――だから、今度は自分を利用し、邪魔してきた連中に復讐がしたい、と。辻は特に口出しせずに、聞き役に徹した。「使える」と思ったからだ。

なるべく恩着せがましくならないように気を遣いながら、辻は結城を風呂に入れてやり、一緒に飯を喰った。クルーザーのシェフに料理を作らせて、テーブルに並べると、彼はまるで飢えた獣のようにナポリタンを啜った。サラダを小皿にとってやり、野菜も食わせた。

今まで話し相手がいなかったのだろう、さらに饒舌になった結城は、セレソンに選ばれる以前の自分の境遇まで話し出した。親身になって相槌を打ちながら、辻はノブレス携帯を使わずに、このゲームをアガる方法を考えていた。

今、結城は階下のソファベッドで眠っている。

辻は深いため息をつき、ノートパソコンの画面に目を向ける。ネットの速報記事に、9番の写真が出ていた。〈AiR KING®〉Tシャツを着た9番が、《飯沼誠次朗後援会》と見られる男たちに車に乗せられる瞬間を、背後からとらえた写真だ。彼のTシャツの背中には、〈OUTSIDE　もっと撃って来いよ!〉とプリントされている。記事はこんな内容だ。


ミサイル犯のメッセージ受け〈AKX20000®〉空港で大暴走!

十四日深夜、ミサイル犯〈AiR KING®〉に酷似しているとされる飯沼朗氏が成田空港に帰国。着ていたTシャツに問い合わせが殺到しているという。彼の着ていたTシャツには、若者の圧倒的な支持を集める〈AiR KING®〉のデザインと共に、背中に〈OUTSIDE　もっと撃って来いよ!〉とプリントされていた。空港に駆けつけた〈AKX20000®〉は〈AiR KING®〉こと飯沼朗の背中に描かれたメッセージを見ると暴れ出し、空港警備員と一時もみ合いの騒ぎになった。Tシャツの〝OUTSIDE〟の意味を巡って、今論争が巻き起こっている。

大使館より正式抗議
Tシャツに書かれていたOUTSIDEとは
昨年十一月に発生した〝迂闊な月曜日〟に端を発するミサイル事件の重要参考人とされる飯

沼朗氏。そんな彼が〈ＯＵＴＳＩＤＥ　もっと撃って来いよ！〉と大きく背中にプリントされたＴシャツを着ていれば、「ミサイル事件は、外国からのミサイル攻撃だった」と主張していると取られてもしかたがない。事実、アジア諸国からは、「満州事変を繰り返すのか」と大使館を通じて抗議が殺到しているという。

どうなる参考人招致

この騒動を受け、本日予定されている飯沼千草さんの参考人招致に注目が集まっている。十二日に亡くなった飯沼誠次朗前首相の通夜を終えた飯沼千草さんは、通夜に押し寄せた報道陣に対しても一切質問に答えることはなかった。一説には、成田空港に到着した飯沼朗氏を迎えにいったのではないかと騒がれており、本日の参考人招致で、ミサイル犯とみられている飯沼朗氏と飯沼誠次朗前首相との間に血縁関係があるのではないかと質問が殺到することは必至だ。

辻の思惑通り、アジアは今、顔を真っ赤にして怒り出している！

あのＴシャツの背中の文字を、９番はMr.OUTSIDEに向けて着たつもりなのだろうが、世間はそうは思ってくれない。

他の記事によれば、９番は《飯沼誠次朗後援会》に連れられて、成田空港を出発したという。

さて、《飯沼後援会》は９番をどこへ連れていったのか？

飯沼首相が脳溢血で倒れ、9番がジュイスによって首相の私生児に仕立てあげられていることを知った八月十日の時点で、辻はすでにアシスタントたちに飯沼のリサーチを命じていた。

〝プロデュース〟において、最も求められるものは何か？　それは、徹底的なリサーチだ。プロデューサーの感覚だけでプロジェクトを動かしてはならない。勝つ戦をしなければ意味がないからだ。勝てるという確信が得られるまで、徹底したリサーチをするのが辻の信条だった。

今回も例外ではない。辻は飯沼誠次朗に関する資料を読み尽くし、9番の軟禁場所について確信を得ていた。

翌日の参考人招致を前に、《飯沼後援会》は9番の存在を隠しておきたいはずだ。とすると、飯沼首相の大邸宅は選択肢に入らない。飯沼誠次朗の通夜が執り行われたばかりで、報道陣も詰め掛けている。テロリスト〝飯沼朗〟と、飯沼誠次朗との関係を詰問されることは避けられない。ましてや、誰でも入れるホテルや病院ではないだろう。

実は後援会には、お誂え向きな軟禁場所があった。警察もおいそれとは入れない、飯沼誠次朗の別邸だ。以前から飯沼誠次朗は警察関係者と太いパイプがあると言われており、別邸は与党議員が警察や報道陣から身を隠すために使われてきた。「入院」だとか「静養」だとか言って逃げ回るアレだ。9番をかくまうのに、これ以上ふさわしい場所があるだろうか？

これから結城を、その別邸に向かわせて、9番を撃つ——。

それが辻の考えた、ゲームの〝アガリ〟だ。

そのために必要なものは、ジュイスがいなくても簡単に手配できる。辻は〝その筋〟の人間ともコラボレーションしていた。暴対法の締め付けはミサイル事件以降さらに厳しく、暴力団もなりふりかまっていられないのだ。

そもそも〈2G®〉が青山、銀座、六本木、さらに全国区へと店舗を急速に拡大できた理由は、辻のプロデュースの効果だけではない。暴力団関係者へ、新規出店の〝ご挨拶〟を忘れなかったからだ。辻は店舗の観葉植物やプランターのリース料と称して、彼らに〝みかじめ料〟を支払ってきた。

おまけに辻は、そのリース会社もプロデュースしてやった。スタイリッシュなプランターのリース会社になったことで、経営者が暴力団とは思いもしない一般企業からも、注文が入るようになった。傑作なのは、元警察官僚の国会議員事務所が発注してきたことだ。その議員事務所は暴力団が関係していると知るや、スキャンダルになることを恐れ、顔を真っ青にして断ってきたらしい。

今、辻に必要なのは、拳銃と、結城を外国人にするための偽装パスポートだった。

9番が外国人に撃たれれば、この国は被害者になれる——そのためには、結城を外国人に仕立てあげなければならない。

辻はその筋の人間に電話をかけ、拳銃と偽造パスポート、そして外国籍を用意できないか相談してみた。相手は即座に「どこの国のが欲しいんだ?」と返答してきた。用意すること自体は、議論するまでもないほど簡単なのだろう。

辻は、これから中華街に〝ある男〟を向かわせるので、そのパスポートと拳銃を渡して欲しいと告げて電話を切った。

すべての手配は整った。これでこのゲームは辻が勝利する。

満面の笑みを浮かべた辻は、デッキから船内に降りる階段を見て凍りついた。亡霊の生首、と思いきや、結城が階段の下から顔を出していたのだ。いつのまにか目を覚ましたらしい。数時間前に食べたナポリタンのケチャップが、乾いて口元にこびりついている。まるで夢遊病者だ。

「ちょっと、カンベンしてよ」辻が息を吐く。「寝てたんじゃないの？」

「ジュイス壊されたのに、まだ続けるんですか」

「……ん？　これはオレのプライドを賭けた戦いなんだよ」

「そう、ですか……」

腑に落ちない様子の結城に、辻は厚手の茶封筒を押しつけた。札束の重みが、結城の手に伝わる。

「例のモノ手配したから、そろそろ行ってよ」

「……ありがとう。この恩は、どこかで」

礼を言いながらも結城は、死人のように無表情だ。辻は笑顔のまま、目をそらした。

「いや、いいわ……」

結城を見送った辻は、自分のノブレス携帯を開いた。物部の活動履歴を確認する。彼はミサイル攻撃からこっち、立て続けに申請を出している。ジュイスを破壊して、辻の動きを完全に封じ込んだと信じ切っているようだ。辻は笑いが止まらなかった。

(9番よりも先に2番、オレのジュイスを破壊したということは、それだけ物部さんがオレを恐れていたということか)辻は横浜の夜景にワイングラスをかざした。(以前の付き合いではそんなそぶりもなかったのに。ここまでのプロデュースによって、ようやくオレのことを脅威に感じはじめてくれたらしい——光栄だ!)

辻はよろこびに打ち震えた。ジュイスすらいない状態で、辻はゲームをアガる手だてを整えてしまったのだ!

「物部さん、こっちは携帯使わずにチェックメイト見えてきたぜ」

辻は物部があがく姿を嘲るように、1番の活動履歴をスクロールしていった。その中で一件、気になる履歴があった。

国税局に電話

「……国税局?」辻が眉をひそめる。

「2G大変! マル査《サ》が押しかけてきてる」アシスタントの女の子がデッキをあがってきた。

桟橋を見ると、段ボールの束を抱えた背広姿の男たちが、列をなして辻のクルーザーに向かってくる。国税局査察部の局員だろう。海上にもボートが何艘か、クルーザーを取り囲むように横付けされている。

「やってくれたな……」

暴力団とのつながりがバレたらヤバいかな、と頭の隅で考える。意外に冷静な自分がいた。切り抜ける自信があるからだ。

アシスタントを押しのけて、査察官がデッキにあがってきた。

「辻、仁太郎さんだね」そう言って、強制捜査の礼状を形式的に広げる。「しばらく、臭い飯を食うことになるぞ」

辻は肩をすくめた。夜空を仰ぎ、大仰に手を広げる。

「んだよー、せっかく俺がうまいこと一億総被害者にしてやろうと思ってたのに。六十五年加害者やってきてうんざりしてんだぜ、国民はさあ」

「何が被害者だ！　被害者はあの若者たちの方だろう！」

査察官が壁に飾られた〈AKX20000®〉のポスターを、顎でしゃくった。

暴力団よりそっちがあったか。辻は肩すかしを食らったように感じた。

そういえば昨晩、物部はアトリエにきたときに言っていたではないか。「どういう仕組みで君に金が転がり込むの」と。

「確かに〈AKX20000®〉にギャラ払ってねえか」辻はとぼけた顔をする。

（物部さんは大きな判断ミスをしたな）と心の中でつぶやく。最初から辻を逮捕していれば、ジュイスを破壊する必要もなかったのだ。

物部は辻のジュイスをミサイル攻撃し、物部のシナリオに於ける不確定要素を排除したつもりだったのだろう。だが結局、〈AiR KING®〉Tシャツの背中の文字〈OUTSIDE もっと撃って来いよ！〉によって、辻は諸外国にまで影響を及ぼすことに成功した。辻はたった一枚のTシャツで、この国の空気を変えてしまったのだ。

だが、辻はそれが負け惜しみであることにすぐ気がついた。国税局の査察が入ろうとも、辻がノブレス携帯によって手出しができないようにした――物部の行動は完全に計算され、裏打ちされている。

「けど、まだこっちにも、駒が一個残ってる」査察官の厳しい眼差しに肩をすくめながら、辻はひとりごちた。「すべてが計算通りにはいかないぜ、物部さん」

6

八月十五日午前三時。

横浜の繁華街はもう大半が閉店していた。ピンク色の提灯がいくつもぶら下がった通りに、人影はない。結城亮は辻の手配した拳銃とパスポートを受け取るために、路地裏に歩を運んだ。ダッフルコートを着たからだが、夜の熱気で火照る。手で顔の汗を拭った。

自分に、人殺しができるだろうか――？

確かに半年間に渡って9番を暗殺する申請を続けてきた。だが、それは電話を通じて依頼していただけで、実際に自分が拳銃であの男を殺すとなると、勝手が違ってくる。

結城は彼に死んで欲しいのであって、自分が殺したいわけではない。

辻の手配してくれたことには感謝している。やはり彼を頼ったのは正解だった。あんなにも親身になってくれるとは思ってもみなかったことだ。面倒臭がらず、辻は黙って話を聞いてくれたし、ご飯もごちそうになった。サラダまで盛ってくれたときは、やさしさに泣きそうになった。

物部のミサイル攻撃によって、辻は強制的に〝退場〟させられたそうだ。

「俺も物部さんの被害者なんだ。ま、結城くんが体験してきた地獄とは比べ物にならないけど」

「彼を殺したい」そう伝えたとき、辻は賛成してくれた。彼は早速、拳銃と偽造パスポートを手配してくれた。

どうして外国人のパスポートが必要なのか問うと、彼を殺した後も警察に捕まらないようにするためだ、と辻は言う。暗殺を、外国人の犯行に見せかけようというのだ。

そんなにうまくいくものか——実際に彼を殺すのは自分だ。拳銃といえど、ある程度は接敵しなければならない。彼が《飯沼誠次朗後援会》によって連れ去られた今、公の場に姿を現すことはもうないように思う。だとしたら、彼のいる別邸に、どうやって侵入したらよいのか？

彼を殺す前に捕まってしまう可能性だってある。

次から次へと不安が頭を過《よ》ぎる。手はさっきから震えっぱなしだ。結城はコートのポケットに手を突っ込んだ。中に現金の入った封筒がある。百万円近くはある気がするが、札束など手にしたことがないので、金額の見当がつかない。

ふと、このままどこかに逃げようと考える。9番殺しなどどうでもいいではないか。ミサイル攻撃は過ぎたことだ。彼を殺したからといって、自分の暮らしが上向くわけではない。

一方、手元の札束を持ち出せば、当分は人間らしい生活が送れる。洋服も買える。この金でアパートでも借りて、ちゃんとした住所を手に入れれば、職を手にすることだってできるかもしれない。少なくとも、ホームレスの生活からは抜け出せる——。

そんなことを考えながらも、結城はどんどん目的地へ向かっている。引き返すなら、今だ。

「おい」背後から声がかかった。「お前か?」

振り返ると、野球帽を目深に被った男が立っていた。柄の悪そうなアロハシャツを着ている。日本語のイントネーションがおかしかった。おそらく、外国人だろう。

男はすばやく周囲に目を走らせ、無言で油紙の包みとパスポートを差し出す。

突然のことに戸惑う結城に、男は包みとパスポートを強引に押しつけた。「マネー」とドスのきいた声で言う。

結城はあわてて、ポケットから封筒を取り出した。差し出す前に男は封筒を奪い、中身をチラと確認する。もう一度周囲を見渡すと、男はその場を離れていった。

あっという間のできごとに、結城はしばらく呆然としていた。拳銃と身分を買ったという実感がまったく湧いてこない。

渡されたパスポートを開く。結城の顔写真が貼りつけられている。外国人の名前になっていた。苦笑が自然と浮かんだ。

「僕、もう日本人じゃないんだ……」

油紙の包みを解くと、中からは拳銃が出てきた。安全装置すらない。グリップに共産圏国家のシンボルマークである星印があった。コピー生産されたトカレフだろう。ポケットに突っ込み、中に入れたまま握る。意外に重たい。そのまま腕を上げ、まっすぐに伸ばして構えてみる。コートの裾が持ちあがる。

札束はなくなってしまった。もう、9番を殺すしかない。それとも、この拳銃で自分の頭を撃ち抜くか。試しに口に入れようとしたが、恐ろしくて途中でやめてしまった。

ポケットの中には、封筒とは別に辻がくれた〝お車代〟が残っている。二万円。結城は表通りでタクシーをつかまえると、辻に教えてもらった住所を告げた。目的地は広尾。飯沼誠次朗の別邸だった。

7

二〇一一年八月十五日午前零時。

もう三十歳になろうとしていた。自分でも信じられない。トイレの鏡に映っている自分の顔が、三十男のそれとはとても思えなかった。

子供のころ、三十歳になったら、自動的に「課長」になれると思っていた。背広姿で左手の薬指に結婚指輪を輝かせ、「子供の誕生日なんだ」と言って飲みに行くのを断ると、後輩の女子社員から「課長って素敵ですね」と言われる。そう、本気で信じていた。

ところが、弘瀬《ひろせ》悠大《ゆうだい》は今もまだニートだった。

空港の男子トイレで、弘瀬は作業ツナギに〈AiR KiNG®〉Tシャツを着た自分の姿を見て、愕然としている。

いいのかこれで？　弘瀬は何度も自問した。そして、決まってある結論に辿り着く。自分がニートのままなのは、あの男のせいなのだ。「消費の楽園に連れていく」と言って二万人のニートをドバイに送り込んだあの男。岡田信太郎のせいだ――。

弘瀬は〝迂闊な月曜日〟に住民を避難させた、約二百人の精鋭ニートの一人だ。十八で上京して、中堅大学の建築学科を卒業。希望通り建築事務所に入ったが「自分にはもっと格好いいことができる気がして」退社。その後バイトを転々としながら、気づけばもう十二年もニートのままだった。

二〇一一年十一月二十二日。岡田信太郎の招集に応じ、弘瀬たちは横浜を標的としたミサイル攻撃から住民を守った。ところが、ミサイル攻撃を事前に知っていた弘瀬たちは、反対にミサイル事件のテロリストではないかと疑われてしまったのだ。

岡田は、弘瀬たちから疑惑の目を逸らすために、あえてミサイル事件のテロリストとして名乗り出たのだ。〝滝沢朗〟として——。

精鋭ニートを助けるためにミサイル事件のテロリストを名乗り出た岡田——滝沢に「騙された」と勘違いしたニートは豊洲に大挙して押し寄せた。

残念なことに、ネットの掲示板でミサイル攻撃避難誘導のオフ会を開いたときには、全国でたった二百人しか集まらなかったのに、掲示板を見ていただけで実際には避難誘導に参加しなかったニートまでが豊洲に集まり、彼らは騙された被害者面《づら》をして滝沢を糾弾した。

弘瀬は滝沢を〝岡田〟として認識していたが、彼は他に〝長谷川〟〝渋谷〟〝廣瀬《きせ》〟〝細澤〟と地方によってそれぞれにちがう偽名を使いわけていたようだ。事実、豊洲に集まったニートたちは彼を異なる名前で認識していた。

それが、実は〝滝沢朗〟だったという事実……。

もはや彼が本当に〝滝沢朗〟なのかも疑わしかった。〝滝沢朗〟もまた偽名である可能性だってあるのだ。

ニートたちは滝沢を罵った。やましいところがあるから本名を隠していたんじゃないのか？

そんなニートたちから、滝沢は衣服を取りあげた。もちろん、弘瀬たち精鋭ニートからも。全員が、全裸にされ、放水され、消毒されて、コンテナ船に積み込まれたのだ。

それまでは、精鋭ニートたちは大概、滝沢に同情的だった。実際には避難誘導に参加してもいないヤツらが、約一万九千八百人も豊洲に集まって、ミサイル攻撃からこの国を救った男を批判している——人の揚げ足をとって勝ち誇っているような連中は、まとめて全裸にして、性根を叩き直したくもなるというものだ。

　同時に、テロリストと疑われた弘瀬たち精鋭ニートにとって、海外に送られること自体は、ほとぼりが冷めるまでの逃亡という意味合いもあった——だから弘瀬たちは、むしろ滝沢に同情的だったのだ。全裸でコンテナに積まれるまでは。

　約二週間後。弘瀬たちを乗せたコンテナ船が到着したのは、建設バブルが弾けたドバイ首長国だった。弘瀬たちは、完成するかも定かでないホテルやマンションの建設現場で強制的に働かされた。鉄くず拾いをしたり、セメントを運んだり、交通整理をしたり、足場を組みあげたり……。一日十四時間以上の労働で日給約五百円。最初は汗水流して働くことがばかばかしかったが、毎日からだを動かしているうちに、充実感を味わうまでになっていた。日々、働いた結果が、建築物という形で築きあげられていく——疲れ切って労働者キャンプに帰っても、どこかじんわりと達成感を味わっていた。何かをコツコツ続けるというのは、ここ何年か忘れかけていた感覚だ。

　それに、一応は建築学科を卒業していた弘瀬は、建設図面が読めた。そのお陰で、ニートの労働者を束ねる現場監督を命じられるまでになった。弘瀬はいつしか「こんな生活もわるかあねえ」と思うようになっていた。

　強制労働は一ヵ月近く続いた。どうやらニートたちは、青年海外協力隊事業の一環として、ドバイに送り込まれたことになっていたらしい。ある日、外務省の役人が二万人を迎えにきたのだ。

これで日本に帰れる——まわりのニートたちははしゃいでいたが、弘瀬は素直によろこべなかった。日本に帰ったからといって、また退屈な日常が待っているだけではないか。ドバイにいれば、一応は現場監督として、責任ある仕事を任されるという充実感はある。

出発の当日。弘瀬の想いが通じたのか、帰国が延期になってしまった。ドバイのジュベル・アリ港は、アラブ諸国のさまざまな積荷が集中するため、混雑することで知られている。結局、予定より一週間遅れて帰国することになった。ただし、彼らは帰国のときも全裸にされて、コンテナに押し込められたのだが……。

帰国することになってふたたび滝沢朗に怒りの矛先が向けられる。ニートたちは航海中に、コンテナの中で暴れ出した。船員が食料を持ってきたときを見計らって、ニートたちは反乱を起こしたのだ。

コンテナ船を占拠した弘瀬たちは、滝沢朗のいる豊洲へと舵《かじ》をとった。ショッピングモールに接岸するや、雄叫びをあげて侵攻を開始した。

瞬く間にニートの軍勢はショッピングモールを占領し、滝沢の姿を探した。あいつを一発殴らなければ気が済まない。

だが、ニートたちは一枚岩ではなかった。多くのニートが、自分の携帯電話を見つけると、滝沢への怒りをすっかり忘れてしまったのだ。

そんな中、歴史的なあの演説がはじまった。

〈もまいら、二ヵ月ぶりの日本の空気はおいちーでつか？〉

ＩＰ電話を通じて二万人のニートに電話をかけてきた滝沢は、強制労働から帰国した彼らを嘲笑うかのような口調だった。一ヵ月間のドバイでの強制労働と、片道二週間の船旅で、ニートたちにとって豊洲に辿り着いたのは二ヵ月ぶりだった。そんな自分たちを嘲笑うとは何事か。ニートたちは滝沢への憤懣《ふんまん》やる方ない思いを炸裂させた。

滝沢は、ふたたびこの国をミサイル攻撃し、ニートたちも生き証人も抹殺すると宣言した。この非常事態から日本を救えるのは、二万人のニートたちだけだった。弘瀬たちは持っている知識の限りを尽くして、ミサイルの迎撃方法を《東のエデン》に書き込んだ。そして滝沢のミサイル攻撃を阻止することに成功したのだ。

二万人は寒空の下、全裸のままショッピングモールの屋上にいた。彼らの目の前で、日本中に降り注ぐミサイルが、彼らの考えた方法によって迎撃されていった。ミサイルが撃ち落とされる瞬間を、弘瀬たちは無我夢中で携帯カメラに収めた。そして、ニートたちは事の本質にようやく辿り着いたのだ。ミサイルを迎撃しているのは、滝沢だということに。

彼はこの国をミサイル攻撃から守るために、あえて自分たちを怒らせて一致団結させ、ミサイルを迎撃する方法を考えさせたのだと。

迎撃後の空は、厳かな雰囲気に包まれていた。彼らが仰ぎ見る先には、太陽を背にした滝沢がいた。メリーゴーランドの屋根の上に立ち、その手は雄々しく空を指していた。**嗚呼、我らが王を称えよ。**

そこに、機動隊が突入を開始し、滝沢を拘束した。弘瀬はいつの間にか雄叫びをあげていた。

「我らが王を奪還せよ！」

滝沢奪還作戦がはじまった。男たちは寒さなどものともせず、体中に熱い血をほとばしらせた。弘瀬たちはたちまち滝沢のいる棟に渡って機動隊と衝突。だが数で勝るとはいえ、武器を装備した機動隊に対し、丸腰の——全裸の彼らにはなす術もなかった。

彼らはあえなく身柄を拘束され、滝沢の行方もわからないまま警察に連行された。そこからだ。飼い主を求める犬が如く、滝沢を求める日々がはじまったのだ。

警察の取り調べに対し、弘瀬たちは黙秘を続けた。それがせめてもの抵抗だった。やがて釈放された二万人は、《東のエデン》からショッピングモールを借り受け、そこでかつて滝沢さえ成しえなかったことを実現した。ニートのままでいながら、楽園を築いたのだ。

のみならず、インディーズレーベルとはいえ、アーティストとしてデビューしないかというオファーまで入った。弘瀬たちは〈AKX20000®〉としてデビューして、芸能活動をはじめた。〈AKX20000®〉は有名になった。ステージで拍手を浴びるのは悪い気分ではない。観客の中に女性客を見つけたときは、うれしかった。女に見向きもされなかったニートの自分が、女に注目されている！

ニートが人に誉められることなど滅多にない。その自分が、誉められている気がして、優越感に浸った。自分たちの時代がきたのだとはじめて感じていた。〝ニート〟であるという負い目や焦燥感から解放された感じだ。気持ちに余裕が生まれ、えも言われぬ達成感があった。

ミサイル攻撃から住民を避難させたときも、じんわりとこの達成感を味わった。ドバイでの強制労働でもそうだ。過酷で困難なことをやり遂げ、しかもそれが誰にも知られなかったとしても、弘瀬は自分の中で達成感を得たのだ。

だが、ステージの上ではそれが簡単に得られた。全裸になれば、観客の歓声と拍手を浴びられるのだ。

この感覚をもっと味わいたくて、弘瀬は女の子に〈AKX20000®〉のライブのチケットや〈AiR KING®〉グッズを配って回った。女の子はみんなよろこんでくれた。「もっとちょうだい」と言われると、頼られている気がして気分がいい。自分が一段上のステージに上がったような気がする。

弘瀬たちは歌い続けた。

被害者になりたい
被害者になりたい
俺たちは被害を受けたじゃないか!
だから俺たちは被害者だ!
被害者最強!　※

※ Repeat

最初のうちは、何もしていないのに、毎日こんなに気持ちよくなってしまっていいのかと罪悪感が首をもたげることもあったが、近ごろではもう空気のように当然のこととして受け入れていた。

だがそんな夢のような暮らしも長くは続かなかった。〈AKX20000®〉の人気が下降しはじめたのだ。

全裸になる以外に特に芸を持たない二万人は飽きられはじめ、また、滝沢を救世主と崇める自分たちが、被害者面して彼を加害者にするのは、さすがに気分が乗らなかった。

それに、金だ。寝る暇がないくらいにテレビ番組に引っ張りだこだったのに、弘瀬たち〈AKX20000®〉には一切給料が支払われていないのだ！　これは一体どういうことなのか。

自分たちをプロデュースしている男は、一度だけ豊洲に顔を出したきりだった。現場には現れず、常に代理の人間を通じて連絡事項を伝えてきた。ギャラの件で問いつめても、代理人ではまったく埒《らち》があかない。

一度豊洲の〝業者〟が、弘瀬にそのプロデューサーについて聞いてきたことがあった。弘瀬は自分と同世代の〝業者〟に戸惑いつつも、プロデューサーが横浜港に停泊しているクルーザーを事務所にしているらしいこと、そこでは毎夜、クラブミュージックが流れ、パーティーが開かれていることを教えた。それはニートたちのあいだでささやかれている噂だった。

真夏にもかかわらずダッフルコートを着たその〝業者〟は、「あいかわらず羽振りがよさそうだ」と言ってふらふらと歩き去った。

さんざん〈AKX20000®〉と持て囃された後、所詮、弘瀬たちはニートなのだと思い知らされただけだった。搾取され、利用され、そして当たり前のように切り捨てられていくのだ。ドバイでは現場監督にまでなった弘瀬が、日本では無職のニートに成り下がっている。

しかも弘瀬たちは公安にマークされていた。〈AKX20000®〉の一人は赤信号で道路を渡っただけで補導され、無点灯で自転車を漕いでいた同志も捕まって尋問を受けたという。連中は何かしら逮捕の理由を探しては、定期的に弘瀬たち〈AKX20000®〉の動向を監視していた。

二日前。豊洲の〈AKX20000®〉の事務所に〈Careless Monday Production®〉のプロデューサーから直接電話がかかってきた。偶然電話に出た弘瀬が、ここぞとばかりにギャラの文句を言ってやろうとしたら、プロデューサーは、意外にも滝沢の帰還を告げた。「あいつが呼んでるぜ」と――。

滝沢朗は〝飯沼朗〟という新しい偽名を使ってニューヨークに潜伏していることが明らかになったのだ。しかも飯沼朗は、脳溢血で倒れた飯沼誠次朗内閣総理大臣の私生児として、パスポートまでメディアに公開されていた。

「おもしれえじゃねえか……」ニュースを聞きつけた弘瀬は不敵な笑みを浮かべた。「しかも今度は名前だけでなく、過去まで捏造しやがって！　どうしてもっと早く帰ってこなかったんだよ！」

弘瀬たち二万人のニートは、〈AiR KING®〉Tシャツを着て成田空港に集結した。今度こそ滝沢を奪われはしまいと誓った〈AKX20000®〉と、睨みをきかせる空港警察とは一触即発の状態だった。

それから二日が経った。緊張状態が続くはずもなく——続くようならニートなどやっていない——彼らは空港に集まった目的を忘れつつあった。報道陣にインタビューを受けると、例のえもいわれぬ〝快感〟が得られる。まるでテレビ中継の背後で必死にピースサインをする中学生並みに、ニートたちははしゃいでいた。

滝沢は未だに現れない。

弘瀬は何度目かの大きな息をついた。少し静かなところへ行きたかった。喧騒に沸くロビーから、なるべく離れたトイレを探し、個室に入って用を済ませる。水を流して個室を出ると、〈AiR KING®〉Tシャツを着た男が、洗面台の前で携帯電話を眺めていた。

弘瀬はかっと目を見開いた。

間違いない。あの男だ。

「お、岡田——」思わず声をあげる。「じゃなくって滝沢！」

弘瀬は興奮を抑えられず、滝沢に摑みかかっていた。怒りともよろこびとも高揚感ともつかぬ思いが、弘瀬の中に込みあげる。歯を食いしばりながら「見つけたぞお……！」と唸る。

「いや、い今は飯沼だけど……」

滝沢は困惑顔だ。彼はトイレの出入り口を指し示し、唇に人差し指を当てた。

「今、外で《飯沼後援会》が見張ってるんだ」

「つうかお前……」出入り口を確認した後、弘瀬が声を潜める。「〈AiR KING®〉の次は総理の息子って、何考えてんだ。しかも俺たちまで空港に呼び出しやがって、今度は何やらかすつもりだ。また全裸祭りじゃねえだろうな？」

「もしかしてお前、二万人ニート？　ってことは、2番の奴が空港に集めたのか？」

滝沢はまた自分の携帯電話を操作しようとした。

弘瀬は滝沢の襟首を掴み、押し殺した声でドスをきかせた。

「何言ってんだ。お前のおかげでこっちはにっちもさっちもいかねえんだよ」

この半年が走馬灯のように脳裏を駆け抜けていった。確かに、反省すべき点もある。誉められたいだけで、何も努力してこなかったこと。コツコツ努力することを学びながら、すっかり忘れていたこと。テレビに出てはしゃいでしまったこと……。

でもとにかく、今はこの男にすべてをぶつけたかった。滝沢なら、自分の思いをすべて受け止めてくれるはずだ。

「〈AKX20000《えーけーえっくすにまん》®〉とかってチヤホヤされたと思ったら、あっという間に古いとか言われてよう。これじゃあニートやってた方がマシだ……」

そう言って弘瀬は滝沢を、糾弾するようにまっすぐ指差す。

「責任取れっ」

「何だかよくわかんないけど、それ俺のせいかなあ」

「そうだっ。お前のせいだっ」

声をひそめてつっかかる弘瀬を前に、返す言葉も見つからないのか、滝沢は苦笑いを浮かべている。彼は「んー」と唸って頭を掻くと、何かひらめいたように微笑んだ。

「わかったわかった。それじゃあさ、また一つ頼まれてくんない？」

彼の申し出に警戒しつつ、弘瀬は身を乗り出す。

「……また、おもしろくなってくるんだろな？」

「ああ……。多分ね」

そう言って滝沢は、屈託なく白い歯を見せた。


弘瀬は滝沢に言われるまま服を取り替え、〈AiR KING®〉Tシャツの裾《すそ》を前からまくり上げて顔にかぶせた。

「もうすぐ外に連れ出されると思うけど、できるだけ長く顔を隠しといて」

滝沢はそう言って個室に入り、静かに戸を閉めた。

次の瞬間、トイレの入り口が開き、誰かがつかつかと弘瀬に近づいてきた。

「いつまで待たせる気だね。マスコミやニートたちが嗅ぎつけてきとるんだから、早くしなさい」

弘瀬は、男の声に顔を向けた。相手が、はっと息を呑む気配がする。

（気づかれたか……？）

弘瀬は頭の中で次の手を考えはじめていた。何としても我らが王を守らなければならない。これはこの半年間、彼を消費することで〝働かなくても〟暮らせてきた自分への戒めでもある。ここであの男に半年分の借りを返しておかなければ、自分は一生、ニートのままでいるような気がする。

男を壁際に押さえつけて、その隙に滝沢を逃がすか？

あるいは刺し違えても――。

しばしの沈黙ののち、男は「そうそう。そんな風に顔隠しといて！」と早口に言うと、弘瀬の腕を取った。滝沢を待ち受ける人々の注目を避けるには、好都合だと思ったのだろう。

しばらく廊下を連れられ、エレベーターに乗る。建物から出た、と思った瞬間、大勢の人にもみくしゃにされ、無数のフラッシュが焚かれるのがわかった。連れの男が怒鳴りちらし、弘瀬を車の後部座席に押し込む。叩きつけるようにドアが閉められたが、車はなかなか進まなかった。フラッシュが雨のように続いている。報道陣が車を取り巻いているのだろう。

ようやく車が走り出したのは、一時間も経ったころだろうか。しばらくして、おずおずと声が交わされるのが聞こえる。「ヘリも車も追ってこないな」「ミサイル攻撃の直後ですから、そちらに回っているのでしょう」車内に安堵が広がったところで、弘瀬に声がかけられた。

「もう顔を出していいぞ」

弘瀬は勢いよく顔を突き出した。目の前で、年配の禿頭が目を剝いている。

「じゃ～ん、飯沼朗じゃなくて残念だったな！」

「だ、誰だ、お前？」

急停止した車から、弘瀬は道路に投げ出された。車は即座に走り出し、来た道をUターンしていった。

「今ごろ戻ったって、見つかりゃしねえよ！　ざまあみろお！」

深夜の道路に弘瀬の声が響き渡る。彼は拳を突きあげて大声を出した。久し振りに痛快な気分だった。やり遂げた、滝沢の役に立った。何か吹っ切れた気がした。

何もしていないのに気持ちよくなってしまうのは、実は恐ろしいことだったのだ。弘瀬はまた、滝沢から学んだものがあるように感じている。

（こつこつ真面目に働くか。その先の本当のよろこびを手にするために……）

そんな気になっていた。

8

八月十五日午前二時半。

お盆休みのせいかさすがにこの時間になると、渋谷のスクランブル交差点に通行人の姿はほとんどなく、街はすっかり静まり返っている。森美咲は路肩に停めた大杉の営業車を降りると、ハチ公前まで駆けていった。

先に着いていた良介が、赤ん坊を抱きかかえるようにボストンバッグを持って立っている。バッグからはちょこんと豆柴が顔を出していた。良介は走ってくる咲に気がつくと、手をあげて笑顔を見せた。咲は息を切らせて、待たせてしまったことを詫びる。

「ごめん。空港方面の道が混んでて……」

良介は微笑んだまま、咲をいたわるように答えた。

「忙しそうだけど、たまには家にも顔出せよ」

「うん――」

「ほい、豆柴」

良介がそっとボストンバッグを差し出す。豆柴は咲の方に身を乗り出し、うれしそうに鼻を鳴らしている。思わず咲も豆柴に笑いかけたが、すぐに表情を引き締める。

「今日のこと、また後で説明するから」

「こっちのことは気にすんな」

そう言って良介はごつごつとした手で咲の頭をなでた。彼は相変わらずやさしい言葉をかけてくれる。半年前、内定を蹴った咲の就職先を世話してくれたのは良介だった。卒業旅行から朝帰りしたときも、内定者面談をキャンセルして朝帰りしたときも、彼はやさしく出迎えてくれた。良介はいつも自分のことを見守ってくれている。

たぶん良介は咲の気持ちに気がついている。姉の朝子から良介を紹介されて以来、咲は良介に憧れていた。ずっと彼のことが好きだった。

でも良介は咲の想いに気づかない振りをしていたのだ。咲のお兄さんでいてくれた。

「ありがとう……」彼の優しさに胸が詰まる。

咲を見おろす良介は、黙ってうなずいている。

豆柴の入ったボストンバッグを両手に抱えて、咲はその場を後にした。

「やっと、本気で打ち込めるものを見つけてくれたか」

良介は、穏やかな表情で彼女を送り出した。


三宿に着いたときには午前三時を回っていた。豆柴は落ち着かなくなり、助手席の窓から顔を出して周囲をきょろきょろ眺めている。

〝羽の生えた豆柴が看板犬のお店〟——旧エデンシステムにアップロードされていたタイ風居酒屋《ＨＹＮＥ》は、住宅街の片隅でひっそりと営業していた。小さな雑居ビルの一階、アジアンテイストのすだれがかかった窓から灯りがこぼれて、路面をぼんやり照らしている。入口に置かれた極彩色の看板にスポットライトが当たっていた。まだ営業中のようだ。

大杉は、車道を挟んだすぐ向かいのコインパーキングに車を入れた。咲はボストンバッグごと豆柴を抱き、静かに車を降りる。パーキングの看板の陰から店の様子を窺う。大杉もすぐに咲の横につき、窓の奥に目をこらした。

すると急に、豆柴が暴れ出した。咲が頭をなでてなだめるが、車道に飛び出していきそうな勢いはおさまらない。店から完全に目がそれてしまったところで、ドアのベルがからん、と鳴った。

店から一人、女性が出てきたのだ。民族衣装風のドレスを着ている。電飾のコンセントを抜き、立て看板を折り畳む。

豆柴は身を躍らせ、バッグから飛び出した。咲が止める間もなく、女性に向かって駆けていく。飛びつかれた女性は一瞬驚いたようだが、豆柴の背中の羽に目をとめて、表情をほころばせた。

「アンちゃん?」女性は膝を折ってしゃがみ込むと、足元でうれしそうに跳ね回る豆柴を抱きあげた。「よく戻ったねえ〜」

(飼い主だ)咲は確信した。彼女こそ〝迂闊な月曜日〟のときに豆柴を連れて歩いていた、滝沢のお母さんだ。

豆柴が戻ってきたということは——その意味に気づいたのだろう、女性もこちらに目を向ける。

咲と大杉は軽く会釈をして、道路を渡った。女性は会釈を返さず、二人を正面から見据えたままだった。


豆柴は〝アンジェリカ〟という名前だった。

《HYNE》の店主・岩下あやは、豆柴の飼い主であったことをあっさりと認めた。豆柴に羽のハーネスをとりつけたのも、彼女だった。

なぜ豆柴に羽をつけたのか? 彼女は自分の出身地・福岡の古い言い伝えに〝羽《は》犬塚《いぬづか》〟とい

うのがあって、そこからインスピレーションを得たのだと言った。

安土桃山時代の天正十四年、九州遠征の際に筑後に陣を構えた羽柴秀吉《はしばひでよし》は、犬の肉を好んで食した。〝犬の肉を食う〟習慣のなかった家来たちは、秀吉の命令でしかたなく犬を狩り、その肉を食べた。

ところが、家来たちは犬の肉に味をしめてしまった。犬の肉にはまってしまったのだ。たちまち筑後に犬がいなくなった。秀吉に「犬を探し出せ」と命じられた家来たちは、犬を見つけられないことに責任を感じて、次々に切腹していった。

これに心を痛めた秀吉は、家来を集めてこう言った。「昨夜、羽のついたお犬の神が現れたので、もう犬の肉は食わない」と。

この羽の生えたお犬様の塚が建てられ、その一帯を〝羽犬塚〟と呼ぶようになった。タイ風居酒屋《HYNE》の名も、その言い伝えにちなんだという。

「懐《ふところ》の大きい秀吉の人間性が、私は好きでね」

そう言いながら、あやは煙草をゆっくりと吸った。店のテーブルを挟んで、咲と大杉が座っている。時間がない。咲はあせっていた。だが何から話をしたらいいかわからない。

「〝羽犬塚〟にちなんで羽をつけたのに、何で名前は〝アンジェリカ〟なんですか」

「でも、いい名前でしょ？」

ひらり、とはぐらかされる。豆柴はあやの足元でビーフジャーキーを無心にかじっている。いたたまれなくなった咲は、滝沢のことを手短に話した。

「それで？　私がそのミサイル犯の母親だっての？　ありえないよ」

あやはばかばかしいと言わんばかりに、苦笑いを浮かべた。煙草を灰皿でもみ消す。

「考えてもごらんなさいな。その子がニューヨークで母親と暮らしたのは、五歳までなんでしょ？　子供のころの記憶ほど、当てにならないものはないよ」

「じゃあ、〝迂闊な月曜日〟のとき、豆柴を置いて逃げたのはなぜなんですか？」

あやは新しい煙草をくわえて火を点けた。煙をゆっくり吸い込む。咲と大杉にかからないように、彼女は顔を逸らして紫煙を器用に吐き出した。

「逃げろって言われたから逃げたの。おかげで命拾いしたけど、住んでた部屋はめちゃめちゃよ」

「ニューヨークにいらしたことは？」

「あるよ。長〜い旅行だったけど」

「泊まってたのはグラマシー・ホテルですか？」

「さあ」

「近所には、アンジェリカって映画館もありました。豆柴と同じ名前です。それは偶然ですか」

あやが一瞬言い淀む。「なんじゃない？」

「……じゃあ、お子さんは、いらっしゃいますか？」

むきになって畳みかける咲にうんざりした様子で、あやは深いため息をついた。

「いたこともあったね……」

「それはいつのことですか?」

あやはだんまりを決め込んだまま、煙草を吹かす。そして自分が吐いた煙を見あげている。

質問攻めを止めた咲は、改まった口調で言った。

「彼は、五歳のとき、お母さんに捨てられたって言ってました」

大杉は驚いて咲を見た。大杉には、初めて聞く話だった。

半年前、滝沢と出会って日本に帰国した咲は、日の出埠頭で互いの身の上話をした。咲は、両親が死んで姉夫婦の世話になっていることを、滝沢は、ふと思い出した母親との記憶を語ったのだ。〝五百円〟を渡されて、「何でも好きなもの買ってきなさい」と言われた滝沢は、しかし、その五百円で買い物をしているあいだに、母親に置き去りにされた。

このことは、平澤たちには話していたが、大杉には話したことはなかった。

あやは吸い差しの煙草を無表情のまままもみ消した。

「わずかなお金を渡されて、デパートのレジで振り返ったときには、お母さんはいなかったそうです」

咲はあえて〝五百円〟という金額を伏せて言った。もしあやが〝五百円〟と口に出したら、それで滝沢の母親だということを証明できる。

咲の必死の想いに気圧されたのか、渋々といった体《てい》であやが答えた。

「確かにそれ、私っぽいけど……」

気まずい沈黙が流れる。あやは〝五百円〟に触れない。

まんじりともせず会話を見守っていた大杉は、沈黙に耐えかねておずおずと手をあげた。

「ちょっと……お手洗いをお借りしたいんですけど？」

あやがぶっきらぼうに店の奥に向かって顎でしゃくる。大杉が席を立った。

咲はそこで、マンゴーラッシーを注文した。断られると思ったが、あやは黙って調理場へ消えていった。

ここで〝滝沢以前〟を見つけなければ、もう望みはない。腕時計を確認する。午前三時四十分。〝飯沼朗〟に書き換えられてしまうまで、あと四時間しかない。何としてでも彼女から〝滝沢以前〟の手掛かりを引き出さなければならない。

咲は顔をあげ、改めて店内を見回した。壁には、たくさんの写真や芸能人の色紙《しきし》が貼りつけられている。あやが客と一緒に、楽しげに写っている写真も何枚もある。あやはいろんな人から自然と好かれるタイプのようだ。人好きのするところは、どこか滝沢に通じる気がする。

大杉が足早にトイレから戻ってきた。調理場にいるあやの方をそわそわと窺ってから、咲の隣に座り直す。

「咲ちゃん、これ、トイレに貼ってあったんだけど……」

大杉は小声で言って、テーブルの下で手だけ動かし、一枚の写真を差し出した。どうやらトイレにも多数の写真が飾られていたらしい。

咲は姿勢を崩さず、視線だけを写真に落とし、目をみはった。

メリーゴーランドに乗ったカップルの写真。女性の方は、あやだった。今よりもずっと若い彼女のお腹は、ぽっこりと張り出しており、妊娠しているようだ。

「これって……」

「そう。多分あの人の若いころ」大杉がもう一度調理場の様子を窺い、さらに声を低くする。「で、その後ろの人」

大杉に言われて、改めて写真を見る。あやの背後で、朗らかに笑う男性の顔。すぐには思い出せなかった。だがどこかで見覚えがある。記憶を懸命に辿る。ぱっと頭に浮かんだのは、総理大臣の顔だった。口ひげはないが、間違いない。若かりしころの飯沼誠次朗だ。

「飯沼……総理？」

「やっぱ？　だよね？」

「どういうこと……」

「これってつまりさ、〝滝沢が飯沼誠次朗の私生児〟って筋書きは、ジュイスが捏造したんじゃなくて、本当のことかもしれないってことだよ」

大杉が動揺した声で言う。

マンゴーラッシーを用意したあやが、カウンターの脇から出てきた。やはり彼女は何かを隠している。証言してもらおう。咲は決意を固めていた。

9

八月十五日午前一時。

弘瀬を滝沢と思い込んだニートと報道陣の混乱に乗じて、弘瀬のツナギに身を包んだ滝沢は成田空港第一ターミナルを抜け出した。

さて、どうやって海ほたるに行くか——。ターミナルの出口には、バスやタクシーが何台も停車している。滝沢朗までの記憶は取り戻せたが、それ以前の記憶はまだ完全には思い出せていない。そもそも海ほたるへはどうやって行ったらいいのか……？

そこへ作業着姿の中年男が、ビッグスクーターに乗って通りがかった。これからターミナルに用事があるらしい。滝沢のすぐ近くの路肩に停車すると、エンジンを切った。

「やあ！」滝沢は笑顔で歩み寄る。

ヘルメットを外しながら、作業着の男はきょとんとしていた。

十分後、滝沢は作業員から拝借したビッグスクーターで海ほたるを目指していた。カーナビに〈海ほたる〉と入力し、アクセルを吹かす。高速の夜景が、どんどん背後に流れていく。午前一時半には木更津料金所を通過した。

海ほたるのパーキングエリアには、大型トラックがVの字を描いて駐車してある。その中に、青いトレーラーが九台並んでいた。トレーラーの荷台には、青いシートが被せられた巨大な金属の円筒《シリンダー》。約十五メートルの長さがあり、その横腹には〈SELECAO《セレソン》 No.1〉〈SELECAO No.3〉〈SELECAO No.4〉〈SELECAO No.5〉……と番号が刻印されていた。

滝沢は自分のノブレス携帯を確認する。〈Ⅳ〉〈Ⅴ〉の背番号表示は消えている。なのに〈SELECAO No.4〉と〈SELECAO No.5〉のトレーラーは目の前に存在する。退場したセレソンのジュイストレーラーもこの半年間、移送されていたのだ。

滝沢は、自分のジュイスが積まれているトレーラーを探した。

〈SELECAO No.6〉〈SELECAO No.7〉〈SELECAO No.8〉……〈SELECAO No.9〉。自分のジュイスを見つけて微笑む。

滝沢はそっと運転席を窺った。ドライバーは雑誌をアイマスク代わりに、仮眠をとっている。

滝沢は運転席の窓にそっと忍び寄って、窓を叩いた。

その音に、ドライバーはビクッとからだを反応させた。滝沢は屈みながら〈SELECAO No.9〉のトレーラーの荷台に隠れた。

ドライバーは運転席を降りて、周囲の様子を見回している。

滝沢はすぐにジュイスに電話をかけた。

〈ジュイスです。Nｏ.９《ナンバーナイン》。どうやら有効圏内にいらっしゃるようですね〉

「ああ」ささやき声で返事をする。「実はさ、俺、今、君のそばにいるんだけど、わかんない？」

〈えっ〉

シリンダーに刻印された〈SELECAO No.9〉の文字をやさしくなでる。表面は排ガスですすけていた。手が真っ黒になる。

〈ジュイスは感覚器官を持ち合わせておりませんので、そういったことは、ちょっと……〉

「そっか。びっくりさせようと思ったのにな。残念」

〈申し訳ありません……〉

「謝ることないよ。でも、ようやく会えたね」

滝沢はいたずらっぽい笑みを浮かべると、すすけたシリンダーの表面に、人さし指で落書きをした。円を描く。天秤と剣をあしらった紋章——ノブレス携帯に表示される、ジュイスの印章のつもりだ。だがその絵は間違っていて、スマイルマークのようになってしまった。

〈No.9——なぜジュイスのところに?〉

「うん、君たちがミサイル攻撃を受けたから助けにきたんだけど……それも知らなかった?」

〈はい。で、どうやってミサイルから守るのですか?〉

ジュイスがあまりにあっけらかんと言うので滝沢も拍子抜けした。

「そうね。その方法までは考えてねえや」

そのとき、近くでエンジンがかかった。〈SELECAO No.9〉のトレーラーのドライバーが「おおい!」と声をあげている。トレーラーのうちの一台が走り出したようだ。電話を切って、身を潜めている荷台からそっと首を伸ばす。発進したトレーラーのシリンダーには、〈SERECAO

No.1〉と刻印されていた。

1番のセレソンは、自分のジュイスだけ移送して、海ほたるをミサイル攻撃するつもりなのか？　ちょうど活動履歴が着信した。

〈SELECAO No.1〉のトレーラーを海ほたるから移動

ドライバーが運転席を離れている隙に、滝沢は荷台を伝ってトレーラーの助手席に乗り込んだ。運転席に移ってハンドルを握る。キーは差さったままだ。ジュイスに電話をかけ直した。

〈はい、ジュイスです〉

「ジュイス、俺をトレーラー運転できるようにしてくんない？　『マトリックス』みたいに！」

〈はあ……そもそもNo.9は大型から二輪まですべての運転免許をお持ちですけれど……？〉

「え、そうだっけ？」

無意識にイグニッションキーを回す。エンジンが唸りをあげた。

「ほんとだ」滝沢がにやりと笑う。「で、いいこと思いついたんだ、ジュイス！」

ギアをローに入れ、トレーラーを発進させる。きっとこれで、1番も手出しができなくなるはずだ。

10

八月十五日午前一時。

海ほたるのパーキングエリアに並ぶ九台の大型トレーラーを、青い制服を着た一人の女性が見下ろしていた。彼女の名はユーコ。かつて《ＡＴＯ播磨脳科学研究所》で受付嬢をしていたユーコは、今、木更津方面の海を一望できる無料休憩所で頬杖をつきながら、ジュイスを積んだトレーラーを眺めていた。お盆休みの帰省ラッシュで駐車場は混み合っていたが、ジュイスを覆う青いシートの表面の背番号——サッカーエンブレム風のセレソンナンバーは見失いようがない。さらにシリンダーの横腹には、〈SELECAO No.1〉〈SELECAO No.3〉……と併記されている。ユーコは眼鏡を上げて、疲れた目を揉んだ。もう何時間寝ていないだろう。

そこへ、ユーコと同じ青い制服を着たアカネとフミエが、ハンバーガーをトレイに載せてやってきた。遅れてきたアキコは、ダイエット中だからウーロン茶しかトレイに載せていない。同じテーブルについた四人は、非常によく似ていた。全員が《ＡＴＯ商会》の企業カラーである青色の制服を着ているばかりではない。四人共が同じ眼鏡をかけ、顔立ちも髪の色もみな似通っている。

彼女たちは一卵性要胎——所謂《いわゆる》四つ子であり、亜東才蔵の孫娘だ。

セレソンゲームをはじめるにあたり、亜東才蔵はジュイスとノブレス携帯の秘密を任せるにたる人材を探した。なるべく小規模な組織で運営できるようにゲームを設計したが、それでも数名は必要だ。

亜東才蔵の答えは単純かつ明解だった。信用のおける血縁者をスタッフに据えることで、ゲームの秘密を保持しようと考えたのだ。

そこで呼ばれたのが、アナウンサーをしていたアキコ、図書館で働いていたフミエ、英会話教室に勤めていたユーコ、ブロードウェイに留学してミュージカルの勉強をしていたアカネだった。

十二人の日本代表、セレソンのいかなる申請にも柔軟に対応するコンシェルジュ・システム。ジュイスを完成させるためにも、亜東才蔵は四人のボイスサンプルを必要としたのだ。

派手なメイクが活力を感じさせるアカネ、おだやかだが的確に仕事をこなすフミエ、理知的な判断力を持つユーコ、快活明朗で行動的なアキコ――微妙に異なる四人の性格の〝差分〟が、強力なコンピューティング技術によってジュイスにアップロードされている。気の強いタイプ、おっとりしたタイプ、しっかりしたタイプ、元気なタイプ……ベースとなる四種類の声色から、対応するセレソンごとに異なる性格を成長させていくＡＩ技術。ジュイスの、人間と聞き紛うほどの優れた情報処理能力とユーモアの感覚は、四人のサンプリングがあってこそだった。

その四人が海ほたるにいるのは、ゲームを継続させるためだった。1番によるジュイスへのミサイル攻撃。二日前になされた彼の申請を受け、四人はふたたびジュイスを移送したのだ。半年前、《ATO播磨脳科学研究所》から移送されたジュイスは、場所を特定されないよう今日までずっと移動を続けてきた。

ジュイスを掌握しようとした1番に対抗して、亜東才蔵が申請したジュイスの移送を、実際に手配したのはユーコたち四人だった。研究所に踏み込んだ物部、辻、結城の前に十二個の深い穴が並んでいたのは、ジュイスの本体である全長十五メートルのシリンダーを引き抜いた後だったからだ。

その後、亜東才蔵は、ジュイスを積載したトレーラーを延々と走らせ続けた。12番のたった一つの活動履歴〈ジュイスを秘密の場所に移送〉には無数の詳細ログが付随しており、この半年間に支払われたジュイストレーラー十二台分の運転手人件費とガソリン代が記載されている。だが、今回だけは違う。12番の活動履歴に、九台のジュイストレーラーを海ほたるに移動させる申請は載っていない――これはジュイスを通した12番による申請ではなく、亜東才蔵本人の、Mr.OUTSIDEとしての強権を発動させた結果であった。

Mr.OUTSIDEでありながらプレーヤーの一人でもある亜東才蔵は、たとえどんなハチャメチャな申請がなされようと、これまで一度としてゲームを終了させることはなかった。

ところが今から約二十五時間前、1番によるジュイスへのミサイル攻撃は、ゲームのインフラが破壊されることを意味していた。それでは〝次回〟以降のゲームにも支障をきたしてしまう。

そこで亜東才蔵は、ゲーム継続のための介入を決断した。直接ユーコたちに命じてジュイスを迷走させ、現在地の特定を困難にしたのだ。

「そもそもおじいさまも、1番のミサイル攻撃を却下すればいいのにね」

アキコがやれやれとため息をついた。アカネが答えて言う。

「たとえおじいさまといえど、ジュイスの判断に介入することはできない」

「そういえば、〝ジュイス〟って〈裁判官〉って意味だったたっけ？」

「でも……」フミエが心配そうに眉を寄せる。「本当に教えてあげなくていいのかな、トレーラーの運転手たちに……」

ジュイストレーラーの運転手は、携帯電話を取りあげられ、車内のカーラジオも取り外されている。各休憩所でユーコたちが次に向かうべき地点を指示する以外は、彼らは情報を遮断され、周囲で何が起こっているのかを知りえない状態にある。ミサイル攻撃を目撃していた〈SELECAO No.9〉、〈SELECAO No.10〉のトレーラー運転手だけは、すでに交代してあった。

あれから運転手たちには命がけの運転を強いてきたが、ユーコたちは亜東才蔵の指示で、そのことを彼らに伝えられないでいた。

これ以上、犠牲者を出すわけにはいかない――自分たちだってミサイル攻撃に巻き込まれてしまうかもしれないのだ。彼女たちは決死の思いでジュイストレーラーの移送計画を進めていた。それが功を奏したのか、1番はまだジュイスが海ほたるに集合していることに気づいていないようだ。

だが、九台のジュイストレーラーはテロリストの移動拠点として公安警察に狙われている。四人が手配した移送は、ただの時間稼ぎにしかならないだろう。

アカネの携帯電話がメールの着信音を響かせた。Mr.OUTSIDE——亜東才蔵からの着信だ。アカネは、履歴ではなくメールの着信であったことに安堵した。四人の携帯電話はノブレス・フォンと呼ばれ、コンシェルジュ機能と百億円は付いていないが、全セレソンの活動履歴が受信できる。履歴が届けば、全員の携帯が一斉に鳴るはずだ。

メールを読み終えたアカネは、やれやれと息をついてノブレス・フォンを閉じた。

「おじいさま、何だって？」ユーコが身を乗り出して訊く。

「〈今回の介入は、あくまでゲームの進行を継続させるために、最低限必要な措置であった。よって、これ以上の介入は控えるべし〉……だって」

「でも、もし今1番がミサイル攻撃を申請したらどうする？　私たち確実に死んじゃうよ」とユーコ。

「どこかに隠そうか、あれ？」

肩越しに、フミエはジュイストレーラーに目を向けた。それに促されて四人全員でパーキングエリアを見やる。

1番のミサイル攻撃の申請がなされようとも、手出しができない——それならばいっそ、ジュイスとトレーラーを隠してしまえば、彼も手出しができないはずだ。

「それはダメ」窓の方を向いたまま、アカネが制する。「おじいさまの言いつけに反するわ」

その声を聞くともなく駐車場を見ていたユーコの視界に、黄色いビッグスクーターが一台入ってきた。運転者は〈AKX20000®〉の作業ツナギを着ている。ユーコは目を凝らした。どこかで見た顔だ。

「ねえ、あれって……」アカネも目を細める。「9番のセレソンじゃない？」

彼はバイクを降りると、ジュイストレーラーのあいだを縫って、〈SELECAO No.9〉と刻まれたシリンダーの荷台にあがった。愛おしそうにジュイスをなでている。

その瞬間、四人の携帯が同時に着信音を響かせた。1番の活動履歴が着信したのだ。

〈SELECAO No.1〉のトレーラーを海ほたるから移動

ときを同じくして、〈SELECAO No.1〉のトレーラーが動き出した。

「今度は自分のジュイスだけ盗むつもり？」不満げにアキコが声をあげる。

だがそれは不可能なはずだ。運転手たちは情報を遮断されているのではなかったか。

1番の詳細ログが更新される。


【詳細ログ】

トレーラーの運転手に携帯電話支給

ジュイスの声は、彼らに指示を出している四姉妹と同じ声に聞こえるはずだ。携帯を渡され、ジュイスから直接電話がかかってきたら、彼らは正式な命令だと信じてしまうだろう。

ミサイル攻撃される――詳細ログを確認した四姉妹たちに沈黙が流れた。

と、〈SELECAO No.1〉のトレーラーを追うように、〈SELECAO No.9〉のトレーラーも動き出した。

「今度は9番?」動揺しながらユーコが携帯を見おろす。活動履歴は更新されていない。ユーコがはっとして、窓ガラスに張りついた。「自分で運転してるってこと?」

1番による三発目のミサイル攻撃の座標は、あきらかに9番のジュイスを狙ったミサイル攻撃だった。前回、取り逃がした〈SELECAO No.9〉のトレーラーが〈SELECAO No.1〉のトレーラーと併走することで、今回も1番の計画を妨害したことになる。

「そっか!　爆撃されないためには、1番のトレーラーと一緒にいればいいんだ!」

ユーコとアキコは思わずガッツポーズをして、ハイタッチを交わす。

「さすが9番!」

これで、かねてよりの懸念事項だった運転手の安全を確保することができる。四姉妹の緊張が一気に解けた。

「どうする?　おじいさまに知らせる?」フミエが恐る恐るアカネに訊ねた。

「うーん」アカネは腕を組んで考え込んで見せたが、すぐに難しい顔を崩して微笑む。「それもルール違反よ。彼がジュイスを使わずに起こした行動なんだから、他のセレソンは情報を知りえない。それはたとえ、おじいさまと言えど同じよ」

四姉妹は、〈SELECAO No.1〉と〈SELECAO No.9〉のジュイストレーラーをにこにこと見送った。

11

八月十五日午前一時。

衆議院第一議員会館の議員執務室。物部大樹は、９番の活動履歴が動き出した八月十日からの一連の動きを江田に説明した。

江田は、窓外に静まり返る永田町の夜景を見下ろしたまま、ため息まじりに足労の礼を言った。声音に、皮肉と苛立ちが滲む。

「物部くん。ここにきて、外務省を通じ、近隣諸国が遺憾の意を表明してきているんだよねえ。政府はひたすら弁明に追われている。あまりよろしくはないよね」

いきなりこれか。物部は呆れた。終戦記念日の前日に、自衛隊がミサイル攻撃を行えばどうなるか。そんなことは政治家なら誰でも――江田も予想がついていたはずだ。何を今さら怖じけづいている？

「しかし、亜東さんの最後っ屁にも困ったもんだ。残り香がなかなか消えない」江田は依然として目を合わせずに言う。「そのためには、もう少し過激な手に出るのも頃合なんじゃないのかね」

テロリストの移動拠点へのミサイル攻撃よりも過激な手――亜東才蔵の最後っ屁を消せとは、セレソンシステムを支えるインフラを徹底的に破壊しろ、つまりジュイスの掌握をあきらめろということか？

江田はそれきり黙りこくっている。

すべてのジュイスを破壊したところで、ここまで進行した事態は何も解決されない。だが、物部の理想を実現するためにはこの男の言うことを無下にはできない。

「……すべて私にお任せください。ただちにこちらで処理します」

物部は冷静な表情を崩さないまま、執務室を辞去した。

議員会館を出て駐車場に向かいながら、ノブレス携帯を開く。９番の活動履歴が更新されていた。

東京湾アクアライン料金（木更津料金所）

９番はなぜ海ほたるに向かっているのか――。物部が結論を出す前に、公安の調査部長から連絡が入った。テロリストの移動拠点が、海ほたるに集結しつつあるという。

物部はすぐにジュイスを呼び出し、自分のジュイスだけを海ほたるから移動させる申請をした。江田の示唆した通り、他のジュイスに対してミサイル攻撃を実行するためだ。

そこでふたたび公安から連絡があった。今度は二台のトレーラーだけが海ほたるから発進しているという。

一台は自分が動かしたものだ。もう一台のトレーラーは果たして――?

ノブレス携帯の活動履歴を確認する。9番の活動履歴には何も記載されていない。

物部は鼻を鳴らした。まったく、毎回9番にはやきもきさせられる。9番は海ほたるへ直接向かった。それはミサイル攻撃を阻止するためだろう。確かに、ジュイスをすべて破壊することは物部にとっても望むところではない。

物部はノブレス携帯をしまった。もうこの携帯は必要ない。これから直接9番に会って、ゲームに決着をつける。彼が向かっているのは、間違いなくあの場所だ。他に9番が逃げ込める場所はない。

物部は自分のスカイラインに乗り、アクセルを踏み込んだ。

12

八月十五日午前一時。

海ほたるを目指す平澤一臣のフォルクスワーゲン・ゴルフは、ようやくお盆の渋滞を脱した。

助手席のみっちょんが開いたノートパソコンを、おネエも後部座席から身を乗り出して見ている。二人は、セレソンの活動履歴をチェックし続けていた。

1番の履歴によれば、自分のジュイスを積んだトレーラーだけを海ほたるから移動するよう申請している。それが済めば1番は、海ほたるをミサイル攻撃して9番の——滝沢のジュイスを亡き者にするつもりだろう。それまでに、何としても現場に辿り着かなければならない。

だが——ハンドルを握る平澤の手は汗ばんでいた。海ほたるが1番にミサイル攻撃されれば、自分たちも死んでしまうのだ。覚悟を決めたつもりだったが、実際にミサイル攻撃の標的になるかもしれないと思うと、動悸が速まる。

アクアラインの海底トンネルを目前に、みっちょんの携帯の AIR SHIP に着信があった。滝沢からだ。

「ええっ」

驚きの叫びをあげたみっちょんは、携帯をスピーカーに切り替えた。

「タッくん、ジュイス運転してるって！」

平澤もおネエもスピーカーに耳を澄ます。

〈1番のヤツ、都内に向かってるっぽいんだけど、そっちは今どこ走ってる？〉

「トンネル入るとこ」

〈マジ？　こっちはちょうどトンネル抜けたとこだ〉

「——って、じゃあ、反対車線走ってんの？」

みっちょんの声が裏返った瞬間、平澤は一気にアクセルを踏み込んだ。窓外の景色がものすごい勢いで流れていく。

「海ほたるで折り返したらまた連絡すると伝えろ」

平澤が言うと、みっちょんはすぐさまノートパソコンを操りルート検索を行った。

「パンツの計算だと、1番のトレーラーはそろそろ給油しないといけないんだって。首都高にガソリンスタンドはないから、大井南出口で降りて、そこからガソリンスタンドに向かうはず」

平澤はハンドルを握り直し、電話に叫んだ。

「そこで落ち合おう!」

「だって!」

みっちょんも大声で滝沢に呼びかける。そこで電話は切れた。

平澤の車は海底トンネルに入った。一面オレンジ色の世界が広がっている。

「ジュイスを強奪とは、相変わらずだな」

平澤は改めて滝沢の大胆さに驚いていた。滝沢は1番のジュイストレーラーを追走している。なるほど、これで1番も手出しができないというわけだ。猛烈なスピードで、ゴルフは海ほたるへと向かっていった。

大井南出口を出てすぐのガソリンスタンドに、青いトレーラーが二台停めてあるのが見えた。積載したシリンダーそれぞれの横腹に〈SELECAO No.1〉〈SELECAO No.9〉と記されている。

平澤はゴルフをガソリンスタンドに乗り入れて停めた。車に乗ったまま〈SELECAO No.1〉のトレーラーを窺うが、運転席に人影はない。

「あらあ！」

おネエが黄色い声をあげる。平澤が振り向くと、〈AKX20000®〉のツナギを着た滝沢が、手を振ってこっちにやってきた。

「よく戻ったな、滝沢」

平澤はほっと息をつき、ハンドルから手を離した。おネエは手を叩いてよろこんでいる。

「久し振り」

頬を赤らめて言うみっちょんに、滝沢が人懐っこい笑みを浮かべる。

「元気だった？　みったん！」

「みったんじゃないし……」

ぶすくれて見せながらも、みっちょんも嬉しそうだ。平澤は懐かしさに、つい口元がゆるんだ。

「変わってないな、みんな」

どこかほっとした顔で平澤たちを見渡した滝沢だが、すぐに表情を引き締めた。

「さっそくだけど、今あっちの運転手、給油のついでに休憩してるんだ。この隙に平澤は1番のトレーラーを運転してくれ。鍵は差さってるから。万が一ミサイルきても、1番のトレーラーは安全だし」

「お、おい、俺は大型車は運転できんぞ！」

「俺ができたんだから、何とかなるって」

滝沢はあっけらかんと答えて、自分のトレーラーに乗り込んだ。

滝沢との再会で、つかの間ゆるんでいた平澤の緊張が一気に高まる。

早くしないと運転手が戻って来てしまう、だが自分はペーパードライバーだ。大型などとても運転できる自信はない。それにあのトレーラーは今や〝テロリストの移動拠点〟として報道されている――《東のエデン株式会社》に融資をしてくれた人たちや、従業員の顔が次々に脳裏に浮かぶ。〈IT企業社長、テロリスト移動拠点を運転〉、そんな新聞の見出しまで思いつく。

平澤は、軽いパニックに陥っていた。

「あ！」

おネエの大声が、狭い車内にこだました。

「私……大型免許、持ってたわ」

おネエはすぐさま〈SELECAO No.1〉のトレーラーに乗り込み、勢いよく腕まくりをする。

「オラァ、しっかりつかまってろよう！」

筋肉質の腕でぐいぐいハンドルを回し、トレーラーをスタートさせた。隣に座ったみっちょんは、シートベルトにしがみつくのが精一杯だ。

滝沢が、〈SELECAO No.9〉のトレーラーを先行させて叫ぶ。

「行くぞ！　ついてこいよ！」

「おい、それより目的地はどこだ！」

あわててゴルフのハンドルを握り直した平澤の問いには答えず、滝沢のトレーラーはスピードをあげていく。一体、滝沢はこのトレーラーをどこに移送し、隠蔽するつもりなのか？

一行は首都高速に入り、北上を続けた。

平澤は、豊洲に向かうものとばかり思っていたが、滝沢は首都高速湾岸線を通過して、浜崎橋ジャンクションに向かっている。

平澤の携帯が鳴った。みっちょんから、AIR SHIP 経由で電話だ。3番のセレソンの活動履歴が動き出し、板津に確認をとったところ、電話を途中で切られたという。

3番……確か入院中の老婦人だ。パンツに何があったんだ……？

平澤は、部室に残してきた板津と春日に何度も AIR SHIP 経由で電話をかけたが繋がらない。ついには禁じ手の電話回線も使ったが、二人は電話に出なかった。

13

八月十五日午前三時。

〝滝沢以前〟の記録がジュイスによって書き換えられてしまうまで、五時間を切った。板津と春日は大学の部室で記録を探し続けていたが、まだ成果はない。

学内への侵入が発見されないよう、電気も冷房もつけず、できるだけ声を立てないようにした。うだるような暑さの暗闇で、パソコンのファンだけが唸りをあげている。途中、廊下で物音がしたので、作業を止めて耳を澄ました。守衛の巡回だった。老いた守衛は、ゆっくりと廊下を渡っていく。それで三十分ほども作業が中断してしまった。

その間も、パソコンの画面に浮かぶセレソンたちの活動履歴は、刻一刻と更新されていた。1番はジュイストレーラーを移送させたり、国税局に電話したりした。どうして1番が国税局に、しかも〈通信費〉としてではなく、他のセレソンに見せつけるように申請しているのかは見当もつかなかった。

やがて3番の活動履歴が着信すると、板津は息を呑んだ。手のひらで、はたと額を叩く。つられて春日も画面を覗き込んだ。

サイゾウさんに甘味を
【詳細ログ】
お届け↓新橋
サイゾウさん個人タクシー特定
最高級吉野葛《くず》を使用

「サイゾウ、って亜東才蔵のことですかね?」

ささやく春日に、板津は無言でうなずいた。

iPhone《アイフォン》を起動し、AIR SHIPにログインする。そこへちょうど、みっちょんから電話が入った。1番と9番のジュイスの強奪に成功し、今は滝沢の先導でジュイスの隠し場所に向かっているという。

〈それよりパンツ、3番の活動履歴、見た?〉

「おう、ワシも今、同じ活動履歴見ておったところよ」

〈詳細ログを見ると場所が東京なんだけど、3番のおばあちゃんって福岡在住でしょ?〉

「そうじゃ。ワシが会いに行ったときは病院におって、Mr.OUTSIDEのことを知っとるような口ぶりじゃったんじゃが、肝心なことは何一つ覚えておらんかったんよ。じゃから、深くは突っ込まんかったんじゃが……こりゃあ、3番をもう少し調べる必要があるのう」

神妙に聞き耳を立てていた春日が立ちあがった。椅子の脚が床をこする、甲高い音が響く。板津が咎《とが》めるように春日の方を見ると、彼は背中を丸めたまま窓に近づき、カーテンの隙間から外の様子を窺っていた。


板津はこの半年間、セレソンの調査を行う中で、最大の収穫がこの3番目のセレソン、北林とし子だと思っていた。福岡の病院に入院している彼女は、板津にこう語ったのだ。

「私は亜東さんに会ったんですよ」

もともと3番は、生まれも育ちも東京で、幼馴染みの葬式に出るために六十年ぶりに上京した。そのとき、街で拾ったタクシーの運転手が、偶然にも古い知り合いだった、というのだ。

運転手とは取り留めのない昔話をして別れたものの、翌日、泊まっていたホテルの部屋にノブレス携帯が届けられたという。


〈何で黙ってたの？〉

板津の説明に、みっちょんが声をとがらす。

「ばあちゃんは痴呆がはじまっとったんじゃ。それにのう、ええか？　亜東才蔵は生きとったら百歳じゃ。そんなじいさんがタクシーの運転手をやっとるなどという話が信じられると思うか？」

〈でも、その話が本当だったら、亜東才蔵は今も――〉

「はっ」

春日が息を呑む。カーテンの外を窺いながら、その場で凍りついたように固まっていた。

「どうした、春日？」

「もしかしたらわれわれは、はじめから公安にはめられていたのかもしれません」

「ん……？」

板津が、まどろっこしい説明に眉を寄せる。

「そもそもこの部室は数年前まで《東革連》という過激派学生の拠点でした。その事実と今のわれわれの状況を突き合わせれば、《東のエデン》をテロ組織に仕立てあげることなど造作もありません……」

眼鏡を押しあげる春日の手が震えている。声もうわずっていた。

そのとき、人の気配がした。板津と春日の視線が、示し合わせたように部室のドアに向かう。ドアノブが、静かに回っている。二人が身じろぎもできずに見つめる中、ノブの回転はガチャリと音を立てて止まった。鍵だ。次の瞬間、猛烈にドアを叩く音が部室に響きわたった。あまりに暴力的な勢いに二人は腰を浮かせる。

「君たちには不法侵入、並びに破壊活動幇助《ほうじょ》の容疑がかけられている、今すぐ出てきなさい！」

警官は一人や二人ではなさそうだ。

〈パンツどうしたの、ねえ、パンツ？〉

iPhoneからみっちょんの声が漏れ聞こえている。板津は電源を切った。心臓が激しく高鳴る。Tシャツの下で汗が腹を伝っていく。ここでおしまいか——。

「師匠——」

春日が声を押し殺して言う。

「こんなこともあろうかと、隠れ場所は用意してあります」

春日は、ロールアップ式のアンティーク机の蓋を押しあげた。中には座布団と、非常食のパンの耳が詰まったビニール袋がある。小柄な女子が身をかがめれば、何とか入れるかもしれない。

「こちらへ！」

うやうやしく指し示す春日の腹と、それから己の腹を見やった板津は、真実をつぶやいた。

「二人は厳しそうじゃのう——」

ドアを撃つ音は、すでに拳のそれではなく、タックルのものになっている。突破されるのは時間の問題だ。

春日は一瞬ニヤリとすると、遠い目をした板津の野球帽を取り、すばやく机の中に入れて蓋をした。キャップのつばを、わざとはみ出させている。ロープで《東のエデン》の看板をからだに縛りつけると、春日は机の下の床のタイルを一枚ずらした。地下へと、まっすぐに抜け穴が開いていた。


頭上のタイルをぴったり閉め、二人は縦穴のはしごを下りる。ほんの数秒後、部室に警官たちがなだれ込んできた音が聞こえた。思惑通り野球帽のつばに気づいたらしく、足音が机の周りを取り巻く。一瞬の間をおいて、怒号とともに足音は部屋中にちらばった。

春日が底に降り立った。背負った看板の重さで、息があがっている。続いて、データの入ったノートパソコンを抱えた板津が、慎重に降りてきた。暑さと緊張で汗だくだ。

春日が点灯した携帯のライトに、打ち捨てられた炭坑のような横穴が浮かびあがる。天井を支える木の柱は腐りかけ、奥へ進むにつれあちこちからぱらぱらと土砂がこぼれる。どこかで水が滴る音も聞こえた。

春日の奇行については、板津も平澤から多少は聞かされていた。いつも大学構内のトイレやロッカーに身を隠し、たまに見かけたかと思えばスコップや懐中電灯を持って構内をうろついているという。平澤は「ヤツは《東のエデン》以外のソロ活動に勤《いそ》しんでいる」と表現した。

「ここはお前が掘ったんか？」

「イリュージョンです！」

すかさず拳を握りしめた春日が言う。板津は冷めた目で見返した。そんな答えを求めてはいない。

間《ま》に耐えられず、春日はひとつ咳払いをした。

「……と言いたいところですが、これは全共闘時代、《東革連》がセクトの指示で成田闘争に参加すべく、彼方、東を目指して掘ったトンネルです」

春日は背中の看板を板津に見せた。《東方革命学生連盟》とあるのを塗りつぶすように、上から《東のエデン》と書いてある。

春日によれば《東方革命学生連盟》の組成は一九六八年、成田空港の建設に対する反対運動に端を発する、所謂《いわゆる》〝成田闘争〟まで遡る。当時、強行的に建設を推し進める政府は、右翼組織を支援し、左翼セクトと敵対。反対闘争は、本来の建設反対運動の趣旨から逸れ、右翼と左翼間の武装闘争に発展した。この左翼セクトの学生下部組織として相慈院大学に組成されたのが《東方革命学生連盟》だった。

春日はこの《東方革命学生連盟》にまつわる、ある都市伝説を追い求めて、スコップと懐中電灯を手に構内をうろつき回っていたのだ。全共闘の時期、中堅大学であった相慈院大学の《東革連》にとって、最大のアドバンテージは学生の多さにあり、これを利用した人海戦術で、大学の地下にトンネルを掘削した――そんな都市伝説だった。

「なるほど。団塊世代が闘争ごっこを繰り広げたトンネルにピンチを救われようとはのう」

「唾棄すべき世代の遺産をつかって敵を出し抜く――痛快な気分です！」

警察の捜索をかわした興奮に打ち震えている春日とは対照的に、板津は妙に冷めていた。

「じゃが、こういったモンを、ワシらも積極的に受け継いでいかねばならんかったんかもわからんな」

板津の意図するところを判じかねて、春日は首を捻った。そんな春日を追い抜き、板津は腰を屈めてトンネルを前進した。

だが横穴は、思いのほか短かった。すぐに地上へと続く縦穴に行き着いてしまったのだ。

板津が縦穴を不安げに見あげる。もしトンネルが大学の中庭までしか届いていなかったら、そこで捕まって終わりだ。自分たちが歩いてきたトンネルの長さを確認するように、板津は振り返った。

「春日、このトンネルはどこに通じとる？」

彼は答えない。

「どうした」

「実は……」恥じ入るように春日は下を向いた。「トンネルの発見に驚喜するあまり、実際にトンネルを使ったことはありません！」

「ないんか！」

「大学の外まで続いていると、信じるしかありません」

板津は息をついた。こうしている間にも〝滝沢以前〟のデータは刻一刻と書き換えられている。

「自分が先に行きましょう」

春日が縦穴を登ろうとしたが、「あっ」と声をあげたきり先に進まない。

「今度はどうした」

「われらが《東のエデン》の看板が……」

春日が背負っている楡の木の看板が、トンネルにつっかえている。板津より横幅がある看板は、どうやっても縦穴を通れない。

「最初のトンネルは大丈夫だったのに……」

《東革連》は掘り進むにつれ力尽き、トンネルは細くなっていったのだろう。

「春日」

板津は、決断を促す。春日は大げさにかぶりを振った。

「師匠！」

「あきらめるんじゃ！　今はビンテージが優先じゃ！」

「できません！　自分は、平澤さんからこの看板を任されたのです。それを途中で打ち捨てることなど……」

看板を抱きしめている春日の肩に、板津が手を置いた。無言で彼の腕をゆする。もう一度「春日」と呼びかける。顎をしゃくって、上がれと促した。

春日は声もなく、目に涙をためて看板をトンネルに立てかけた。

「早うせい！」板津が声をひそめて言う。「後で取りにきたらええ！」

「ひゃい！」

春日はタラップをのぼっていった。マンホールの蓋を模したと思しき鉄板を、恐る恐る押しあげる。街灯の灯りがトンネルに射した。板津が、堪えきれずに問う。

「どうなんじゃ、外は！」

「……大学の外です」

板津は安堵のため息を洩らした。最悪の事態は回避できたようだ。早く外に出て、空気を目いっぱい吸いたい。ここの空気は薄い。

「ただ……」

春日が言い淀む。

「ただなんじゃ」

「……すぐそこにパトカーが停まっています」

蓋の隙間から撮影した携帯カメラの画像を、春日が板津に見せた。そこは大学の校門前で、赤色灯を明滅させたパトカーが数台停車している。そのパトカーの向こうに、車体と地面の隙間から警官たちの足元が見えた。板津たちの穴を背にして、校門の方を向いているようだ。

（パトカーの陰に隠れて、その場を走り去る——もうここまで来たら一か八かだ。行くしかない！）

板津は肚《はら》を決め、春日に「外に出ろ」と合図した。

春日もごくりと唾を飲み込んでうなずく。

音を立てないように蓋を押しあげ、地上に出る。腰を屈めたままパトカーの後ろに隠れる。板津もすぐに続いた。

パトカーの向こう、警官たちはまだ二人に気づいていない。

板津と春日は腰を屈めたまま、その場をゆっくり離れた。振り返らなかった。ある程度離れてから、一気に駆け出した。引きこもりだった自分が、まさか全速力で走ることになろうとはな。板津は頭の隅で考えていた。


それから十分後、二人は駅前商店街のアーケードにいた。日常そのものの風景が、夢のようだ。だがぼんやりしている時間はない。漫画喫茶に飛び込むと、終電を逃したサラリーマンや学生で賑わう店内を受付へ突進する。個室の空きがあるか尋ねると、むさい男二人が狭い個室に入るのかと訝《いぶか》られた。説明のしようもないので、かまわず個室にぎゅうぎゅう詰めになった。

扉を閉めるとすぐに、板津は自分のノートパソコンを起動した。セレソンの活動履歴を確認する。１番の履歴に動きがあった。


サイゾウさんへの甘味に添えてメッセージを出す

そこへ平澤から電話がかかってきた。板津がすぐに応答する。

〈無事だったか……〉平澤の第一声はそれだった。〈で、3番とMr.OUTSIDEの関係はつかめたか？〉

平澤は、みっちょんからすでに3番のセレソンに動きがあったことを知らされているようだ。他の客を気にしながら、板津は3番とMr.OUTSIDEの関係を小声で説明した。福岡在住の3番は亜東才蔵の知り合いであり、痴呆症の初期症状がみられる彼女によれば、亜東才蔵がタクシーの運転手をしているらしいことを手短に話す。

「3番の活動履歴の詳細を調べるとのう、新橋の《おだふじ》いう甘味処に注文出しとるんじゃが、さっき1番からも〈サイゾウさんへの甘味に添えてメッセージを出す〉いう申請が出されたんじゃ」

〈今、滝沢は手が放せない。俺が代わりに行ってみる。詳細ログをメールしてくれ〉

「おい、待てや。一人で行くんは危険じゃ。何があるかわからんど」

〈そのときは、後を頼むよ。お前ならエデンを任せられる〉

「どアホ！　縁起でもないことを――」

〈みっちょんとも仲良くしてやってくれ〉平澤が遮る。〈さっきも突然電話切られたって怒ってたぞ〉

そこで通話が切れた。板津と春日はやきもきしながらも、〝滝沢以前〟の記録を検索する作業を再開した。

14

八月十五日午前四時。

部屋の空気は重く沈んでいた。大杉智と咲が見つめる写真――そこに写っているのが、若き日の内閣総理大臣・飯沼誠次朗と、滝沢の母親らしき人物・岩下あやだったら？　写真の日付は一九八九年十月三十日。ちょうど二十二年前。お腹の子供が生まれていたら、滝沢と同じ年齢だ。

「このときのあやさん、妊娠何ヵ月くらいかな？」

大杉は小声で咲に尋ねる。男の彼には写真のあやが妊娠何ヵ月なのか、見当もつかない。

「たぶん、八ヵ月くらい……」

そう答えた咲は、あやが滝沢の母親だという確信を深めていた。

十月十日《とつきとおか》で出産に至ることは、大杉でも知っている。咲の言う通り写真のあやは妊娠八ヵ月だとすると、お腹の子は一九八九年の末か、一九九〇年のはじめに生まれているはずだ。これは滝沢の生年月日と符合する。

大杉は、こんがらがった頭の中を必死に整理した。〝滝沢が総理大臣の私生児〟という筋書きは、ジュイスによるものだった。自分たちはそれをひっくり返すために〝滝沢以前〟の証拠を探していたのではないのか？　その〝滝沢以前〟が、本当に飯沼総理の私生児だったら――。

咲の注文したマンゴーラッシーを盆に載せ、あやが戻ってきた。ゆっくりグラスをテーブルに置く。

「おまたせ」あやが声を低めて言い足す。「入口の方、気づかれないように見て」

二人は横目でちらりと表通りを見た。大杉の営業車を停めたパーキングに、黒いスーツ姿の男が三人。ブロック塀に隠れて、連絡を取り合っているようだ。

咲は体をこわばらせた。緊張が走る。だが大杉には事態が呑み込めない。

「トイレの脇の物置に窓がある。そこから逃げられるから。悪いけど、先に行かせてもらうよ」

あやは何くわぬ顔で踵《きびす》を返した。豆柴を抱きかかえ、調理場の電気を消して奥のトイレへと歩を進める。

「咲ちゃん……」

大杉が説明を求める。

「たぶん、警察。あの人たち、ニューヨークの移動遊園地にも現れたから」

「ええっ」

大杉は思わず、動揺した顔で表の三人を見てしまった。即座に彼らは店に向かってくる。

椅子を引いて、咲が立ちあがった。大杉もあわてて立つ。

不安を押さえ込むように、咲は胸元のゴールデンリングを握り締めている。

こんなところで捕まるわけにはいかない。まだ〝滝沢以前〟の証拠だってつかめていないのだ。《東のエデン》のみんなが、この五日間、不眠不休でがんばっている。自分にできる数少ない責務を、ここで果たさねばならない。

「咲ちゃん」大杉が、決然と言う。「俺ここであいつら食い止めるから、あの人追いかけて」

咲を守る――。とっさの判断だった。動揺が、不思議と鎮まる。すばやく咲の手を取ると、大杉は奥の物置へ急いだ。咲を中に押し込んで、戸を閉める。

「滝沢が本当に飯沼の息子なら、今の状況をひっくり返せるかもしれない。だから咲ちゃんは何としてもあの人から話を聞き出すんだ」

「大杉くん!」

咲が開けようとする戸を、大杉は背中でしっかりと閉め切った。咲が戸を叩く振動が、伝わってくる。

「行くんだ、咲ちゃん!」

大杉は力を込めて言った。

戸を叩く音が止む。少しの間があって、消え入りそうな咲の声がした。「ありがと、大杉くん」窓を開閉する音がし、それきり何も聞こえなくなった。

大杉は、すうーっと長い息を吐いた。これぐらいしか、自分は彼女の役に立てないのだ。ふっと笑いが込みあげる。これで滝沢の画像をネットにさらしてしまった罪は免除されるだろうか。滝沢がいくつもの偽名を使っていたことが明らかになり、騒ぎが大きくなっていった顚末が脳裏を過《よ》ぎる。

次の瞬間、会社のことや親のことが胸に渦巻いた。ここで逮捕されたりしたら、会社をクビになるかもしれない。何のために大学に行かせたのかと、親は悲しむだろう。それどころか親に直接、累が及ぶ可能性もある。ミサイル事件に関係したテロリストとして逮捕されたら、親は逃げるように引っ越さなければならない——。

静まり返った店内に、ドアベルの音が響き渡る。黒服の男たちが、店に入ってきた。

こうなったら自分にできることをやるしかない。大杉はネクタイを締めなおし、営業スマイルを顔に貼りつける。

「いやいや、ごめんなさ〜い」大杉の声は裏返っていた。「今日は閉店なんですよお。ところでわたくし、カミカゼスポーツ第3営業部の大杉と申します。今日はこの機会に是非、わが社の新製品をお買い求めいただければと思いまして、こちらに伺った次第で——」

自分でも何を言っているのかわからなかった。

黒服たちは、会釈すら返さない。冷たい視線が大杉に容赦なく注がれる。

「そこをどきなさい」

店の奥へ進もうとした男を、大杉が押し留める。

「どうでしょう。最近では、革靴っぽい運動靴もご用意してるんですよお」

大杉は笑顔を保っているつもりだったが、緊張と恐怖が入り混じってむちゃくちゃな表情になっている気もした。

「警察だ」黒服がドスのきいた声で威圧する。「そこをどきなさい」

肩にかけられた手を、大杉は振り払った。黒服が意外そうに大杉の顔を見る。

自分は何をやってるんだ――？　大杉自身も意外だった。

「公務執行妨害で逮捕するぞ」

「いや、あの、これは……」

三人が大杉を取り囲む。彼らは戦闘態勢に入った。

大杉も、もう後戻りはできない。覚悟を決め、猫背気味の背を伸ばす。身長百九十センチを超える大杉は、男たちを見下ろす形になった。

黒服の一人が、大杉の胸をめがけて手刀を振り下ろす。格闘技をやったことのない大杉は当然避けることもできずに、男の攻撃をまともに食らった。ひざをついて胸をかきむしる。息ができない。続いて激しく咳き込んだ。

今度は後ろから首に腕をかけられた。大杉は必死に暴れた。カウンターの上の小物がなぎ払われ、グラスが床に砕け散る。

とっさに大杉は自分の靴を脱いだ。カミカゼスポーツの丈夫な革靴を手に、その靴先を男の顔面めがけて突き出す。男が大杉の意外な攻撃に悲鳴をあげて後ずさる。

男たちがひるんだ。今だ――大杉は正面のドアから素足のまま脱兎のごとく逃げ出した。またしても、バスケ部時代の俊足が活かされた。大杉は路地に逃げ込み、次々に角を曲がって走り続けた。

15

八月十五日午前四時二十分。

東の空はすでに日の出の気配があった。鳥のさえずりも聞こえてきている。

《HYNE》の裏窓を出ると、森美咲は身をよじるようにして狭い塀のあいだを抜けていった。道路に出ると左右を見回したが、あやの姿はない。周囲は住宅街で、しんと静まり返っている。

そのとき、豆柴の鳴き声がどこかから響いた。咲ははっとして、声の方向に耳を澄ます。また短く吠えた。咲は全速力で走る。小さな公園に、豆柴を抱えたあやの背中が見えた。

「待ってください！」

咲の声にあやは一瞬立ち止まったが、すぐに走り出そうとした。咲は必死に追いつき、写真を差し出す。途端にあやの顔が険しくなった。

「すみません、勝手にお借りしました。これ、あやさんと飯沼総理ですよね？」

あやは写真を受け取り、黙って眺めている。

「それに、このときのあやさん妊娠してます。お腹の中の子は、滝沢くんじゃないんですか？」

息を切らしながら、咲はあやを見つめる。あやはあきらめたように息を吐き、ベンチに腰をおろした。豆柴を地面に放ち、煙草に火をつける。

「滝沢くんの過去は、今もどんどん消えています。でも、あやさんとの過去がわかれば滝沢くんは救われると思うんです。もしこのまま滝沢くんがテロリストとして世間にさらされることになっても、滝沢くんが本当に飯沼総理の息子だったら、今の状況を変えられるかもしれない」

咲が真剣に訴えても、あやは吸い差しの煙草を指に挟んだままうつむいている。

「教えてください。あなたは、滝沢くんのお母さんですよね？」

煙草の煙を深く吸い、ゆっくりと吐き出す。あやは独り言のようにつぶやいた。

「——ずいぶん懐かしい写真だね」

鼻で笑うと、ようやく咲の方を見た。

「私はね、人はお金の前では年齢も地位も関係なく、みんな平等だと思ってるんだよ。悪く言えば、金がすべてだと思ってる、そういう人間なんだ。だから、もし息子に何か教えるとしたらそう言うね」

あやは顔色ひとつ変えずに核心に踏み込んだ。

「で、その子は五百円渡されて捨てられたことを、今はどう思ってるんだい？」

〝五百円〟——あやの言葉を咲は聞き逃さなかった。咲があえて伏せておいた言葉。それを彼女は今、みずから口にした——。

「お金ってモノを、どんな風に思ってるって？」

あやが重ねて問う。煙草をもみ消し、答えを待っている。

咲はここぞとばかりに、滝沢がどんなことをやってきたのかを伝えた。人のために自分を犠牲にしてがんばっている息子の話を聞いて、よろこばない母親はいないだろう。

「……滝沢くんは、訳あって百億のお金を自由に使える立場にいました。でも一円たりとも自分のためには使わなかった——そういう人です」

咲はそう締めくくった。

「そうかい」

遠い過去を思い出すように虚空を見て、あやの顔がほころんだ。

「じゃあ、私の子じゃないね」

一転、真顔に戻って言った。咲は絶句する。

「後は自分でガンバりな」

あやは立ちあがると、振り返りもせず去っていった。豆柴は咲を見て鼻を鳴らしたが、やがて背中の羽をゆらしてあやの後を追った。

咲はただ、その場に立ち尽くしていた。

「咲ちゃん！」

警察を振り切った大杉が、公園に駆け込んできた。

ワイシャツは破れ、顔にはアザができていたが、大杉は咲に心配をかけたくなかった。なるべく明るい声で問いかける。

「それより、あやさん、滝沢のお母さんじゃなかったの？」

咲は大杉に背を向け、静かにつぶやいた。

「あの人は滝沢くんのお母さん。だって、五百円渡したって言ったもん……」

なぜあやは、滝沢を自分の子と認めることができなかったのか。あやは咲の話を聞いて、一瞬、顔をほころばせていた。本当は認めたかったはずだ。

けれどあやは、否定するしかなかった。自慢の息子に胸を張ることすら、彼女には許されていないのだ。そういう複雑な事情を抱えているに違いない。

あやの気持ちを思うと、咲の胸に不意に込みあげてくるものがあった。肩が震える。涙がとめどなくあふれる。

「電話してあげればいいんだよね、滝沢くんに……。お母さん見つけたよって。あの人は滝沢くんのお母さんだったよって」

「だったら、何でためらうの？」

咲の問わず語りに戸惑いながら、大杉は彼女の背中に問いかける。

「そのこと、言っちゃったら、伝えちゃったら、滝沢くん……もうわたしのところには戻ってこないと思うから……」

胸につかえていた思いを吐き出すように、咲が言った。ゴールデンリングを握りしめる手に、涙がぽたぽた垂れる。

「ダメだ！」大杉は、咲の肩を摑んで振り向かせた。「あきらめちゃダメだ！　滝沢のところへ行こう。会って直接話そう！」

大杉は、咲に笑っていて欲しかった。

「あいつも咲ちゃんがくるの待ってるはずだよ！　それに——あいつはきっと戻ってくる。咲ちゃんのところに絶対戻ってくるって！」

顔をあげると、咲の目の前には大杉の真剣な眼差しがそこにあった。大杉がしっかりとうなずく。

午前四時半。滝沢の過去が書き換えられてしまう時刻まで、三時間半を切っている。こんなところでぐずぐずしてはいられない。

すぐに滝沢に電話をかけたが、つかまらなかった。次いでみっちょんにかけると、滝沢の後を追って広尾にある飯沼誠次朗の別宅に向かったという。

大杉の営業車は、とりには戻れない。二人はタクシーをつかまえ、広尾へ急いだ。

16

八月十五日午前五時。

広尾にある飯沼誠次朗の別邸は、敷地面積約八千平方メートルの広大な地所だ。錬鉄で造られた頑強な門を、〈SELECAO No.9〉と〈SELECAO No.1〉のトレーラーが次々にくぐっていった。玉砂利の敷き詰められた道はゆったりと右へ弧を描き、滝沢たちの前には緑溢れる庭園が広がっていた。

その奥では、クラシカルな洋館が偉容を誇っている。滝沢は車寄せにトレーラーを横づけにして、エンジンを止めた。運転席から降りたつと、玄関から喪服姿の飯沼千草が慌てた様子で出てきた。背後には《飯沼誠次朗後援会》を従えている。

千草はトレーラーを見据え、それから滝沢を睨みつけた。

「話があります」

いらだった声音でそれだけ告げると、千草は洋館の中へ消えた。

侍女がうやうやしく頭を下げ、滝沢を玄関に招き入れる。おネエとみっちょんは玉砂利の道に立ち尽くし、黙って見送るしかなかった。

滝沢は迷路のような廊下を通って、一階の応接室に通された。室内に並ぶシンプルかつ上品な調度品が、故人の趣味の良さをうかがわせる。

千草は部屋の中央に置かれた、年代ものと思しき椅子に腰かけていた。低いテーブルを挟んで、対を成す椅子が置かれている。

「座りなさい」

そうは言われたものの、とても座れる雰囲気ではない。険しい視線を向けてくる千草に、滝沢はまず頭を下げた。

「すみません、ご迷惑をおかけしてしまって」

「空港で姿を消したかと思えば、トレーラーを乗りつけ戻ってくる」

滝沢が座るのを待ちきれずに、千草が話しはじめた。

「しかもあのトレーラーは一昨夜、政府が攻撃をおこなったものと同じだと聞きました。一体どういうことですか？」

「いや、あれがないと俺、この事態を収拾することができなくて、それで持ってきたんですけど……やっぱ、迷惑ですよね？」

滝沢は苦笑いを浮かべるしかなかった。

「大胆ですね。テロリストとしては一流です」千草は淡々と切り返す。

「俺、テロリストじゃありません」

「だったら、何者だと？」

「う〜ん、説明するのは難しいんですけど、一言で言えばこの国をよくするために選ばれた一人で——」

「テロリストはみんなそう言います」

「あ、いや、だから……」取りつく島もない千草の態度に、さすがの滝沢も言葉に詰まった。「参ったな。どう説明すりゃいいんだろ」

「そのことに関してはもう結構。今ここで、あなたの立場について議論するつもりはありません。私がここではっきりさせたいのは、あなたの目的です。あなたがどういうつもりで飯沼の私生児としてここに現れたのか、それが知りたいの。お金ですか？　それとも、これもあなた方の考えるテロ行為の一つですか？」

「まさか」

滝沢が弾かれたように後ずさる。

「俺も飯沼さんの息子になるなんて思ってなかったんで、うまく言えないんですけど、俺はただこの国の王様になって、うまくいってない奴らを支援できる人間になろうって思っただけなんです。そしたらいつの間にか総理大臣ってことになってて――」

滝沢の答えは、千草の理解の範疇を越えていた。

「あなた、自分が何を言ってるかわかってるの？」

「はい」滝沢は澱《よど》みなく答えた。「今、俺がしゃべってることがむちゃくちゃだってこともわかってます。でも本当のことなんです。できれば俺も王様になんてなりたくないんです。なったらなったで、きっと責任は全部おっかぶせられるし、周り中からも文句言われて……」

言いながら、滝沢は自分自身の考えを確認していることに気がついた。うつむき気味になっていた顔をあげ、千草を正視する。

「多分記憶でも消さなきゃ、やってられないと思うんです」

千草は返事をしなかった。

「俺にだってそれくらいはわかるんだから、きっと頭のいい連中はとっくにわかってたんですよね。だからみんな陰に隠れたり、裏に回る方を選んでしまうんだ」

千草は黙ったまま滝沢の表情を窺っている。広すぎる応接室に、滝沢の声だけが響く。

「でも、そんなことばっかりしてたらこの国は終わる。他人の話を聞く奴がいなくなって、みんな自分勝手なこと言って、結局自分の国に向かってミサイル撃っちゃう奴まで出てきちゃうんです。で、つい王様になるなんて言っちゃったもんだからこんなことになってるんですけど、一応受理されたってことは、俺にも何かできることがあるんです」

「……王様になることを、受理された？　誰に？」

「あ、いや、それは……」

千草は少し呆れて、滝沢を説き伏せるように話し出した。

「わたくしの夫飯沼は、公人から私人に戻ってようやく残りの人生をのんびり過ごそうというときに、まわりに担がれ、ふたたび総理になりました。けれど結局、何もできずにこの世を去った――。仮にあなたが飯沼の息子という地位を手に入れたとしても、そこから先は簡単ではありません。テロリスト以上に、何もできやしませんよ？」

「はい」

それはわかっていた。わかった上で、やらなければいけないことがあるのだ。滝沢はきっぱりと、千草に宣言した。

「それでも、少なくとも丸投げ決め込んだ奴をぶっとばすまでは、降りるわけにいかないんです」

千草が滝沢の目を見つめる。

滝沢はまっすぐに見つめ返す。

そこへ侍女が入ってきて、千草に封筒を渡した。そして何事かを耳打ちする。

「物部さんが……？」

思わず声に出した千草が、ちらりと滝沢を見る。二人の関係が読めないのだろう。

「なぜここことわかったのかしら」

物部——1番目のセレソンが直接ここまでやってきたということは、自分に会いにきたのだろう。滝沢は侍女に声をかけた。

「物部さんって、もしかして、俺に会いにきたんじゃないですか？」

「確かに、あなたに会いたいと——」

おずおずと答える侍女の横で、千草があきらめたようにため息をつく。

「私には、もう何がなにやら……」

「すみません」

滝沢には、それしか言えなかった。

「……いいでしょう。書斎をお使いなさい。ただし、今日、私はあなたのことで参考人招致を受けることになっています。一旦は飯沼の私生児の可能性を鑑《かんが》みあなたをここに匿ったけれど、やはりあなたをテロリストだと告発しなければなりません」

「わかりました。それで結構です」

滝沢は侍女に導かれ、飯沼誠次朗の書斎に赴いた。

17

二〇一一年八月十五日午前四時。

新宿・渋谷方面と、箱崎・銀座方面の分かれ道が目の前に迫ってきた。平澤一臣はヘッドセットを耳からはずして、車の運転に集中することにした。

これから、Mr.OUTSIDEを――昭和の亡霊と言われる、かの人を探し当てる。

板津によれば、3番のセレソンの申請により、新橋にある《甘味処おだふじ》という店から、亜東才蔵に葛《くず》きりを届けるという詳細ログが更新された。

滝沢たちのトレーラーが新宿・渋谷方面へ曲がっていった。平澤はハンドルを切って、一人箱崎・銀座方面へ急いだ。

《甘味処おだふじ》は、一日限定百二十本しか販売しない羊羹《ようかん》で有名だ。朝三時には整理券を配りきってしまうという。

午前四時五十分。駅前通りの路肩にファルクスワーゲン・ゴルフを停めた平澤は、《甘味処おだふじ》の前に立った。整理券は配り終えているようで、一旦店はシャッターをおろし、〈準備中〉の看板を掲げていた。中高年の客が店の前で並んでいる。販売開始は朝の五時からだ。

携帯の画面に映し出した写真を見おろす。板津が入手した、亜東才蔵の写真——といっても一九八〇年代初頭のものだ。まだ髪は豊かで肉づきもよく、姿勢もしゃんとしている。

「すでに三十年も姿を見た者はなし、か……」

つぶやいて平澤は、周囲を見わたす。この近くに、亜東才蔵がいるはずだ。

がらがらと大きな音を立て、店舗のシャッターがあがった。割ぽう着姿の女性店員が、椀を載せた盆を手に表へ出てきた。

平澤は店員の後を尾ける。

十分後、首都高土橋入口付近、山手線ガード下のタクシー乗り場に辿り着いた。すでに何台ものタクシーが停車して客を待っている。辺りはすっかり明るくなり、電車の通過音がガード下に響きわたった。電車も動き出したようだ。

平澤は店員を追いかけながら、板津の調査結果に確信を強めていった。亜東才蔵は、タクシー運転手をしている。それは板津の得た3番の証言と合致する。

店員は一台の個人タクシーに近づいていった。車の窓を遠慮気味にノックする。ゆっくりとパワーウインドウが開いた。

平澤がいる位置からでは、運転手の顔が確認できない。店員は窓から盆を手渡すと、一礼してその場を離れていった。

どうする——？

平澤は生唾を呑み込むと、そのタクシーに近づいた。ドアには〈(個人) 亜東タクシー〉とペイントされている。

〈亜東〉の文字にぎょっとしつつ、平澤は助手席の方の窓から中を覗いた。携帯電話に映る三十年前の亜東才蔵と見比べる。

運転席では、制服に制帽――昔ながらの運転手の格好をした老人が、葛きりを啜っていた。すっかり頭髪の抜けた老人斑だらけの顔。体は痩せているが、姿勢はいい。

「あの……」平澤は意を決して呼びかけた。声が裏返る。「亜東才蔵さん、ですか?」

「誰ですか、あなたは!」亜東才蔵は突然大声をあげた。

「私は9番の友人で、平澤と申します」厳しい視線に動じないよう、果敢に挑む。「お伺いしたいことがあってきたのですが……」

ドライバーは視線を外して正面に向き直った。おもむろに椀の中身を飲み干して、助手席の盆に置く。

突如、後部ドアが開いた。平澤は老人の顔を窺う。彼は黙ったままだ。

招き入れているのか?

ためらいながらも、平澤は後部座席に乗り込んだ。

心臓が、ばくばく波打っている。目の前の男が、果たして本当に亜東才蔵なのか? もしMr.OUTSIDEだとしたら、彼の車に乗り込んだりして怪しげな場所に連れていかれはしないか……。

音を立ててドアが閉まる。平澤は、びくりと腰を浮かせた。

ダッシュボードには、陸運局から贈られた〈五十年間無事故無違反〉の表彰が飾られている。そんなものが存在するのか？　平澤は考えをまとめられないまま、目を泳がせる。

ダッシュボードのすぐ下、ドリンクホルダーに赤いノブレス携帯があった。〈XII〉のエンブレム。間違いない。この老人が、12番目のセレソン、Mr.OUTSIDEこと亜東才蔵なのだ。

鋭い視線を感じ、目をあげる。亜東才蔵が、バックミラー越しにこちらを見つめていた。眼光の鋭さは、三十年前の写真と変わらない。

「お客さん」後部座席を振り返らず、亜東はよく通る声で問いかける。「百億円やるからこの国をよくしろと言われたら、その金、どう使いますか？」

「えっ」

平澤は身を硬くした。彼は、セレソンに発したのと同じ質問を自分にぶつけている――。

「そうやって、乗客の中から十二人のセレソンを選抜したんですか？」

言わずもがなの質問を亜東の後ろ姿に投げかける。

彼はそれには答えず、助手席に置かれた盆の上に視線を落とした。何やら書きつけられたメモ用紙が、箸置きに添えられている。

平澤も彼の視線に気づいた。確か3番の申請の直後、1番がMr.OUTSIDEにメッセージを送るよう申請していた――。

先ほどの店員が1番の伝言を受けたのだろう、メモ用紙には女性の文字でくっきりと書かれていた。

見つけましたよMr.OUTSIDE。決着がつき次第、こちらからご挨拶に伺います。No.1

「とし子さんにも困ったもんだ……」亜東はメッセージを折りたたみ、ふたたび平澤に注意を向ける。「それで、用件は?」

平澤は居住まいを正して、亜東の背中に語りかけた。

「あなたは、どんな申請がなされようと、このゲームを止めるつもりがないようですが、一体このゲームの落としどころはどこにあるのですか? 私は友人である9番を助けたい一心でここにきました。すでに彼を取り巻く状況はのっぴきならない事態に陥ってはいますが、今すぐこの無意味なゲームを終了させることができれば、まだ彼を救うことができるかもしれないのです」

「無意味?」亜東は声を強張らせる。「私には〝重要な意味〟があってね」

亜東の物言いに平澤が気おされ、しばらく沈黙が降りた。

「……一つ教えてください。9番は百億の使い道を訊かれて何と答えたんです?」

「あの小僧に、その質問はしていない」

亜東は窓外に視線を泳がせた。

ある日の早朝。亜東は長距離の客を送り届けた後、世田谷区の片隅の交差点で信号待ちをしていた。

ちょっとした気まぐれから、亜東はすぐとなりで信号待ちをしているバイクの新聞配達員に声をかけた。

「新聞を一部、譲ってもらえないかね」

「いいっすよ」

若い配達員は、躊躇なく新聞を差し出した。亜東は代金を渡そうとしたが、若者は受け取ろうとしない。

「金はいいよ。一部だけ欲しいって人は、本当に新聞読みたい人だから」

「だが、一部とはいえ売り物だろう」

厳しい顔で言う亜東に、「このことは秘密ね」と若者は苦笑いした。

「読まないのに取ってる人からもらうから大丈夫。ただ、そういう奴ほどなかなか払わないいんだけどね」

「確かにな……」

亜東は若者に時間はあるかと訊いた。彼の話を聞いてみたくなり、車を路肩に停めた。

「ときに小僧、なぜ今時、新聞配りなぞやっておる?」

「……〝金もらう練習〟のためかな」しばらく考えてから、若者は答えた。「人っておもしろいもんでさ、金の払い方は五歳のガキでも知ってんのに、もらい方は大人でも知らなかったりするんだよね。そりゃ金使う方が、頭下げて金もらうより気分いいから――〝お客様は神様です〟なんつって、つい消費者の方が偉いんだって態度を振りかざすけど、あれって本来は売る側の気持ちの話でしょ」

「そうだな」

亜東は思わずうなずいていた。

新聞代の集金ほど、人がやりたがらない仕事はないだろう。コンビニのレジは、客が金を払いにきてくれるが、新聞の集金は、もらいに行かなければならない。当然、居留守を使われたり、「持ち合わせがない」と言い訳をされたり、たった数千円を受け取るのに常識外れの苦情を言われたりする――。金が人を変えてしまう瞬間を、新聞配達の集金ほどまざまざと目にする仕事もないだろう。

若者はふと神妙な表情になって言った。

「だけど、みんなが金を払う側になっちゃったら、一体誰がサービスするんだって話だよね。俺は、金は払うよりもらう方が楽しいって社会の方が健全な気がすんだけどな」

「それが、9番をセレソンに選んだ理由、ですか?」

亜東の真意を測りかねて、平澤は身を乗り出した。

彼は何も答えない。黙って前方を見続けている。

ゲームの落としどころは何なのか? 平澤は繰り返し自問してきた。滝沢をこのゲームから解放するには、それを見出さなければならない。

そもそも亜東才蔵は、「百億あったらどうやってこの国を救うのか」と問いかけて、セレソンを選抜してきた。ところが、滝沢にはその質問はしていないという。

これは何を意味するのか？

平澤は慎重に考えを進める。言い換えてみれば、亜東はこれまで「お金の使い方」を訊ねて回っていた。そこに「お金のもらい方」を考えているという、興味深い若者が現れた――つまり亜東は、滝沢がなぜその考えに至ったかということに、興味を持ったのではないか。

亜東の言葉の意味を汲み取った平澤は、顔をあげた。ミラー越しに、亜東と目がかち合った。

18

八月十五日午前五時半。

物部大樹が別邸の玄関に立った。呼び鈴を鳴らし、インターフォンで侍女に来意を告げる。ドアが開かれるのを待っていると、車寄せに並んだ〈SELECAO No.1〉と〈SELECAO No.9〉のトレーラーの方から、誰かの視線を感じた。

振り返ると、〈SELECAO No.1〉の運転席から、小学生と肩幅の広い女が物部を見ていた。

二人はあわてて頭を引っ込めた。

（あれが9番の仲間か）と、心の中でつぶやく。（公安の手を逃れ、ジュイスを強奪するとは……）

公安から、9番の母親を取り逃がしたという報を受けたのが四時半。テロリストに仕立てあげた《東のエデン》と二万人のニートを一斉検挙して、9番を恫喝することもできたが、そのためにここに来たわけではなかった。

そんなことをすれば、物部の携帯残高も9番の残高も消耗してしまう。全セレソンのノブレス携帯残高とジュイスを奪い、この国をやり直す——そのためには、被害は最小限であることが望ましい。

それに、政治家たちの信用を勝ち得るには、自分のポテンシャルの高さを示す必要がある。セレソンだからというバックグラウンド以上に、金を使わなくとも事態を収拾できる〝能力〟を証明するのだ。

だから、伝家の宝刀はあくまで9番の喉元に突きつけるだけに留める——物部は、彼と直接話をすることで、すべてを解決できると確信していた。官僚時代から、物部は話し合いによってすべてを解決してきたのだから——。

二〇一一年三月中旬。飛び交う野次と怒号の中で、相続税法の特例に関する法案——通称、相続税一〇〇％法案が衆議院税務委員会で可決された。

ミサイル事件後、法案の閣議決定を取りつけ、国会に提出。江田内閣の〝ギャフン解散〟でメディアの注意があらぬ方に向いているうちに法案審議をはじめ、ついに可決に至った。

これだけのことを、物部はノブレス携帯を一切使わずにやり遂げた。もちろん、ノブレス携帯をまったく使わなければサポーターに殺されてしまう。だから、ノブレス携帯の百億円を通信費にだけ使った。つまり、普通の携帯電話として使ってきたのだ。

その二年前、第一次飯沼内閣の時代。財務省の法案担当課長に着任した物部は、この法案の策定に携わった。計画を立て、党の幹部や各担当者に法案の概要を説明し、会食を重ねて慎重に根回しをした。局内の意見を調整し、担当次官と連携しながら、一歩一歩法案成立ににじり寄っていったのだ。

説得しようとしてはいけない。解りやすく説明するのが、物部の仕事だ。説明した相手が、さも自分で法案を思いついたと思い込むようにすれば成功する。

そうして相続税制改正の大綱がまとまり、法案の作成まで漕ぎつけた。にもかかわらず、当時この法案は閣議決定に至らなかった——飯沼誠次朗が「待った」をかけたのだ。

物部は法案を考えた張本人として、飯沼誠次朗直々に彼の別邸まで呼ばれた。キャリア官僚のトップたる事務次官でもない物部が、内閣総理大臣に呼び出されるのは異例中の異例だ。

飯沼は、物部の憂国の情に理解を示しつつも、「時期尚早だ」と言った。彼はまだこの国の国民を信じていた。国民にそれと知られないうちに財産を召しあげる——それは最終手段として取っておくべきだと語った。

だが物部は譲らなかった。その後、何度も飯沼の別邸を訪れ、この国が手遅れになる前に手を打つべきだと訴えた。手練手管を尽くして飯沼に法案の重要性を説明したが、彼はなかなか首を縦に振らなかった。

結局、法案は先送りされてしまった。

（今また、こうして彼の私生児に自分の意図を説明するために別邸を訪れることになろうとは）物部は、薄い笑みを浮かべた。その笑いは、自分に向いているのか滝沢に向いているのか、わからなかった。

玄関のドアが開かれた。《飯沼誠次朗後援会》の古株、禿頭の島田が軽く会釈をする。目礼を返した物部を、島田は二階にある飯沼誠次朗の書斎まで案内した。

二年前、飯沼誠次朗の別邸を何度も訪問するうちに、物部は飯沼の秘書にならないかと持ちかけられた。自分の下で、この国を動かしてみないか、と。飯沼誠次朗の地盤を継ぐ世継ぎがいなかったこともあってか、《飯沼誠次朗後援会》も物部に対して積極的だった。

だが、物部はこの申し出を断った。彼とは距離を置きたかったのだ。

結局、周到な根回しによって飯沼政権下で法案を押し切る形となったものの、あのときの敗北感は未だに拭えない。

二年ぶりに足を踏み入れた書斎。壁には飯沼誠次朗の肖像画が飾られている。

物部は窓を開け放ち、早朝の空気を取り入れた。小鳥のさえずりが聞こえてくる。静かな朝だった。

背後でドアが開いた。向き直ると、滝沢が立っていた。

物部は苦笑いしながら歩み寄る。

「君には参ったよ。ジュイスにまで気に入られるとはな……」

二人は立ったまま相対した。

「しかも、絶えず私の斜め上をいく申請を繰り出し、見事に事態をひっくり返した。このゲーム、私の完敗だ」

「そんなこと言いに来たの？」

「ああ」

眼鏡を押しあげ、改めて滝沢に視線を投げた。

「その上で君にお願いに来たんだ。このゲームを辞退してくれないか、とね」

「え？」

「私は官僚になる前から、この国を何とかしたいと考えていた。しかし、実際にはあまりにも多くの問題が山積《さんせき》していて、真っ当な方法で解決するには官僚になっても充分ではなかった。かといって、政府が自滅するのを待つ時間も惜しい。そんなときさ、私がノブレス携帯をもらったのは」

物部は窓辺のデスクに浅く腰掛けた。

「私は、亜東に百億を何に使うかと聞かれたとき、まずこの国にとってやるべきことは、国家規模の〝ダイエット〟だと答えたよ。使える人材を政府主導で振りわけ、世界に通用する部門だけを有効に機能させていく。そういった〝小さくて小回りのきく国〟に移行していくべきなんだ、とね」

　それはかつて物部が飯沼誠次朗に話したことでもある。物部は書斎に飾られた彼の肖像画を見あげた。

　物部の話に耳を傾けながら、滝沢もソファに座る。

「それを迅速に行うためには、一旦は政府を骨抜きにする必要があった」

「それであのミサイル攻撃――」

「そう。だが実際にミサイルである必要はない。まずはこの国に、大きな揺さぶりをかけられればそれでよかった。そこからは私の人脈とネゴシエーションとでじっくり事を進めていけるからね」

「じゃあ、俺のやったことって……」

　滝沢はうつむき、自ら接触したセレソンたちに思いを馳せた――携帯を奪おうとして死んだ4番や、ゲームの概要を説明してくれた5番、ニューヨークで身を挺して彼を守った11番、そして六十発のミサイルを発射した10番――。

「結城くんと君には、私の計画の片棒を担いでもらったというわけだ。感謝してるよ」

「だったらそう言ってくれればいいのに。ゲームがんばらないと殺されるっていうから、いろいろやったけど、他のセレソンとも協力できたら、もっとすげーアイディア集まったんじゃないかな？」

　物部は軽く肩をすくめて見せた。

「そこは、私も負けず嫌いなのでね」

滝沢は目いっぱいのため息をついて立ちあがる。

「じゃあさ、物部さんが総理大臣になってよ。俺なんかより物部さんの方がピッタリだ！」

物部は虚を衝《つ》かれた。何も言い返せないでいると、滝沢は自分のノブレス携帯を取り出して、しみじみとそれを見つめた。

「俺さ、このゲームに参加してるうちに、俺と同じで何やりゃいいのかわかんなくなってる奴らを助けることで、この国よくならないかなって思うようになったんだ。物部さんの言う適材適所っての？　それを物部さんがやってくれるんだったら、俺、よろこんでこのゲーム降りるし、物部さんを応援するよ」

「悪いが、〝総理〟だの〝王様〟だのといった話は遠慮させてもらうよ」

無表情のまま話を聞いていた物部が言う。自分が説得されている――不慣れな状況だった。

「国民というのは一億人のエゴイスト集団だ。君だってそれは痛いほど知ってるんじゃないのかな？」

「まあ」不承不承にそう言って、滝沢はノブレス携帯をポケットに突っ込んだ。

「今や総理大臣など、ただの生贄に過ぎない。〝自由〟を手に入れ〝不自由〟になった国民のストレスの捌け口と言ってもいい。あの飯沼誠次朗でさえ、何もできずに潰れてしまったんだからね」

そう、国民を信じた彼も、相続税一〇〇％法案に同意せざるをえなかったのだ。

「じゃあ物部さんは、どうやってこの国を小回りの利く国家にしていくの？」

「まず国民に気づかれないように自由を奪う。国民ってのは、無責任で何も自分で決められないくせに他人の意志で動かされるのは嫌うからね。それで私は内務省を復活させ、そこからこの国を変えていこうと考えている」

「内務省って？」

「そんなことも知らないで総理大臣とはな」

思わず洩らした言葉には、明らかに嘲《あざけ》りが入り混じっていた。

滝沢のノブレス携帯が鳴った。だが、話の途中で電話に出ることをためらっている。

物部は電話に出るよう促し、滝沢から離れてソファに腰かけた。

滝沢は携帯を耳に当てる。果たして咲からの電話だった。

19

八月十五日午前五時四十五分。

外はすでに明るかった。窓からは朝日が差し込んでくる。滝沢朗は窓辺に立って、よく手入れの行き届いた庭園を眺めていた。

「咲？」滝沢は電話越しに語りかける。「ごめん、今まで連絡できなくて」

〈ううん、それでお母さんのことなんだけど……〉

「どうだった？」

〈見つかったよ。滝沢くんが言ってた人、やっぱり滝沢くんのお母さんだった。三宿で居酒屋さん経営してるの〉

「ほんと？」

〈うん。それでね、名前は岩下あやさんって言うんだけど、飯沼総理がまだ議員さんだったときの愛人だったらしいの。あのニューヨークのホテル、家賃がずっと払われてたって言ってたでしょ？〉

「……ああ」

〈あやさんは二十年前、あそこで暮らしてたんだと思う。ニューヨークで妊娠中に飯沼総理と写ってる写真もあったから……だから滝沢くんは、本当に飯沼総理の息子さんなんだよ〉

咲の言葉を受け、滝沢は、ニューヨークの移動遊園地で感じたのと同じ感覚を味わっていた。頭からからだ全体に、熱いものがじわじわと広がっていく感じ――。

書斎にかかっている飯沼誠次朗の肖像画を見あげる。自分は、彼とどこかで会っている。そう、あのとき――母親に五百円を渡されたときだ。母親は息子に五百円を渡すと、滝沢に一人でアイスクリームを買いに行かせた。デパートの地下にある食料品売り場。あやが買い物をしているあいだ、滝沢はいつもデパートの地下でアイスクリームを食べながら、彼女を待っていた。

ニューヨークにいたころは映画館に預けられた。だが就学を間近に控えた五歳の滝沢は、母親と一緒に日本に移り住んでいたのだ。

あの日、あやは滝沢に五百円玉を渡して言った。

「これで好きなもの買ってきなさい」

五百円硬貨は、他の硬貨と違い、ずっしりと重かった。そのころの滝沢には大金だ。小さな手に五百円玉硬貨を握りしめ、アイスクリーム屋のカウンターに近づいていく。

店員は子供の自分にもアイスを売ってくれるのか……？

不安になって一度母親を振り返った。

「大丈夫。お金さえあれば、大人も子供も同じだから」彼女は手を振って「行っておいで」と言った。

滝沢はカウンターまで歩いていき、上目遣いに店員に声をかけた。忙しそうにカウンターを行き来していた店員が、機械的に頭を下げる。店員は黙ったままの滝沢を、面倒くさそうに見下ろしていた。滝沢はおずおずと五百円玉を差し出す。途端に店員の顔に営業スマイルが貼りつけられた。滝沢は五百円でペパーミントとチョコレートとバニラのトリプルを注文した。店員は丁寧に頭を下げて「ありがとうございます」と言い、アイスを差し出した。

母親の言う通りだった。お金さえあれば、子供の自分にも優しく接してくれる――。

「ホントだ！　母さんの言う通りだ！」

母親にも見てもらいたくて振り返る。だが、そこに母親はいなかった。

泣きそうになりながら母親の座っていた席を見つめていると、威風堂々とした男の人が現れた。それが、飯沼誠次朗だった。

彼は他の子供たちと平等に、教育を受ける機会を滝沢に与えてくれたのだ。滝沢は飯沼の親類に預けられていたが、中学卒業と同時に家を出た。高校からは彼の世話にはならず、新聞奨学生として配達のバイトを住み込みではじめる。それから数年後、ノブレス携帯を渡された。


飯沼誠次朗の肖像画を見あげながら、滝沢は苦笑いを浮かべた。

「で、咲は今、どこにいるの？」

〈飯沼別邸の玄関の前。みっちょんたちと一緒にいる〉

滝沢は書斎の窓からテラスへ出た。車寄せに停めたトレーラーの近くに、咲たちを見つけた。彼女は携帯を耳に当てながら、別邸を見あげている。

「見えたよ、咲」滝沢は手を振った。咲が書斎を見あげる。「俺にも過去があって安心した。お袋がどんな人なのかもなんとなくわかったし。ありがとう、咲！」

滝沢は、あれからずっと考えていた。子供ながらに、たった五百円でも大人が自分をお客さんとして扱ってくれた――だからみんな、ついついお客気分でいたくなるのだ。

二年前、セレソンに選ばれたときも、滝沢は同じことを考えていた。

みんながお金を払う側になってしまったら？　自分がもらっている以上のものを、払う側でいたいがために払い続けていたとしたら？

書斎に引き返す。物部はそれを待っていたように言った。

「過去を取り戻せたようだね。で、どうだい、総理の息子になった感想は?」

「知ってたの、物部さん」

ため息まじりに、物部は口の端を持ちあげた。

滝沢は首の後ろを揉みながらつぶやく。

「何か、リアリティないけど……」

「ではそろそろ本題に戻ろう。君の携帯に残っているのと同じだけの現金を逃走資金として用意する。今後はサポーターの心配もない。君の仲間にかけられている嫌疑もとこう。それでどこへなりと好きなところに消えてくれないか」

「それも悪くないのかもね」

物部の表情がゆるんだ。

「ひとつ聞きたいんだけどさ」滝沢が物部の顔を見る。「物部さんが言う国民って、物部さんからしたらどんな存在?」

「愚問だな。国民とはあくまで国家を構成するパーツの集まりにすぎない。個人的な感情を注ぐ対象ではないよ」

「でも、一人一人はみな〝何者か〟になりたいと思ってる〝個人〟なわけでしょ?」

「それが厄介なのさ。全員が何者かになるなど、そもそもありえないことだからね」

「それはそうなんだけど、でも、もう少し個人を尊重した方が力が出ると思うんだけどな?

俺だって、日本を救うために選ばれた一人って言われなかったらここまでやれなかったと思うし。物部さんのやり方って、ちょっと愛がない気がするんだ、俺」

物部の顔が、ふたたび引き締まる。

「……それは、私の申し出を断るということかい？」

「それもあるけど、俺、一度テロリストとして正式にこの国に〝要求〟突きつけてみようと思うんだ。それがいろんな意味で誰にも迷惑かけないような気もするし」

滝沢は王様という権力者となって、国民に奮起を促してみようと思っていたのだ。

国民にとって、何かを強制されるのは、王様からだろうが、テロリストだろうが、同じことに違いない。

自分に言い聞かせるように、滝沢は下を向いて言った。

「ホワイトハウスんときみたいに、〝何者でもない俺〟としてさ」

意外な言葉に、物部は顔色を変えた。

「君とは、最後までかみ合わなかったようだな――」

「そう？　俺には同じ方向を見てるような気がするんだけどな」

滝沢は白い歯を見せる。

「勝手にしたまえ」

言い捨てて、物部は書斎を去った。

彼の背中を見送ってから、滝沢はジュイスに電話をかけた。

〈はい、ジュイスです〉

「ジュイス、今から国民全員に電話かけたいんだけど、できるかな？」

〈……それには莫大な通信費がかかると思われます。多分途中で残金がゼロになってしまう可能性もありますが、よろしいですか？〉

「それは困るなあ。せめて一億円くらいは残しておきたいんだ」

〈となると、さすがに難しい注文です〉

「そっか……」しばらく思案した後、晴れ晴れとした声をあげる。「そうだ、あれ使おう！」

20

八月十五日午前五時五十分。

始発の電車が動き出し、漫画喫茶の出入りが激しくなった。あちこちから鼾《いびき》が響いていた時間には、遠慮しながらパソコンのキーボードを叩いていた板津豊も、今では構わずカタカタと音をたて、澱みなくタッチタイプを繰り出している。

春日の携帯が鳴った。

板津のｉＰｈｏｎｅは充電が切れてしまったので、いつ平澤やみっちょんから電話があってもすぐに出られるようにしておけと命じてはあったが、マナーモードにしておけよという嘆息を視線に込めて春日を一瞥する。

春日は「すみません」と頭を下げてから携帯を開いた。だが画面の表示を見て眉をひそめ、しばらく電話に出ない。十秒ほども携帯を鳴動させてから、ようやく通話ボタンを押して耳に当てる。

「もしもし?」しばらく間があって、春日が素頓狂《すっとんきょう》な声をあげた。「はあ!?」

今度は何事かと、板津は春日を見た。まさか公安ではなかろうな。一瞬、身を硬くする。

「師匠……」掠れた声で言い、春日は自分の携帯を板津に差し出した。「ジュ、ジュイスから直電です!」

「……何じゃと?」

盗聴に気づいて以来、《東のエデン》のメンバーのSIMカードは外してある。ジュイスはどうやって春日に電話をかけてきたのか?

眉根を寄せて、板津は春日の携帯を奪い取った。

〈No.9の申請に従ってお電話しています〉

電話口からは、オペレーターのような女性の声が聞こえてきた。

「ビンテージから?」

〈はい。あなたの作ったAIR SHIPをお借りして、日本中の携帯を《東のエデン》にお繋ぎしたいのです。メインサーバーの起動パスワードを教えていただけませんでしょうか?〉

「あいつ、今度は何をおっぱじめる気じゃ!」

国家機密にすらアクセスできるジュイスなら、AIR SHIPをハッキングすれば簡単にパスワードを突破できるはずだ。だが彼女は、その間も惜しんで直接板津に訊いてきたのだ。

滝沢の活動履歴が更新された。

国民全員に直電

板津と春日は押し黙ったまま、パソコンのモニターに浮かんだ履歴を見つめている。

滝沢は一体何を考えているのだ？　みずから国民に語りかけたりしたら、彼は〝滝沢朗〟としての生活には戻れなくなる。本当にテロリスト〈AiR KING®〉ということになってしまう。

この五日間、《東のエデン》がやってきたことは何だったのだ？

だが——板津は考え直した。それが彼の望むことなのか。それが、この国を救うことに繋がるのか。

Mr.OUTSIDEと接触している平澤からは、まだ連絡がない。〝滝沢以前〟の記録が完全に書き換えられるまで残り二時間——確かに今からではもう、何をやっても間に合わないだろう。

万策尽きたことを認めざるを得ない。

そんな中、滝沢は国民に直接語りかけて、自らこのゲームの最後の勝負に出ようとしている。

彼女にパスワードを教えるべきか——？

〈ご協力いただけますか？〉

ジュイスに促され、板津はおもむろに口を開いた。

「〝SUWARIKOMI〟——それがAIR SHIPのパスワードじゃ」

21

八月十五日午前六時。

滝沢は、飯沼誠次朗の書斎に設《しつら》えてある書架を眺めていた。ずらりと並ぶ分厚い古洋書の中からアンティークなシェイクスピア全集を二、三冊抜き出し、それをどっしりとした書斎机に重ねて置いた。そして一番上に、ノブレス携帯を開いた状態で置く。書斎机の革張りのチェアに腰かけ、ちょうど携帯のカメラが、自分の上半身を写すようにセッティングする。

ジュイスから電話がかかってきた。スピーカーフォンで通話する。

〈準備が整いました〉

「そう、じゃあ、はじめようか！」

滝沢はチェアに深く腰掛け直し、居ずまいを正す。深呼吸して、静かに話しはじめた。

「みなさん、おはようございます。俺は〝迂闊な月曜日〟から続く一連のテロ事件を起こした単独犯、〈AiR KING〉こと滝沢朗です」

カメラに向かって指鉄砲を構え、「ばーん」と撃つ真似をして見せる。

「昨日はみなさんの注目を集めるために飯沼総理の息子として帰国しましたが、実際は亡くなられた総理とは関係ありません。関係各位には、大変ご迷惑をおかけしましたこと、まずは心からお詫び申しあげます」

頭を下げると、滝沢は改まった表情になった。

「で、ここからが本題なのですが、今から新たなテロを予告しますので、みなさん、心して聞いてください。

俺はふたたび、大量の若者を連れて〝楽園〟に消えようと思っています。今度は半年前の二万人どころではない数を想定しています。それはつまり、この国が将来の貴重な労働力を一気に失ってしまうということです。

それをやめて欲しければ、今から俺が出す要求を聞いてもらう他はありません。その方法はたった一つ！」

滝沢は改めて息を吸い、声に力を込めた。

「上がりを決め込んでいるオッサンたちは、今すぐ必死で貯め込んできたモノを捨て、彼らと一緒に新たな楽園に旅立つ決意をしてください。これが、俺からの要求です。受け入れられなかった場合には、じきに既存の価値観は失われ、あなた方の思い描いた楽園も喪失する」

一息ついて、不敵に笑って見せる。

「今までのミサイルは、この日のための演習に過ぎません。俺の要求を無視すれば、もっと恐ろしい事態がこの国を襲うでしょう。でも、もし俺の言うことを少しでも聞いてくれたら、けっこう素敵なことが待ってるはずです。

で、今から国民のみなさんに、まず一円ずつ電子マネーを振り込みます。これは俺からの餞《せん》別《べつ》であり、俺の言ったことが確実に起きることを証明して見せるための、約束手形でもあります」

携帯のカメラを動画モードにしたまま、滝沢はスピーカーフォンでジュイスにささやく。

「ジュイス、今電話が繋がっている携帯に一円ずつ、電子マネーを振り込んでくれ！」

〈受理されました。今後も国民全員に恐怖と希望を与える、愛にあふれた救世主たらんことを！〉

ジュイスの祝辞に、滝沢は満足の笑みを浮かべた。カメラに向かってピースサインをする。

「それでは、自宅で座り込みを続けているニート諸君、AIR SHIPで約束の地〝東のエデン〟に集合するように。待ってます！」

そこで滝沢は携帯を切った。

本当にあの電話が、国民全員に、特に同胞だと信じるニートたちに届いただろうか？　届いたとして、自分の真意は伝わっただろうか……？

ある意味、思いは達した。届かなかったとしても、やり遂げたという満足感が滝沢にはある。

書斎を出て、二階の廊下を抜け、階段をおりる。階段の途中に、千草と侍女が立ち尽くしていた。二人とも、それぞれの携帯を開いたまま呆然としている。滝沢の演説を聞いていたようだ。

照れくさそうに頭を掻くと、滝沢はすぐに表情を引き締め、深々と頭を下げた。

「お騒がせしました。一応、テロリストとして逃亡しますけど、参考人招致よろしくお願いします」

滝沢の顔を、千草がまじまじと見つめる。彼女は感慨深げに目を細めた。

「わかりました。お行きなさい」

脇を通り抜けようとする滝沢を呼び止め、千草はＡ４の茶封筒を差し出した。

「ＤＮＡ鑑定書です。もう、見る必要はなさそうですから」

封筒には、〈モノクローム・エージェンシー　白鳥・ダイアナ・黒羽〉と記されていた。どうやら滝沢の調査を続けていた黒羽は、滝沢の部屋に忍び込み、ＤＮＡ鑑定に必要なものを採取していたようだ。その結果がここに届けられた。

封筒を受け取ると、滝沢は再度頭を下げ、階段を下りていった。


玄関で物部に追いついた。彼もここで、携帯に映る滝沢の演説を聞いていたのだ。

「相変わらず思いきった手に出るな、君は。だが、この国の人間は呆れるほどシニカルだ。君の思いが簡単に届くなどと期待しない方がいい」

「そう思う方が淋しいでしょう」

「だが、それが現実さ」

そのとき、二人のノブレス携帯に同時に電話がかかり、着信音を響かせた。互いに顔を見合わせてから、それぞれに自分の携帯を開く。発信者は〈Mr.OUTSIDE〉とある。

「物部さん？」

滝沢は説明を求めるように物部を見た。

物部はしばらく着信表示を見据えていたが、怪訝な顔のまま携帯を耳に当てた。

Mr.OUTSIDEからの電話は何を意味するのか——滝沢も遅れて電話口の声に耳を澄ます。

携帯からは、よく通る老人の声が聞こえてきた。

〈ごきげんよう、セレソンの諸君。私はMr.OUTSIDEだ〉

22

電子マネー入金：￥1

チャリーンという音と共に、携帯電話の画面にそんな表示が現れた。

平澤一臣は、亜東のタクシー内で滝沢の演説を聞き終えて、重たい息を吐き出した。

「またハーメルンの笛吹き男になってどうするつもりだ？　頓知《とんち》をきかせても、正論で人は動かんぞ」

「かつて、われわれは、この国のために何かをなそうとガムシャラにやって来た」

突然、亜東が口を開いた。

「だが、今になって、あれは過ちだったと歴史の汚点のように言われる……。われわれとて、あの時代には右も左もわからぬ新人だった。われわれが積みあげてきたものが誤りなら、正解はどこにあったのか……」

亜東は自分の赤いノブレス携帯を見つめている。

「しかもようやく何事かを成したと思ったころに、今度は世界のルールが大きく変わってしまった……。この国が深みを増す前に、新しい考えが優位性をもって台頭してきた。年寄りにそのことを受け入れろというのは酷な話だが、それでも奴らに権限を移譲し、責任を負わせてみろ、というわけか」

シートに背を預け、老人は虚空を見つめる。大きなため息が洩れた。

「日本人が愛してやまない坂本龍馬も白洲次郎も、実際には綺麗な立ち回り方を選んだがゆえに、その一張羅に土がつかなかったに過ぎん。だが、この国の本当の救世主は、日々をこつこつと生きた名もなき者たちであり、結果、一敗地にまみれてこの世を去った歴史の敗者たちだ。その事実を無意識に嫌う者を善しとする趨勢の中、9番はスケープゴートとなり、火中の栗を拾うという。おもしろい――」

覚悟を決めたように、亜東はノブレス携帯を開いた。

「今回のゲーム、これにて一旦の幕としよう。勝者は決した！」

「……では、滝沢が？」平澤が色めきたつ。「いや、でも他のセレソンはどうなるんですか」

「小僧を含め、みな元の場所へ帰すだけだ」

「元の場所へ帰す――」

「ああいった類いの人間は、たとえスタートラインに戻されようが、最終的には同じところに辿り着くものだ。今回はなかなかにおもしろいプレイヤーぞろいだった。満足している！」

亜東がノブレス携帯を操作しはじめた。

後部座席から平澤が覗き込む。彼は〈Mr.OUTSIDE HOTLINE〉という画面を表示させると、現状、生き残ったセレソン全員に一斉に電話をかけた。セレソンでなければ電話に出られないよう、システムとして指紋認証を必要としてある。

「ごきげんよう、セレソンの諸君。私はMr.OUTSIDEだ。突然だが、この電話を以って今回のゲームを終了することとなった。

君たちの行動には、おしなべて満足している。よって、君たちを全員ゲームの勝者とすることにした。これからも日本をより良い方向へ導く人材となることを期待している。

最後に、ゲームに参加してくれたことへの感謝の印として、私から最高のプレゼントを贈ろう。ぜひ受け取って欲しい。これは、この日のためにあらかじめ用意しておいた、セレソンだけの特典だ。

ノブレス・オブリージュ。今後も君たちがこの国の潜在的な救世主たらんことを、切に願う」

亜東が携帯から耳を離した。電話からは〝ピーガラガラプー〟という、ファックスを送信したときのような電子音が聞こえていた。彼が電話を切ると、ぷつりと音はしなくなった。

「プレゼントって、何ですか」平澤は、いやな予感がした。

こめかみをこつこつと指先で叩きながら、亜東が耳障りな笑い声をあげる。

「携帯を届けるとき、あらかじめここにちょっとした仕掛けを施しておいた。これで彼らは完全にゲームから解放される」

平澤は憤《いきどお》った。この老人は独善的に日本代表を選び出しておきながら、彼らに〝この国を救う〟義務を押しつけた——そして命がけのゲームに参加させられた彼らを、今度はまた野に放つという。一体何様だ？　自分が神様にでもなったつもりなのか？　めちゃくちゃにされた滝沢の人生はどうなるのだ？

「どこまで他人の人生を弄《もてあそ》べば気が済むのだ！」

平澤は思わず亜東に摑みかかった。しかし亜東は俊敏に平澤の腕を取り、とても百歳の老人とは思えない腕力でねじ伏せた。

「痛ってててて」

「まだ、お前さんごときに負けるワシではない。どうする。小僧が蒔いた種がどう発芽しているか、ワシと一緒に東京の街を見物に行かんか？」

「け、結構です！」必死に抵抗を続けながら、平澤は声を荒げた。「私は友人を助けに行かねばならない！」

次の瞬間、視界がぐるりと回転した。自分でも何が起きたのかわからない。気づいたらタクシーから放り出され、アスファルトの上に転がっていた。

（いかん！）

我に返って顔をあげたが、亜東はすでにドアを閉め、車を出した。ナンバープレートを携帯カメラに収める間もなく、タクシーは角を曲がっていってしまった。

23

八月十五日午前六時半。

9番の演説は興味深かった。オジサンたちに要求を突きつけた彼は、名実ともに若者たちの救世主となったのだ。後は結城が9番を殺せば、自分はセレソンゲームからアガれる。

辻仁太郎がほくそ笑んだとき、査察官がノブレス携帯を持ってきた。サイレンのようなやかましい着信音が鳴り響いている。

通常、国税局の査察が入ると、携帯電話は取りあげられてしまう。口裏合わせを防ぐためだ。ところが、査察官はノブレス携帯を操作できないので、辻に携帯の電源を切るように言ってきた。ノブレス携帯が指紋認証を必要とするのは、ジュイス機能だけではないのか？　通常の携帯電話としてなら、セレソン以外でも操作できるはずだ。

辻は訝《いぶか》りながら、ノブレス携帯を受け取った。画面を確認する。Mr.OUTSIDEからの着信だった。自分はゲームをアガったのか？

ジュイスボタンに親指を捺《お》し、携帯を耳に当てた。査察官が「おい」と怒声をあげる。

〈……これからも日本をより良い方向へ導く人材となることを期待している〉

「っつうか、もともとオレはそういう人間なの」

やれやれと肩をすくめる。

次の瞬間、耳に当てた携帯電話から、甲高い電子音が聞こえてきた。

ピーガラガラプー

我に返って、手元に目を落とす。携帯電話の電源が落ちている。充電が切れたのか？　操作してもまったく反応しない。

周囲を見回した。自分は横浜港を一望できるクルーザーのデッキにいる。

横浜港――そうだ、横浜だ。自分は横浜を知っている。けれど、それ以上は何も思い出せない。

デッキには、裸の男たちが写った悪趣味なポスターが飾られている。〈AKX20000Ⓡ〉とプリントされていた。まったく覚えがない。

クルーザーの繋がれた埠頭では、国税局員たちが押収物のダンボール箱を傍らに置き、携帯電話に見入っていた。「1円が振り込まれた」とか「テロ」だとか騒いでいる。

目の前にいる眉間に皺を刻んだ男に問いかけた。

「で、俺、誰だっけ？」

24

ニューヨーク現地時間八月十四日午後五時半。

壁一面が窓ガラスで覆われたそのホテルからは、イーストリバーが一望できた。傾きはじめた陽の光にきらめいている。

キングサイズのベッドの中で、白鳥・ダイアナ・黒羽は目を覚ました。性犯罪者を狩り続けなければならないという、張り詰めた気分から解放された黒羽は、どこか気だるさを感じている。

日本に帰国した彼は、王様になることができただろうか——。

ふとノブレス携帯を見やる。彼の背番号表示はまだ生きている。彼の活動履歴には、〈国民全員に電子マネー1円〉とあった。

黒羽がゆっくり微笑んだ。大丈夫。彼ならきっとみんなを救い、約束を果たしてくれる。そう、わたしのことも——。

そこまで思って黒羽ははっとした。目覚めた直後に9番を想っているなんて……。

直後、Mr.OUTSIDEから着信があった。携帯を耳に当てる。

〈最後に、ゲームに参加してくれたことへの感謝の印として、私から最高のプレゼントを贈ろう。ぜひ受け取って欲しい〉

黒羽はゲームをあがるつもりはない。それに、Mr.OUTSIDEの言うことを素直に信用できなかった。何せ彼は、十二人のセレソンに命がけのゲームを強制した男なのだ。

耳から携帯を離す。電話口からは甲高い電子音が聞こえてきた。

ピーガラガラプー

25

ニューヨーク現地時間八月十四日午後五時半。

火炎放射器をぶっぱなし、公安に取り押さえられた直元大志は、直後に駆けつけたニューヨーク市警に身柄を預けられた。公安はすぐに引きあげていった。

ノブレス携帯もカメラもテープもニューヨーク市警に没収された。直元が撮った理想の映画は、一般の目に触れることなくお蔵入りを果たすのだろうか？

待てよ、と直元は思い直した。『クローバー・フィールド』理論だ。映画の冒頭にこういうテロップが流れる。

この映画はニューヨーク市警にて回収されたビデオテープに収められた映像を再編集し

たものである。

またもや映画としての構造を獲得してしまった！　直元は自分のポジティブな演出術に、自分で脱帽してしまう。だからこそ、何としても、傑作の誉高い〝理想の映画〟のテープを奪い返さなければならない。

直元は警官に導かれて、廊下の壁に沿って延びる長いベンチに座らされた。周りにはガリガリに痩せた娼婦や屈強な黒人やプエルトリカンが並んで座り、その列の先は取り調べ室に続いている。

突然、警官が直元のノブレス携帯を持ってきた。携帯がやかましい着信音を立てている。操作方法がわからないので、黙らせろ、と直元に命じているようだった。銃を抜き出してノブレス携帯に狙いを定めかねない雰囲気があった。

「Shut down, now!」

チャンスだ。ジュイスに電話して、テープを回収しよう。そしてここから逃げ出そう……。

ノブレス携帯を開く。着信欄には〈Mr.OUTSIDE〉と表示されていた。

Mr.OUTSIDE からの電話。

直元は狂喜した。

ゲームに勝った――。

直元が電話に出ると、Mr.OUTSIDE の会話の途中だった。

〈君たちの行動には、おしなべて満足している。よって、君たちを全員ゲームの勝者とすることにした〉

全員？　自分だけではないのか？

直後、ノブレス携帯から甲高い電子音が聞こえてきた。

ピーガラガラプー

改めて携帯を見下ろす。電源がぷっつり切れていた。画面表示が真っ暗になっている。ボディには〈Ⅵ〉と刻印されていた。

警官が自分の手から携帯電話を奪って引き返していく。

くわえていた親指をおろして、前を見た。〈ＮＹＰＤ〉という看板があった。手錠をかけられている状況から考え合わせると、どうやら自分はニューヨーク市警察署に拘留されているらしい。

ニューヨーク市警察――自分はＮＹＰＤが何かを知っている。だが、それ以上は何も思い出せない。

肩を小突かれて、隣に座る男を見やった。屈強そうな男だ。身長差が尋常ではない。着ているランニングからは分厚い胸板と黒く光る褐色の肌がはみ出し、隆々と盛りあがった腕には刺青が見えた。

男が自分をじろりと見下ろした。ニヤリといやらしい笑いを浮かべている。助けを求めるように反対側に顔を振り向ける。坊主頭に細いサングラスをした縮れ毛の黒人男性が、じっと自分を見下ろしていた。

脂汗が噴き出て、からだの震えが止まらない。

「Hey, beautiful. Why are you shaking? Are you hungry?」

筋骨隆々の男がさらにからだを密着させてくる。悪寒が走った。

(お願い、やめて!)

叫びたいのに言葉が出ない。男の激しい鼻息が顔にかかる。生暖かい。

「Wanna lick on my lollipop?」

サングラスの男もいやらしい目を向けてきた。

男二人に両側から擦り寄られて、涙が出てきた。これから先、自分はどうなってしまうんだ?

「っていうか、俺って誰でしたっけえええええええええええええ」

26

日本時間八月十五日——終戦記念日。感慨深い日だった。

百億円の入ったノブレス携帯をもらったとき、北林とし子は一日一善を心がけ、小さなことからコツコツと、この国を変えていこうと考えた。

その日も朝早くから——といっても病室の窓外はまだ夜明け前、朝の三時だった——今日はどんな幸せを見つけようかと考えていた。

ふと、この携帯を十二人のセレソンに配った亜東才蔵を想った。

百歳にもなって、それでもなおこの世の中をよくしようとがんばっている彼に、何かしてあげたい——。

そんな想いから、とし子は〝ジュイスさん〟にお願いを出した。

「才蔵さんに甘味を届けていただける？　今日は私と才蔵さんが出会った日でもあるんですよ？」

当時十歳だったとし子に、三十代の亜東才蔵は約束したのだ。

「いつかこの国をよくして見せる」

そう言った亜東の横顔を、とし子は未だに忘れられない。

午前六時半。あの甘味は亜東才蔵に届いただろうか？

今、携帯電話からは、朗々とした彼の声が聞こえてくる。

〈ノブレス・オブリージュ。今後も君たちがこの国の潜在的な救世主たらんことを、切に願う〉

「ありがとう、才蔵さん。お元気で」

耳に当てた携帯電話から、甲高い電子音が聞こえてきた。

ピーガラガラプー

27

8番目のセレソン、立原憲男は、ノブレス携帯をもらうまでは、五十代のしがないサラリーマンだった。

ある日、個人タクシーに乗ったとき、ラジオからはサッカー国際試合の中継が流れていた。結果は日本代表の惨敗だった。

「俺がサッカーの監督だったらなあ」

立原は思わずつぶやいた。

「采配間違ってんだろ、岡田。ほんと馬鹿だぜ……」

「お客さん。ときに百億円やるからこの国をよくしろと言われたら、その金、どう使いますか？」

不意に運転手が立原に訊いた。

「そうだな。サッカー日本代表監督になるね。それで日本を元気にする。俺が監督になったらワールドカップ優勝は固いよ」

酔いも手伝ってか、そんな大口を叩いた。

「けどサッカー協会とかがあって無理だけどさ」

翌日、立原の元にノブレス携帯が届けられた。戸惑ったが、何かやらなければサポーターに殺されてしまう。立原は、ジュイスに申請を出した。

「俺をサッカー日本代表監督にしてくれ！」

詳細ログによれば、ジュイスはサラリーマンに過ぎない立原を代表監督にするために、サッカーの戦術論文を立原名義で発表させ、その論文をベンゲルに推薦させていた。ベンゲルはヨーロッパサッカーでシーズン無敗優勝という前人未到のチームを率いた大物で、彼のお墨付きは立原の有用性を証左するものだった。

数日後、立原は日本サッカー協会から代表監督の就任要請を受けた。

当時は〝サラリーマン期待の星〟として、メディアに取りあげられたこともあった。だが、どうしても勝てなかった。ジュイスに申請を出して日本人選手の強化合宿も行ったが、決定力不足に悩み、ついに国際試合の予選通過も果たせなかった。

そんな立原の采配を、メディアは批判しはじめた。（人の気も知らないで……）立原は腹立たしかった。（できるもんなら、てめえらがやってみろ！）それがいつしか心の中の口癖になっている。

辞任の声は日増しに高まっていった。もはや背水の陣だ。来年二〇一二年のオリンピックで結果を出さなければならない――だが、自分はどうしたらいいのかもうわからなかった。

「ジュイス。日本代表に金メダルをもたらしてくれ！」

困り果てた立原は、ジュイスに申請を出した。

二〇一一年八月十五日、午前六時半。

結果、今自分は国立競技場を門の外から見あげている。立原はサッカー日本代表監督から更《こう》迭《てつ》されたのだ。

ジュイスは日本代表をオリンピックで優勝させるためには、まず立原を切らねばならないと判断したようだ。

死んだ魚のような目で競技場を見あげる。昨晩は酒を飲みすぎた。近ごろは家にも帰りづらい。飲み屋から追い出され、おぼつかない足取りで、自分はまた背の高い門扉に閉ざされた国立競技場の前を、未練たらたらうろついている。

サッカーのテレビゲームとはちがうんだな、と改めて大きなため息を洩らした。

引き返そうとして、ノブレス携帯が鳴った。携帯を耳に当てると、Mr.OUTSIDE の声が聞こえてきた。

〈ノブレス・オブリージュ。今後も君たちがこの国の潜在的な救世主たらんことを、切に願う〉

直後、携帯が奇妙な音を発した。

ピーガラガラプー

ぼーっと国立競技場を見あげる。

国立競技場――自分は国立競技場を知っている。だが、そこから先が、何も思い出せない。

なのにどこか安堵している自分がいた。

28

ピーガラガラプー

自分は大きな邸宅の玄関口で、携帯電話を耳に当てていた。甲高い電子音が聞こえ、携帯はそれきり電源が切れて反応しなくなった。

目の前には、作業ツナギを着た男が携帯を持った手をだらりとぶら下げて立っている。自分と同じ携帯だ。

腕時計を確認する。朝の六時半。こんな朝早くから、一体何をしていたのだ？　仕事に行かなくては、と反射的に思った。自分の車を探して玄関を出る。

公園のような庭園が目の前に広がっていた。静かな庭園には似つかわしくない、工業用の大型トレーラーが二台、車寄せに停めてある。その傍には、数名の若者が集まっていた。彼らは自分の顔をまじまじと見つめている。無礼な連中だ。

自分の車を探そう。トレーラーの陰にある赤いスカイライン。インテリジェントキーを車に向ける。ロックが解除された。やはり自分の車だ。運転席に乗り込んでキーを差し込む。ハンドルに手を伸ばした。

これは確かに自分の車だし、自分はそのことを知っている。だが、どうして今、自分がここにいるのか、なかなか思い出せない。

車を出して、邸宅から門へ伸びる道を進む。カーブを曲がりきった先に、錬鉄製の門があった。一旦車から降り、開門させる。車を発進させようとハンドルを握ると、ホームレスのようなみすぼらしい格好をした男がふらふらと敷地内に入ってきた。真正面にいるので、車を停めざるをえない。

男が近寄ってきて、窓をノックする。意外と若いようだ。

相手にはしたくなかったが、男が邪魔で車を出せない。しかたなく窓を開ける。

「すみません、こちらに滝沢という男がいると聞いたんですが」腰を屈めて車内を覗き込んできた男の顔がこわばった。「物部さん――」

物部？　聞き覚えがない。だが、男は自分の名を呼んでいるようだった。

「僕です、結城です。こんなところで一体……」

記憶を辿る。焦点が定まりそうでなかなか定まらない。曖昧な自分の記憶に苛立ちを覚える。どうして自分は何も思い出せないのだ？

「誰だ君は。そこにいると邪魔なんだが」

思わず語気が荒くなる。

弾かれたように男が後ずさった。

「あれだけ利用しといて、覚えてないの……」

ホームレスが気色《けしき》ばむ。彼はコートのポケットに突っ込んでいた右手を引き抜いた。その手には、トカレフが握られている。震える手で銃口をこちらに向けてきた。

とっさに車をバックさせた。タイヤが空転して、悲鳴をあげる。男と十分な距離をとると、すぐにローに切り替えた。

ホームレスはまだこちらに銃口を向けている。

車のハイビームを灯して、アクセルを踏む。自分は男を轢こうとしている。そうしなければ自分が殺されてしまう。それにしても、どこかでこの光景は見たことがある。自分は以前にも人を轢いたのか？

「畜生おおおおおおおお！」

叫びながら男は引き金を引いた。目の前のフロントグラスを次々に銃弾が貫通する。

アクセルをゆるめず、ホームレスを撥ね飛ばした。そのまま車は門に激突。目の前が真っ暗になった。

29

八月十五日午前六時四十分。

遠くから、車のタイヤが軋む音と、銃声のような乾いた音が聞こえた。続いて激突音。クラクションがしばらく鳴り響き、止まった。

玄関で編み上げブーツを履いていた滝沢朗は、顔をあげた。事故でも起きたのか？

玄関の扉を開く。邸宅の庭園が、まぶしいくらいの朝日に包まれていた。思わず目を細める。蟬がやかましく鳴きはじめた。気温はぐんぐん上昇している。

玄関の外で待つ面々には目もくれず、滝沢は手元のノブレス携帯を見下ろした。電源が切れていた。画面は真っ暗だ。ジュイスを呼び出そうとしてもまったく反応がない。

先ほどの〝ピーガラガラプー〟という電子音は、これまで滝沢が記憶を消したときに聞いてきた音だ。滝沢は、二度もあの音を聞いたことがあったから、今回はとっさに電話を耳から離した――電子音をまともに聞かずに済んだのだ。

「滝沢くん！」

咲が呼びかける。

「どうしたんだよ、滝沢？」

大杉も彼の名を呼んだ。

滝沢は安心させるようにみんなに笑いかけた。それでもまだ、みんな不安そうな顔をしている。

「どうすんのよタッくん?」探りを入れるようにおネエが訊ねる。「あんな電話日本中にかけちゃって……」

「大丈夫、何とかなるって!」

滝沢があまりにあっけらかんと答えるので、みんな拍子抜けした。でもきっと、滝沢は何とかするのだろう。そんな確信があった。

咲が一歩、進み出る。

「滝沢くんの伝えたかったこと、きっと届くから、大丈夫だよ」

「ありがとう、咲」

「うん」

彼はにこやかに笑って、それでも少し彼を心配している咲の頭をくしゃくしゃっとなでた。

自分を、身近な人たちが見守ってくれている。それはとても心強かった。

あの演説を聞いた人々はきっと、咲たちと同じように今も戸惑っていることだろう。彼が言ったことの意味が真に理解されるまで、時間がかかるかもしれない。それでも、滝沢は、自分が言いたかったことを必ずわかってくれると信じている。

ふと滝沢は、自分の母親もあの演説を聞いていてくれたかどうかが気になった。

彼女は、やること為すこと無茶苦茶だった。ニューヨークに住んでいたころをまた思い出す。

恋人と二人きりの時間を邪魔されないように、母親は滝沢を一日中映画館に預けた。そんな母親がどこにいる？　そう問い詰めれば、きっと彼女は答えるだろう。

「だってお前、映画好きだろ？」

別に滝沢は、彼女を恨んではいない。映画から人生を学んでいたからこそ、今の自分がある。記憶を消しても、映画の記憶がインデックスになってきた。もし映画を見ていなかったら、自分がここまで至ることはなかったはずだ。

滝沢は、ズボンのポケットに丸めて突っ込んでいた茶封筒を取り出した。〈緘〉という判子がきれいに捺されている。封はまだ切られていなかった。封を切って〈鑑定結果〉と記された書類を広げる。細かな数字がずらずらと羅列された後、鑑定結果が簡潔に記載されていた。

鑑定対象となったのは頭髪（イ）と口内粘膜（ロ）である。対象者（ハ）が被験者（ニ）の生物学上の父親である確率（％）は、十二％以下であり、不一致と見て差し支えないだろう。

不一致――つまり滝沢は、飯沼誠次朗の私生児ではないということだ。

「マジかよ」滝沢は頭を掻いた。「何てお袋だ」

約十七年前、飯沼は滝沢を迎えにきた。それは、母親が身籠もっていたのが自分の子供だと思っていたからではないか？

ということは、母親は飯沼には彼の子供だと偽って、別の男の子供を宿していたことになる……。

自分が映画館に預けられている間に会っていた愛人——それは飯沼誠次朗ですらなかった可能性だってある。

あまりに無茶苦茶な母親に、滝沢は苦笑した。無茶苦茶だが、どこか憎めない母親を、自分は相変わらず好きなのだ。

そんな滝沢の顔を咲が不思議そうに見あげているので、鑑定書を彼女に渡した。咲の背後から、《東のエデン》のメンバーも覗き見る。

「えええ⁉」

最初に声をあげたのは例によっておネエだ。

「つってもさあ? タッくん一応テロリストのままじゃん、このままじゃやばくない?」

みっちょんがおネエを見あげる。

「確かに、世間はどんな騒ぎになってるやら」

おネエは視線を滝沢に振る。

「とりあえず、俺、行くよ」

「えっ」

突然のことに、咲は彼が何を言っているのかわからなかった。

「行くって、どこに」大杉が、呆然としている咲の思いを代弁する。「咲ちゃんがどんな思いでここに来たのか、お前わかってるのか?」

摑みかかる勢いの大杉を制して、咲は滝沢をまっすぐ見あげた。

「滝沢くん、私も――」

連れてって、とは言えなかった。込みあげる思いを、咲は必死でこらえる。彼を引き止めてはいけない――彼は、〝みんな〟のためにいともたやすく自分の身を投げ出してしまう。咲は、そういう男を愛してしまったのだ。

滝沢は咲の肩に手を置いた。

「ごめんな。だけど俺、あと一個どうしてもやらなきゃならないこと思い出したんだ。それやり終えたら、絶対、咲んところに戻ってくるから」

滝沢は咲の瞳を見つめる。そして、駆け出した。

「じゃあ、平澤や板津や春日にもサンキューって伝えといて」

振り向きざまに手を振り、見る見る遠ざかる。

咲の手足が、勝手に動いた。気がついたら、駆け出していた。

滝沢くん――。

咲の中で、一度は必死にこらえた思いが炸裂した。「戻ってくる」という彼の言葉を信じてはいたが、どうしても一言、彼に伝えたい。

目いっぱい腕を振る。力強く地面を蹴る。彼の背中に迫っていく。あと一歩――ニューヨークではゴールデンリングを取り逃がしてしまったが、今度こそは――。

彼の手を目がけて、思いきり手を伸ばす。咲の手が、彼の腕を掴む。そのまま振り向かせようと引っぱる。滝沢と咲はもつれるように回転して、立ち止まり、見つめ合った。

咲はそのまま背伸びをした。驚いた顔の滝沢の唇に、キスをする。

あっという間の口づけだった。咲はこぼれそうになる涙をこらえる。

「絶対、戻ってきて。約束だよ」

「ああ。絶対戻ってくる」

溌剌《はつらつ》とした表情でそう言うと、滝沢は軽やかに身を翻し、駆け出した。

彼はまた、朝日の中に消えていった。

30

今のところ、それが森美咲の見た滝沢朗の最後の姿だ。セレソンゲームは終了となり、彼を王様にするという申請は白紙になったらしい。だから滝沢は、未だ謎に包まれた存在のままだ。

それでも、滝沢が王様になることを少なからず望んでいる人もいた。飯沼千草だ。飯沼誠次朗との間に血縁関係はなかったが、滝沢との短くも濃密なやり取りのなかで、千草は彼に夫・飯沼誠次朗と同じ血潮を感じとったのだろう。

岩下あやは、暗黙のうちに滝沢を自分の息子だと認めていた。彼女は、飯沼ではない、他の誰かの子供を身籠もっていたことになる——その男性が誰だったのか、今となっては知る術はない。彼女は豆柴とともにまたどこかへと消えてしまったのだ。誰にも言えない事情があって、生涯、彼の出生の秘密を抱えていこうと決めたのだろう。

滝沢の呼びかけで豊洲のショッピングモールに集まった若者たちは、今や聖地となりつつあるショッピングモールで〈AKX20000®〉たちと、毎日がフリマな共同生活をはじめている。

残念ながら、今のところそこに滝沢は現れていない。彼らは〈AiR KING®〉に憤慨しつつも、いつの日か彼が降臨するのを待ち望んでいる。

要求を突きつけられたオジサンたちはというと、当初こそ滝沢の要求に従って見せた。豊洲の若者を迎えにきたり、雇用体制を見直すと発表したりした。だが、長続きはしなかった。

それでもニートたちの多くは豊洲に腰を据え、そこを〝楽園〟とした。新たな経済活動をはじめ、日本を少しずつ元気にしている。

そして咲たちは——事件直後こそ警察の取り調べを受けたものの、簡単に釈放され、とりあえず《東のエデン》に戻った。けれど事件との繋がりを勘ぐる人々が多すぎたため、一旦、会社としての《東のエデン》は畳むこととなった。

その後、平澤と板津の発案により、拠点を豊洲に移した。もっとユーザーフレンドリーなシステムを目指すべく、彼らとの共同生活をはじめている。

二〇一一年十二月。

豊洲のショッピングモール屋上に立ち、森美咲は一人、お台場方面を見つめていた。脇には壊れたメリーゴーランドがある。

滝沢が姿を消して四ヵ月。咲が見る限り、この国は、そう大きく変わったようには見えない。だけど、見えないところでは何らかの変化が起きはじめているはずだ。咲はそう信じている。

滝沢も、それを信じて今もこの街を一人、奔走《ほんそう》しているに違いない。

みんなの希望を、一心に背負って——。

31

二〇一一年十二月。

クリスマス・イブが近かった。表参道はそこそこ賑わっている。時間は午前一時。街路樹のイルミネーションが寒空に瞬いていた。

亜東才蔵は、タクシーでずっと原宿を周回している。長距離を専門とする亜東は、ここのところ上客《じょうきゃく》にありつけていない。亜東は東京から横浜までなら、信号機を六個しか停まらずに行くことができた。交通事情に精通し、今、どこの信号が何色なのかも体の感覚としてつかんでいる。

陸運局から贈られた〈五十年間無事故無違反〉の表彰を眺める。この勲章も、客がつかない近ごろとなっては、輝きを失いつつある。

老人らしく愚痴っぽくなってしまったな、と苦笑いして、亜東は入れ歯の口をもごもご動かした。

さて、今度はどんな日本代表を選抜するか。亜東はこの四ヵ月、ゲームを再開するための準備を着々と進めてきた。四姉妹の協力によって、ジュイスの移送も完了している。後は携帯を配るのみだ。

1番を操り、権力を奪おうと画策した江田を、亜東は咎めなかった。

結果、各セレソンの百億円の資金を政府から出させている。先の定額給付金の、受け取られなかった残金が資金源だ。国庫へと返金されるはずの金だったが、江田に言ってこちらに回させた。彼は一切逆らわなかった。

それでよい。そう簡単に自分たちが苦労して築きあげてきたものを、若造に譲り渡すわけにはいかない。われわれとて、まだ負けるわけにはいかないのだ。

明治神宮前の交差点で、若者が手をあげている――客だ。

制帽を被りなおす。亜東は客の方にハンドルを切り、路肩に車を停めた。後部座席の自動ドアを開ける。客が乗り込んできて、車体が左右に軽く揺れた。

ドアを閉める。信号は青になっている。周囲を確認しつつ、車を出した。

「お客さん」喉に痰がからんだので、客に遠慮しながら唸った。「百億円やるからこの国を良くしろと言われたら、その金、どう使いますか？」

「まだそんなことやってんのか？」

若者の声に、亜東は思わず振り返った。

彼は助手席の背を押し倒し、後部座席から助手席に移ってくる。

「やっと見つけたぞ、Mr.OUTSIDE」

若者はカーキ色のミリタリージャケットを羽織っていた。ビンテージジーンズを履き、足元を編み上げブーツで固めている。

ぬかった——亜東はとっさにとぼけることに決める。ぽかんと口を開けることを怠らなかった。

「誰ですか、あなたは」

若者は答えなかった。懐《ふところ》からくたびれたスリッパを取り出す。若者はにやりと笑うと、亜東の制帽を奪い、その禿げ頭を思いっきりひっぱたいた。ぺしーん。小気味いい音が車内に響き渡った。

「ぼけてんじゃねえよ。ゲームにあがったら自動的に会えるって言っただろう。約束くらい守れよな」

（誤魔化しきれぬか）亜東もニヤリと笑う。決して負けを認めたわけではない。

頭の後ろで手を組み、若者は助手席に凭《もた》れかかった。

「ああ、スッキリした。これで今までのことは帳消し。でさ、俺あんたにいろいろ頼みたいことがあるからさ、とりあえずそこ、右に行ってくんない」
若者の言う通り、亜東はタクシーを右折させた。

これがわたしと彼が過ごした、　たった十一日間の物語だ。

神山健治（かみやま・けんじ）
1966年、埼玉県生まれ。監督、演出家。アニメ『東のエデン』
では、原作・脚本・演出を務める。

本書は書き下ろしです。

小説 東のエデン 劇場版 The King of Eden Paradise Lost

2010年4月23日　初版第1刷発行

著者　神山健治
デザイン　折原カズヒロ
イラスト　羽海野チカ
発行人　横里 隆
発行所　株式会社メディアファクトリー
〒104-0061
東京都中央区銀座8-4-17
電話　0570-002-001
03-5469-4830（ダ・ヴィンチ編集部）
印刷・製本　図書印刷株式会社

ISBN978-4-8401-3292-3 C0093
Printed in Japan